書下ろし

外資系秘書ノブコの

オタク帝国の逆襲

泉 ハナ

祥伝社文庫

タツオ語録
contents

【主な登場人物紹介】

ハセガワノブコ……外資系銀行で秘書として働く裏で、オタク活動に励む帰国子女。

★チームタツオ

タツオ……ノブコの従兄弟。頭脳明晰だが、才能すべてをオタクな人生に注ぎ込む。

スギムラ……温厚な性格で、常にエロゲーTを着ている。

アサヌマ……超イケメンだが、うざい。ノブコの同僚のヒサコと電撃結婚。

ハセ……美少年系の帰国子女で、愛の伝道師。ノブコの彼氏オーレと仲良し。

オガタ……『バイファロス』上映会の立役者。

モチベイ……チームタツオ最年長。特撮に詳しい。

クニタチ……チームタツオの盾とも呼ばれる、別名〝怒れるグリズリー〟。

カワムラ……巨漢のフリーターで、声優タッキーの熱狂的ファン。

マミヤ……空気が読めないが、仲間思いなところがある。

ハタケヤマ……奥さんに魔法少女グッズを捨てられたのを機に離婚し、復活。

★オタ友

ミンミン……〝声ソムリエ〟の異名を持つ声優マニア。

チカ……〝FPS〟ゲーマー。有名メーカー勤務。

コナツ……人気同人BL作家。プロ並みの料理の腕を持つ。

アヤ……BL同人歴が長かったが、『腹筋家族』の二次創作に炎上中。

アケミ……チームタツオのスギムラに告白した過去あり。

テル花(はな)……コスプレイヤー。

ポール……アメリカのゲーム会社に勤務。痩せてイケメンになった。

セドリック……ポールの同僚。エロゲーTシャツが私服。

★職場の仲間

オーレ……アメリカ本社勤務。ノブコの彼氏。

ケヴィン……ノブコが担当する金髪碧眼の独身イケメン上司。おっとりしている。

エツコ……女子力が高く、恋愛至上主義の秘書。新婚。

トニー……エツコが担当する上司。要領はよくないが、人はいい。

ヒサコ……〝氷の女王〟の異名を持つ秘書。ノブコの友だち。アサヌマの妻。

エリ……オーレの元秘書で、現営業部の秘書。ノブコの友だち。穏やかに核心をつく。

ヨー……エリの彼氏のシンガポール人。めがねをかけたドラえもんと噂される。

ミナ……ダイレクターのベテラン秘書。

★高校の友だち

ニーナ……ノブコに初めて声をかけてくれた親友。専業主婦のセレブ。

アリーシャ……アルゼンチンの由緒正しい家柄。騒がしいところがある。
カテリーナ……資産家の娘。自立心旺盛で、大人っぽかった。
ビアンカ……政治家一家の娘。難民救済機関の職員をしている。
ガリーナ……レズビアン。オシャレにうるさい。

★バイファロス関係者

押田監督（おしだ）……『バイファロス』の監督。惜しまれながらも死去。
岡田ハルキ（おかだ）……超人気イケメン俳優。『バイファロス』では声優も務める。
進藤太郎（しんどうたろう）……有名声優。アガタ総司令官の声を担当。
羽風呂明（はぶろあきら）……『バイファロス』のキャラデザイン担当。

1

「人生を詰む、それは愛するアニメの録画に失敗したことをいう」

人生、オタクとして生きて三十年とちょっと。

ある意味、それって戦いの歴史でもあると思ってる。

オタクとして、迷いの欠片もなく生きていくはずだった私が、いきなりアメリカで暮らすことになるという残酷な運命に翻弄されたのは、ぶっちゃけ父親の海外赴任。

アニメ見れない、ジャンプ毎週発売日に買えない、マンガ発売日に買えない、イベント行かれないってどんな地獄だよ！　と、文字通り柱にしがみついて渡米を拒否した私だけれど、弱き者の宿命で親に首ねっこひっつかまれ、遠いニューヨークに住むことになったのは十三歳の時。

そのまま、地元の名門女子校にほうりこまれ、死ぬ気で勉強したのは、私のライフラインだった従兄弟のタツオからのアニメ定期便、成績悪かったら止めると言われたから。

その従兄弟のタツオは、天才レベルで頭脳明晰だが、卓越したその才能のすべてをオタクな人生に注ぎ込んでいる真のオタク、オタク・オブ・ザ・オタク。

タツオが私のオタクライフを支えてくれたといっても、過言ではない。タツオと私、ハセガワ家では〝いろいろ残念なふたり〟と称されているのは、それが所以。

そして大学卒業を機に、日本に帰ってきた私。

やっとオタクの聖地日本に戻り、その後、いくつかの会社を経て、今は大手町にあるオークリー銀行に勤め、BL設定では受け認定のイケメンな上司ケヴィンのもと、秘書として働きながらオタクライフを満喫している。

そもそも人間、オタクとして生きることを自覚した瞬間から、試練の道がはじまる。

今もって世間からの受けは大変よろしくないし、異教徒のごとく石もて打たれる感じ。普通の合コンとか行って、オタクなことがバレたらその瞬間、参加者全員の視界から自動的に抹消されるし、趣味を聞かれてオタクって堂々と言える人はおそらくとても少ない。

実際、恋愛や結婚したくて「オタクやめます」「一般人になります」って、宣言してオタクをやめる人もいる。

しかし思うに、〝やめられる〟時点で、その人は本質的にオタク資質は低いんじゃなかろうか。

オタクな人がオタクをやめるって、つまり、人間が呼吸を止めるのと同じ意味で、やめますって言ってそれでやめられるものじゃない。

我がソウルメイトにして従兄弟、カリスマ的オタクなタツオの周囲には、彼を囲むむさくるしい男たちがグループとして存在している。

以前そこで、好きな女性と恋愛し結婚するにあたり、「三次元の女に目覚めたんで、二次元を卒業します」と言った輩がいるそうなんだが、チームタツオの面々が「馬鹿野郎！　二次元を三次元と比べるな！　リアルな女に、二次元の崇高さが求められるわけがなかろうが！」と激怒していたとかで、まさにそこがオタクのなんたるかの真髄といえるんじゃないかと思うんだな。

我が友にして人気ＢＬ同人作家のコナツさんは、「恋がなくても生きていかれるが、萌えがなければ生きていかれない」と名言を残したけれど、まさにそれ。

同世代の一般独身男女が人生最重要課題と掲げる恋愛と結婚、その価値は我々オタクにとってはトッププライオリティにはなりえない。

人生最重要なものは萌えであり、愛するアニメやマンガであり、推しキャラで、その愛の道を爆走することに迷いがないのがオタク。

そのあたりは是も非もないと思ってるし、比較するつもりもないけれど、つまるところ、人生において何がいちばん大事かってのは、みなそれぞれ違って当たり前なんだよね。

人は、好きなものを好きと言っていい。

好きなものを好きでいていい。

そうやって私は生きてきたように思う。

その日は、新作ゲーム『アッシュ・オブ・ディストピア』のイベントがあった。

PS4の新作ロールプレイングゲームで、出演している人気声優さんたちが大勢登壇することになっていたので、いつもの仲間たちと参加、その後食事へ行くことになった。

最近は、私の腐女子仲間とチームタツオでいっしょに集まることが増えている。

チームタツオとは、タツオを中心に、ネットの掲示板を通じてできたオタク集団のことで、その人数は全国に数百人規模。

掲示板を通して情報や意見交換するのが主だった活動だけど、イベントや有事の時にはとてつもない力を発揮し、全国各地からメンバーが集まったりする。

もともとはさほどに関わりがなかった彼らと私がこうやっていっしょにすごすようになったのは、私が押し掛け厨と呼ばれる攻撃的なオタクたちに襲撃を受けたのを、チームタツオのメンバーが助けてくれたことから。

鶏ガラのように痩せた、長髪を後ろでくくりポニーテールにして常にエロゲーTシャツを着ている温厚なスギムラ君、別名〝怒れるグリズリー〟、チームタツオの盾とも呼ばれるクニタチ君、そしてオタクにあるまじき超イケメン、だがしかしその実態は超うざいオタクなアサヌマ。

この三人に助けられた時から、チームタツオの集まりにも参加するようになったが、その後、このチームタツオと私の腐女子仲間で、かの名作アニメ『装甲騎兵団バイファロス』の押田監督追悼上映会を開催したのは数ヶ月前のこと。

いつの間にか、そうやってオタクの輪はどんどん広がっていってる。

今日もイベントの後、興奮さめやらぬまま、オタク御用達のいつものカラオケに行き、みんなでご飯を食べながら感想交換会となった。

「今回はお世話になりました、カワムラさんのおかげでイベント参加できました」

〝声のソムリエ〟の異名を取る我が友ミンミンさんがカワムラさんに頭を下げると、カワムラさんは太った身体を揺らして、照れ臭そうに笑った。

カワムラさんはチームタツオのメンバーのひとりで、大御所人気声優・タッキーこと鈴村貴子さんの熱狂的なファンでもある。

鈴村貴子さんは〝永遠の十六歳〟という触れ込みで大人気の声優さん。そのファンはタッキー王国の王国民と称され、メンバーの活動はアニオタの中でも伝説の集団となっている。

カワムラさんはその中でも大臣クラスの重鎮だそうで、今回のイベント、敵役として鈴村さんも出演するとあって、タッキー王国民が全力でチケット入手にかかり、その結果、余りが出た当選チケットを我々にまわしてくれたというのが経緯。

自分も声優ファン同士でチケット入手をサポートしあってるミンミンさんが、「はっきり言って、タッキー王国民、スケールが違った……」と驚いていたが、おかげで、私たちの仲間も希望者のほとんどがイベントに参加することができた。

「田中テンさんが主役って、なんかもうすごい勢いで伸びてますよね」

スギムラ君の言葉に、デビューの時からテンさんを応援していたミンミンさんが膝を乗り出して、「そう！　そこ!!」と叫ぶ。

「今までも主役はってはいたけれど、注目度低くてほんと、どうしようって感じだったんですよね。『ダンク！　ダンク！　ダンク！』でいい役やったことで、いっきに人気があがった気がします。超うれしい!!」

ミンミンさん、最後のところはもう両手を胸にあてて、天を仰ぐポーズで叫んでる。

『ダンク！　ダンク！　ダンク！』というのはバスケットボールを題材にした少年漫画で、かっこいい男子たちがばりばり試合に勝ち進んでいくのとは違って、普段まったくイケてない男子たちが、バスケットやりたい！　ってがんばる漫画。

主人公は背だけは高いって普通の男子で、その彼が有名なプロバスケットボールプレイヤーがダンクシュートを決めるのを見て、「俺もあれ、やりたい」ってひたむきに練習し始めた真面目な子。アニメ化にあたり、その主人公に絡むバスケット界期待の星である人気キャラに抜擢された田中テンさん、そこからいっきに人気が爆発した。

その『ダンク！　ダンク！　ダンク！』のアニメ放映終了後、早々に二期放映が決定し、さらにその次のシーズンで放映されたオリジナルアニメ『腹筋家族』にも、テンさんは主役のひとりとして出演している。

『腹筋家族』は男四人兄弟を中心とした日常コメディアニメなんだけど、人気男性声優を配したこともあり、今期最大級のヒットを飛ばしている。

田中テンさんはおそらく今、一番旬な声優さんなんじゃなかろうか。

さすが〝声のソムリエ〟ミンミンさんが、デビューから目をつけていただけのことはある。

FPSと呼ばれるガチ撃ち合いの戦争ゲームを日夜プレイしているゲーマーなチカさんが、「RPGゲームは最近、完全フルボイスが当たり前だから、声優さんも豪華だよね」と言うと、「まったくね。こっちはただでさえ時間がないのに。このうえ、大長編RPGとかきたらもう……」とミンミンさんがゴチた。

声フェチなミンミンさん、ゲームプレイは基本、声優の声を聞くためだけのプレイ。

我々腐女子、アニメ見て、声優イベント参加して、同人誌イベント参加して、BLのドラマCD聞いて、声優目当てでゲームもして、マンガや本もがつがつ読むので、はっきり言って時間がない。

そこへもってきて、ゲームの中でも長時間プレイが要求されるRPGゲーム、ミンミンさん的には、「テンさんの声のところだけ、データ抽出して聞くだけでいい」レベルなんだと思う。

しかし、それは私にも言えること。

一応彼氏というポジションな同僚のオーレがアメリカから日本に来てる時も、甘い雰囲気でデートしてるとか、そんな時間はない。こちとら、イベントとアニメ視聴とBLゲームプレイとCDの消化で、削る時間は寝る時間だけ！　みたいな状況なわけで。

いや、だって、デートとかはいつでもできるし日程変更も可能だけれど、イベントはその日しかないわけで、我々オタクには比較のしようもないんだけど、普通は理解されにくい部分。

最初はぶーぶー文句を言っていたオーレも、チームタツオのメンバーにしてフランシスコ・ザビエルの再来とまで言われているチームタツオきっての愛の伝道師ハセ君に『ガールズ戦隊スターズ』通称ガル戦を布教されて以後、萌えの前には自分の言い分がいかに愚かなものだったかを知ったらしく何も言わなくなった。

時間ないって話をしていたら、突然そこで、バイファロス上映会の立役者だったオガタ君が、「そういえば、アメリカでバイファロスのゲームを作ってるって話、聞いたんですが」と言い出した。

「あ、それ、私も聞いたことがあるよ。私がやってる『バトルグランド』ってゲーム作ってる会社で、だいぶ前に企画があがってたんだよね。ちゃんと作ってたんだ」

ゲーマーなチカさんが言うと、オガタ君が「この間の上映会に参加してくれた人が情報通で、もうすぐあるゲームイベントで、その会社が大々的に詳細発表するらしいって情報を教えてくれたんですよ」と言ったもんだから、そこにいた全員、「なんだとー！」って叫んで立ち上がった。

立ち上がったが、すぐその後に全員、「アメリカ……」って小さくつぶやいて、下を向く。

え！　何！　このいきなりのテンションの下がり具合。

「アメリカ行くような日数で、休暇取れません」とスギムラ君、横でうなずくクニタチ君。

「イベントのある頃、自分、いちばん忙しい時だから、会社辞めない限りは無理です」とうなだれるオガタ君。

その他のメンバーもどうやら同じような状況らしい。

そこで私、タツオを見た。

誰よりも社会常識とマナーにうるさく意識高いが、頭よすぎるうえに、誰よりもオタクマインド高すぎて組織では絶対に働けないこの男、大学卒業してからフリーで仕事をしている。さらに、どこで勉強したんだか知らないが英語も堪能（たんのう）。渡米するのに、何ら問題もない唯一の人間じゃなかろうか。

私や他の人の視線に気がついたタツオ、かつて見たこともない渋い顔をした。

「俺は行かん」

ものすごく無愛想に言ったタツオ見て、私、「あ！」ってなった。

我が一家がニューヨーク赴任中、それこそ親戚こぞってみんな遊びにきたけれど、タツオだけはなぜか来なかった。

「もしかしてあなた、飛行機が怖くて乗れないとかでしょうか？」

思わず聞いた私にタツオ、今度はものすごく嫌そうな顔をして、「人類は空を飛ばない」とか、よくわかんないことを言ってそっぽを向いたので、そこにいた全員、「うはぁ……」みたいな顔になっちゃった。

「そういうノブちゃんは？　そもそもノブちゃん住んでたわけだし、外資系で休暇も取りやすいんだから、ノブちゃんならさらっと行かれるんじゃないの？」

ミンミンさんがツッコんできたが、今度は私が渋い顔になった。

うーん……確かにそうなんだけど、日本に帰ってきてから、またアメリカに行こうって気にどうしてもなれないんだよなぁ。

みんなも行かない感じだし、私だけ行くってのもなんかあまり気が進まない。

全員が渋い顔で無言になり、場のテンションが駄々下がりになったのを見て、オガタ君が「いや、まぁ、まだ詳細は発表になってないし、内容もどんなかわかりませんから」

と、あまり意味のないフォローをいれて、「詳細わかったらみんなに知らせますよ」と付け加えた。

時間がきて、それぞれが帰り支度をし始めた時、コナツさんが「はい、これ、約束のもの」と小さな紙袋を私に差し出した。

中を見て、思わず「おおっ！」と声をあげちゃった私。

はいっているのは分厚い文庫本二冊。今、密かに年齢高い腐女子の間で人気と言われている歴史小説『群青の比翼』上下巻。

「ありがとう！」と言った私にコナツさん、意味深長な妖しい笑みを浮かべて、「新しい沼が待ってるわよ」と言った。

いやぁ〜ん、新しい沼、ウェルカム〜、どっぷり首までつかるわよ。

こうやって、お互い、布教しあうのも、我々の楽しみのひとつ。

私とコナツさんが向かい合ってにやにやしていたら、チカさんが「人のいるところで、そんな顔しちゃいけません」って笑いながらツッコミいれたので、みんなで大笑いしてしまった。

その日は、心地よい疲れを感じながら、幸せな気持ちで家路についた。

私が勤めるオークリー銀行は、ニューヨークに本店をかまえる投資銀行で、世界中でビジネス展開している外資系企業。

日本のオフィスは、外資系金融会社がひしめく大手町の一角にある。

外資系と聞くと、「英語使うの？」と聞かれることがよくあるのだけれど、使う、というよりは、英語出来ないと仕事にならない状況で、それは社員のほとんどが外国人だから。

とは言っても、日本オフィスは日本人の方が多いし、日本人同士はもちろん日本語。社員全員、仕事で必要なレベルの英語は最低限出来るので、英語を使うことは、そこにいる人間にとっては特別なことではない。

私が所属する法務部(リーガル)は、ダイレクターをトップに下に三人の外国人がいて、それぞれに秘書がいる。ダイレクターの秘書はベテランのミナさん、エツコさんは新婚でうちのチームでは一番女子力高い人、そして〝氷の女王(ブリザード)〟の異名を取るヒサコさん。

会社ではあまり親しいつきあいのない私の、数少ない友達でもあるヒサコさんは、仕事でもプライベートでもいわゆる〝デキる女〟なんだが、実は「男は顔」な顔面至上主義者で、「顔だけよければばいい」というポリシーそのままに、チームタツオきってのイケメンアサヌマと昨年、電撃的に結婚した。

どこが電撃的かって、会って二週間で結婚決めたという、周囲が全員「意味がわからないヨ」になるような展開だったんだが、容姿は抜群(ばつぐん)に良いが、その実はただのうざいオタクだったアサヌマ、それまで無駄で無意味だったイケメンスキルが、ヒサコさんにはヒットしたらしい。

優秀な外資系秘書とうざいオタクの電撃結婚で、どうなることかとひやひやしていた我々をよそにふたりはとっても仲良く新婚生活を送っている。

ヒサコさんの他に、営業部で秘書をしているエリちゃんも私の友達。

外資系には珍しい、控えめでおっとりした人柄で、オーレが日本にいた時は彼の秘書だった。

今は、シンガポール人のヨーさんという、見かけは眼鏡かけたドラえもん、中身は絵に描いたような素晴らしい人と仲良くおつきあいをしている。

外資系企業には、プロアクティブな姿勢で仕事に向かう女性がほとんどだけれど、その反面、外人スキーと呼ばれる外人男目当てに活動しまくる女性や、セレブ志向高い人も多くて、見えないところで熾烈な戦いがあったりする。

幸い、私はそのエリアにいる人たちとは仕事以外での接点はなく、とくに必要でなければプライベートな話はお互いまったくしないという外資系習慣のおかげで、オタクであることはバレずに済んでいたのだけれど。

ある時、とある事件に巻き込まれて、あろうことか、会社でBLゲームのエロシーンが大音響で流されてしまうという事件が起こった事で、オタク云々をぶっ飛ばして、会社の人全員、私が男同士のエロい声のCD聞いてるのを知ってしまうという恐ろしい事態を迎えてしまったいきさつがある。

穴があったら自らそこにはいり、埋めていただきたいくらいなのだが、それをきっかけに、いろいろわかってきたこともあった。

ニューヨークで通っていた学校で親しかったニーナが結婚後、夫の海外駐在で日本にやってきて、ニーナとのつきあいの中で彼女のセレブライフに関わることが、私が帰国子女だということに加えて、社内の一部の女性陣から反感や妬みを買うことになっていると知ったのもその頃から。

先輩のミナさんは、「人は自分の価値観で相手を見て図る」と私に諭し、ヒサコさんは、オタク以外のことにはまったく無頓着な私の「それが、ある種類の人間の気に障る」と教えてくれた。

自分と直接関わることがない人たちが私をどう見るか、それまでの私は確かに考えたことがなかった。

私にとって、オタクであること、オタクとして生きることがもっとも大事なことで、他のことは正直どうでもいいくらいだし、相当おろそかになっていた自覚はある。

でも、そういう私の言動や存在に気分を害する人たちがいて、機があれば引き摺り下ろしてやろうとか、陥れてやろうと考える人もいるのだとその時知った。

私がオタクであることは、その人たちには何の関わりもないし、私自身が幸せに生きることについて、誰かの承認を得る必要もないと思ってる。けれど、だからといって、そういう人たちとの関わりをすべてなくしてしまうことはできないし、自分を守るのは自分しかいない。

そういうことについて、たぶんほとんどの人がきちんと考え、対応しているんだと思うんだけれど、私はどうも苦手。でも、そのバランスをきちんととっていくことも、とても大事なんだと最近思っている。

その話をしたら、ヒサコさんが「強くなるってのも、ひとつのテよ」と、にんまり笑いながら言った。

いやぁ、一刀両断、下手こくと一瞬にして周囲を永久凍土に変える〝氷の女王〟なあなたに言われても、「無理です」と即答しそうです。

「人間、勝算がある程度ないと、そういう行動には出ないものだもん。『この人には絶対に勝てない』ってレベルでノブちゃんが圧倒的な存在になれば、誰も何も言わなくなるわ」

「聞いてるだけでも恐ろしいわ、それ」と言った私の横で、エリちゃんが「それ、ノブちゃんのキャラじゃない、無理無理」と笑った。

「気にしないというのも、ひとつの手段だと思うよ。ＣＤの事件はちょっと特別で、うちの会社ではほとんどの人が、仕事には私情はいれないし、わきまえてる。好き嫌いはあって当然で、世界中の人に好きになってもらってうまくやるなんて不可能だもの。いちいち気にしていたら、やってられないでしょ？」

いつものように、エリちゃんが穏やかに核心をつく。

「ノブちゃんは、ケヴィンの仕事をきちんとして、法務部のみんなともうまくやってるんだから、会社の中での義務はきちんと果たしているのだから、そういう人たちのことを気にしすぎるのも、私はよくないと思う」

そうだね、と私とヒサコさんはうなずいた。

エリちゃんが最近仕事が忙しく、いつランチが取れるかわからない状況になってしまったこともあり、三人そろってランチを取るのも久しぶり。

もともとプライベートではほとんど時間のない私だったけれど、ヒサコさんも結婚してからは家のことがあるので時間に余裕がない状態だし、エリちゃんもなにやらあわただしくしている様子。

私とヒサコさん、そろそろヨーさんと結婚かな？　とか思っていて、密かにその報告をワクワクしながら待っているところがある。

「いろいろ大変なこともあるけど、とりあえず日々、穏やかにすごせれば、それはけっこう幸せってことなのかもね」と、エリちゃんが食後のコーヒーを飲みながら言ったのを、私とヒサコさんふたりで、笑いながらうなずく。

その日のランチは一時間たっぷり、私たちはお互いの近況報告をしあいながら、楽しい時間をすごした。

穏やかな時間、考えてみればそう滅多にあるもんじゃない。

ふと、そう思った。

みんなで笑いあって楽しい時間をすごすことがずっと出来ればいい。

ずっと続くといい。

なんだかわからないけれど、ふと突然そう思った。

2 「アニメやマンガによって築かれていく人生もある」

木曜日の夜十時二十八分、私は静かにその本を閉じた。

そして、横にスタンバイしておいたティッシュの箱からごそっとティッシュを大量に取り、涙でぐしゃぐしゃになった顔を拭き、鼻をかんだ。

まだまだ涙は止まらない。

朋友コナツさんが薦めてくれた『群青の比翼』は分厚い文庫上下二冊、それを怒濤の勢いで読破できたのは、通勤の電車内と昼休み、そして帰宅してから寝るまでのすべての時間、夢中で読んだから。

途中、何度もマジ泣きしそうになり、電車内であわてて本を閉じ、涙をこらえて遠くを見ることたびたび。夢中になりすぎて、食べてる最中だということを忘れて、サンドイッチやらおにぎりやら、手にもってそのままランチタイムが終わることもあった。

『群青の比翼』は、大戦をはさんで、ふたりの青年の人生と関係を描いた長編小説で、作者は原木元十さんという歴史小説で大きな賞も取っているおじいさんな作家の方。

東京の中学で大木毅と竹本元治は出会い、無二の親友となるのだけれど、帝大に進学した大木に対して、家業を継がなければならなかった竹本は、進学して文学の道を志すことを願いながらそれは叶わず、道を違えたふたりは疎遠になってしまう。

　それぞれの人生を歩き出したふたりだったのだけれど、戦争が始まり徴兵された竹本の前に、その上官として大木が現れる。

　立場も考え方も違ってしまったふたりは、お互いを想う気持ちは変わらないのにもかかわらず、以前のような友人関係には戻れない。そしてふたりは満州へ向かう。

　とある事件に竹本が巻き込まれたことをきっかけにして、ふたりは再び友情関係を取り戻し、窮地を大木に助けられた竹本は、美しい中国人女性との苦難の恋に苦しむ大木を支えることになる。

　そして訪れる終戦、混乱の中で捕らえられた竹本はシベリアへと送られ、最愛の恋人を失いながらもなんとか帰国を果たした大木は、その後竹本の行方を追うが、生死すらわからないまま何十年も過ぎ、その間に大木は経済界で名を成すほどに成功をおさめる。

　ラスト、八十歳を超えて大木は竹本と再会することになる。その時竹本は車椅子に乗っていて、表情も空ろで口をきくこともできない。その竹本の両手を握り、大木が大声で竹本の名前を呼ぶと、無表情だった竹本の目から涙が一筋落ちる。

　そこで物語は終わるんだけど、終わった時には私もぼろ泣きだったよ。

　いやぁ、もう、なんていうか、こんな素晴らしい物語を書いてくれた原木さんに、感謝の言葉を並べまくりたい。

小説として当然素晴らしいんだが、我々腐女子にとって、このプラトニックで崇高な男同士の友情はとてつもないご馳走なんだっ！

そして我々腐女子は、普通の人ならなんでもないところに萌える！

学生時代、ふたりが海で遊んだ後に着替えるシーンで、大木の鍛え抜かれた身体を前に、竹本が思わずそれに見入ってしまう所とか、満州で、自分の前に立った竹本が向ける視線が以前とは違うことに苦悩する大木とか、もう、原木さん、なんで！　なんでそんなに私たちの心に「もっと萌えよ」と燃料ぶっかけてくるの！　と叫びたい！

遅い時間だけど、読み終わったら連絡すると約束していたので、私はコナツさんにSkypeかけた。

「どうだった？　すっごいよかったでしょ！」

開口一番でコナツさんが興奮気味に言うので、「クッソ泣いたわ！　素晴らしい小説で、そこにもってきて萌え度数が高すぎて、読み終わった後、虚脱したよ」と私が答えると、コナツさんが笑いながら教えてくれた。

「この小説、ハードカバーで出た時から萌えちゃった人たちが二次創作で同人出してるんだけど、文庫になってから、オンリーイベントが企画されるくらい人気になって、サークルも増えたんだよ」

そりゃそうだろうさ。こんなにすごい萌えツボをそろえまくった小説は、そう滅多にあるもんじゃない。

腐っていない方からは石礫（いしつぶて）が飛んでくること覚悟で言わせてもらえば、我々腐女子、火のないところにも自発的に火つけます。つけた後に、さらに自発的に灯油まいて、大炎上します。

それが、〝萌え〟です。

何人（なんぴと）たりとも止めることのできない、〝萌え〟です。

「私、一番萌えたのは、ラストで大木が竹本の手を握り締めた時のシーン」

コナツさんの言葉に私、思わず「そこ!!　老いて乾いたその手に、しかしその熱は竹本だって大木が思うところね！」と叫んじゃう。

「私は、軍隊でふたりが最初に会話したシーン」

「竹本が、自分の後ろに立った大木に、気配でそうとわかって振り返るところだよね！」

コナツさんと私、お互いに感想を言いながら、どんどん熱帯びてくる。

「原木さんの文章がまた、いいよねぇ。しっとりしていて情緒的で」と言った私にコナツさん、「日本語って美しい！　ってしみじみするような文章だもんねぇ」とうっとりと答える。

「ノブちゃん、これ、映画化されるんだよ。知ってた？」

え？　そうなの！　って言った私、当然ながら、アニメとマンガ以外の情報はほとんど知らず、そしてテレビも見ないから、番宣やCMも見てない。

そしたらコナツさん、とんでもないこと言った。

「大木を岡田さんが、竹本を浜田信俊がやるんだって」

えええええええええええええええええええええええっっっ!!

私、ものすごいでっかい声出しちゃって、座っていたイス、すっとばして、立ち上がっちゃったよ!

大木が岡田さんなのっ!

マジかっ!

現在、巷では大人気のイケメン俳優の岡田ハルキさんとは、ニーナの家のパーティで偶然知り合った。

当時、〝抱かれたい男ナンバー2〟だった岡田さん、世間ではイケメン俳優として人気だったんだが、オタク関連情報以外はまったく興味ない私、そっちの向きはまったく知らず。

だがしかし!

岡田ハルキという名前、私にとっては特別だった。

それはかの『装甲騎兵団バイファロス』で、壮絶な最期を遂げる第二騎兵団長タイタスの声をアテていたその人だから。

当時はまだデビューしたてで、「なんでまた、声優経験もないような俳優にするかなぁ」とかキャスト発表見て思ってたんだけど、見てびっくり、岡田さんの声の演技は素晴らしかった。

〝タイタスやってた岡田ハルキ〟で大騒ぎする人はそう滅多にいなかったらしく、それをきっかけに岡田さんとは親しくなり、その後、押しかけ厨と呼ばれる危険な人々の襲撃から助けていただいたり、なんでかわからんが熱愛疑惑で芸能ネタにされる事件まで起きたという関係になってる。

並べてみるとやたらと濃ゆい感じがするけれど、チームタツオの面々とバンドルでの友達関係だし、変化といえば、出会った時には〝抱かれたい男ナンバー2〟だった岡田さんが、ついに〝ナンバー1〟に昇格したくらい。

「岡田さんからは、何も聞いてない?」とコナツさんが言ったが、我々、仕事のことを逐次報告するような関係でもないし、そもそも近いようで遠い友達って感じだからなぁ。

岡田さん、今もたまに声優の仕事をやっていて、我らが愛する『ダンク！ダンク！ダンク！』の主要キャラの声をアテているけれど、私たちの心の沼地の餌食になってるとは、もちろん到底ご本人が知るよしもないわけで、むしろ、コナツさんが岡田さんとアサヌマをカップリングにして、脳内妄想の糧に同人誌出していることも含めて、現在岡田さんと関わりのある我々腐女子全員、絶対に彼には知られないように必死にいろいろ隠している。

つまり、私の方にこそ、言えないことがありすぎるわけで。

バイファロスの上映会で大変お世話になったこともあり、ここは役者としての岡田さんも友人としては知るべきではなかろうかと、遅まきながら、彼が出演した映画のＤＶＤ借りてみたんだが、そこには私の知らない岡田ハルキという人がいてびっくりした。

いつも穏やかで笑顔を絶やさない岡田さんが、映画の中では恐ろしいほどに冷徹な表情で見事に狂気の犯人を演じていたり、つらい恋に苦悩していたり、野性的なヒーローだったりしていた。

それを見ながら、「あらまぁ、すごいイケメンじゃあないですか」と、いまさらながら思った私は、とってもいろいろ間違ってるのはわかってる。

でもさ、アニオタには、普通のドラマ観る時間なんて、これっぽっちもないから。

岡田さん、演技にも磨き（みが）がかかり、大河ドラマなんかにも出ていたりして、バイファロスでタイタスの声をアテた頃に比べたら大出世、今は名実ともに超人気俳優になった。

その岡田さんが大木を演じるって事に、ほんとに彼は常に我々の腐妄想を追いかけてくるよなぁと思った私は、どこまでも罪深くて腐りきっている。

そんなことを考えていたら、「岡田さんって、どこまでも私たちの萌えに燃料投下しまくってくるよね」とコナツさんが嬉々（きき）として言ったので、思わず吹いちゃった。

しかし残念なことに我々、岡田さんのその俳優としての才とか、イケメンぶりに惚れ込んでいるわけではない。

あくまでも、BL的萌えの燃料としての岡田さんに惚れ込んでいるわけで。

いえ、ご本人もとても誠実で良い方ですけれども。

「『群青の比翼』、同人誌でたくさん良い本出てるんだよ。ふたりがラブラブなのだけじゃなくて、大木と竹本が別々で生きていた時のことを描いた本とか、竹本の奥さん視点でふたりの関係を描いた本とか。今度まとめて貸すわ」

コナツさんがそう言った。

我々はこれを〝布教〟と言う。

萌えたものを人々に伝え、愛を分かち合い、広める。

これは！　と思ったものは、同じ萌えツボを持つ同志たちに伝えなければ！　と使命感を持つ。

『群青の比翼』で活動しているサークルさんの名前を教えてもらった私、その後、ネットで検索していろいろ見ていたら、深夜になっちゃった。

数日、家で『群青の比翼』の脳内妄想に明け暮れていたら、久しぶりに岡田さんからメールがはいった。

一瞬、脳内からなんか漏れたか？　とか思っちゃうくらい、絶妙なタイミング。

前からしょっちゅう連絡取り合うような感じはなかったけれど、岡田さんが超売れっ子俳優になってからは、ごくたまに近況知らせ合う程度で、今回もそんな感じかもしれないと開いてみると。

――こんにちは。

突然ですが、今月末、お世話になった人たちを自宅に招いて食事することになっているのですが、頼んでいたケータリングの会社のミスで、ご飯の用意が出来なくなってしまって困っています。それで、もし可能だったら、コナツさんにお料理をお願いしたいと思っているのですが、コナツさんにお話ししていただくことは出来ますでしょうか？

腐りきったソウルで人気の同人BL作家のコナツさん、それとは別に、プロはだしの料理の腕をもっている。

岡田さんのメールをコナツさんに転送すると、コナツさんから「詳細知りたいから、岡田さんに直接連絡してもいいかな？」とすぐに返信がきた。

もちろんいいよと答えたが、岡田さんもコナツさんもお互い何度も会ってるし、それぞれメールアドレスは知ってるはずだけど、こういう時に私を通すあたり、ふたりとも義理堅い。

数日後、コナツさんから電話がかかってきた。

「十人くらいの集まりなんだって。バイファロスの集まりで出すようなお料理でいいってことなので、引き受けることにしたわ。いろいろお世話になってるし、岡田さん、きちんとしてるから、依頼料もちゃんとだしますって言ってくれた」

たまに我が家で開催するバイファロスの集まりは、コナツさんの作るご飯を楽しむ場にもなってるくらいで、コナツさんの作る料理は、そこらへんのレストランよりもおいしい。

岡田さんもコナツさんの作る料理が大好きで、いつも楽しみにしている。

今回も、そのあたり考えてのお願いだったと思われ。

「でね、私ひとりじゃいろいろ無理だから、ノブちゃんにも手伝ってほしいんだけど、いいかな？」

ふたつ返事でOKした私、もうひとりお手伝いほしいということで、バイファロス上映会で岡田さんと面識のあるチカさんにもお願いすることになった。

当日、岡田さんとメールで打ち合わせしたというコナツさんは、その日に必要な材料のリストを、事前に私とチカさんに送ってきていた。

生鮮食品の半分は、岡田さんがいつも配達をお願いしている近所のスーパーに注文済みということで、料理となるとコナツさん、なんかプロみたいだよなぁって感心する。

私とチカさんがふたりで岡田さんの家に到着すると、先に到着しているコナツさんがいろいろテーブルまわりをセッティングしていた。

リビングのテーブルにはマリメッコのクロスがかけられ、その上に取り皿とフォーク類、グラスが並べられている。

ソファのセットが置かれているサイドテーブルには、品よく花が飾られていた。

「これも、コナツさんが買ってきたの？」

チカさんが尋ねると、コナツさんが「ううん、私が買ったんじゃないけど、こういうのも必要だと思うって岡田さんに言って、花屋さんに注文してもらったんだ」と言った。

なんかコナツさん、プロのパーティコーディネーターみたい。

事前に連絡もらっていた今日のメニューは、いつも集まるみんながいちばん好きなビーフシチューに加え、クスクス、アボカドとマグロのサラダにいくつかのフィンガーフード（手で取って食べられる料理のこと）、しらすとキャベツのぺペロンチーノ、そしてなんと、コナツさんが家で焼いてきたという数種類のパンとそれにつけるための複数のディップ。

パンは、ただのパンじゃなくて、天然酵母だの、ドイツ風の黒パンだのもある。

目を輝かせて焼き立てのパンを見つめた岡田さんとチカさん、ちぎって一口食べ、ふたりで「おいしい、おいしい」と大騒ぎ。

「パン焼き器とかで焼くんですか?」と岡田さんが聞くと、「違います。うち、オーブンあるので、それで焼きました」と言うので、私たち全員びっくりした。

コナツさん、本気モードだ。

そこからコナツさんは、私とチカさんにてきぱき指示を出して、料理に取り掛かった。

私とチカさん、エプロン持参で気合こめて、切って、焼いて、包んで、揚げて、こねる。

岡田さんの家にはない調味料とかは、コナツさんが大きなトートバッグにいれて全部家から持ってきていて、それを全部キッチンの端に並べていた。

ガチで料理するコナツさんを初めて見るチカさんは「なんか憑依してるみたい」とか言ったが、真剣に料理するコナツさんは、いつも我々と萌えを語るコナツさんとは別人。

そうしているうちに、時間がきて、ひとり、またひとりと招待された人たちが集まりだした。

リビングで、その人たちと岡田さんが話している内容で、どこぞの有名な某さんらしい……くらいは察しがついたけれど、我々、アニメとマンガとゲーム以外の情報は無知蒙昧に等しいレベルでわかってないから、その人たちがなんぼの人か、さっぱりわからない。

そして、全員が集まった頃をみはからって、コナツさんが出来上がった料理を大皿に移して、リビングのテーブルに並べた。

私とチカさんが運ぶフィンガーフードやサラダは、シロウトとは思えないような盛り付けで、見ただけでもわくわくするレベル。

リビングにいた人たちが、いっせいにそれを囲む。

「わー！　おいしい！」って声が、キッチンに戻った私たちにも聞こえた。

ひととおり出し終わると、私たちは使ったお鍋（なべ）やレンジをきれいにして、最後にキッチンを拭いて一息ついた。

そこでコナツさんがコーヒーをいれてくれて、冷蔵庫にあった、岡田さんが用意してくれたというケーキを出してきた。

「わあ！　これ、エディアスレノアのケーキじゃない！」

チカさんが声をあげて喜ぶので、「え？　なにそれ、どこ？」と聞くと、「ノブちゃん知らない？　最近代々木上原（よよぎうえはら）にできたケーキ屋さんで、おいしいって大人気だけど、あっという間に売り切れで、全然買えないって評判のところなんだよ」と教えてくれた。

そんなものをお手伝いな我々にちゃんと用意してくれる岡田さんの、なんと素晴らしいことか。

ちなみに冷蔵庫にはお客様用に、これまたコナツさんが作ったフルーツとゼリーのカクテルが、美しいガラスのボウルにいれられて出番を待っている。

私たち三人は、リビングでにぎわう人たちの声を聞きながら、静かにおいしいケーキを食べた。

少しして、岡田さんがキッチンにやってきた。

「ありがとうございます。みんな、すごく喜んでます。いや、本当においしいし！　休日なのに、こんなしてもらって申し訳ないです」

そう言って、封筒を私たちに差し出す。

「これ、今日のお仕事代です。コナツさん、材料とか、かかったものはあとでまとめて連絡ください。別でお支払いしますので。後はこちらでやるので、今日はもう大丈夫です」

そう言った岡田さんにコナツさん、「クロス類と花瓶は、あらためて後日、取りにうかがいますね」と言ってから、「私も楽しかったです。料理は好きだけど、こんなふうにきっちり仕事みたいにしてやるのは初めてだったので。いろいろ考えたり準備したり、とってもよい経験になりました」と笑顔で言った。

私たちは岡田さんに見送られて、お客様たちの盛り上がりを邪魔しないように玄関に行き、そのまま帰ろうとしたが、その時、リビングからモデルみたいな美女がやってきた。

「今日のお料理されたのって、どなた？」

美女がきらめくような表情で尋ねると、岡田さんが「こちらのコナツさんですよ。おふたりは、お手伝いできてくれたノブコさんとチカさん」と紹介してくれた。

モデル美女はにっこり笑顔を浮かべ、コナツさんに向かって「とてもおいしかったです。お仕事でやられてるんじゃないって聞いたんですけど、そうなんですか？」とさらに尋ねたので、コナツさん「仕事は普通の会社員です。料理は、友達が集まったりする時にやるくらいで、普段は自炊レベルでしかやってません」と答える。

するとモデル美女、「何かそういうお仕事されてる方かと思いました。とってもおいしかったです」と言って、私たちに名刺を差し出した。

「私、代官山でカフェやってるんです。よかったら今度、みなさんでいらしてください」

名刺には、〝カフェ　ヴィーエヴィ　水野セリ〟と書かれていた。

私たちは、岡田さんと水野さんに見送られて、岡田さん宅をあとにした。

「こういう形で料理作るの初めてだったから、緊張したわ。でも楽しかった。ノブちゃんもチカさんも、手伝ってくれてありがとう」

そう言って、コナツさんは私たちに、別につつんであったらしいパンをくれた。

「しかし、きれいな人だったねぇ、水野さん」

チカさんがうっとりしながら言った。

「うちのバイファロスメンバーとはえらい違いで、今日は華やかな感じだったしね」

いやぁ、あれと比べちゃいかんだろう。

いっしょに並べるのも恐れ多いわ。

「そもそも岡田さんは、私たちとは生きてる世界、全然違うもんね。ノブちゃんを介して私も親しくなったけど、テレビとかで岡田さん見ると、知り合いとか友達とかって感じしない」

コナツさんの言葉に私、「私だって、知り合ったのは偶然で、そもそも芸能人だって知らなかったもの。申し訳ないこと山ほどしてるような気がする」と返す。

するとチカさんが「我々、声優なら、喘ぎ声で誰だかすぐわかるけど、タレントとか芸能人とか、本人目の前にしても全然わからないもんね」と言ったので、私たち、歩きながら声あげて笑っちゃった。

するとそこで突然、コナツさんが驚くようなことを言った。

「私ね、今働いている会社、辞めるかもしれない」

「えっ！」

私とチカさん、いっしょに大声出して、ふたりそろって立ち止まってしまった。

「やだなぁ、そんなびっくりした顔して見ないでよ」

コナツさんはそう言うが、いきなりそんな話されれば、普通驚く。

しかも、コナツさんが働いているのはまったき日本の会社で、私がいる外資系企業と違って転職なんて当たり前！　みたいなカルチャーはないし、コナツさん自身、転職経験はない。

「新卒からずっと同じところで働いていたんだよね？　なんかあったの？」

チカさんがコナツさんに尋ねた。

私たちオタ友同士、お互いのプロフィールを細かく知ってることは意外に稀。

私が帰国子女で外資系で働いているとか、チカさんが有名な日本のメーカーで働いているくらいはお互い知ってるけど、会社名とか何してるとか、実は知らなかったりする。

私もチカさんも、コナツさんが事務職で働いていて、お休みがとりやすい職場ってのは知っていたけれど、それ以外の情報はまったく知らずにいた。

「私、社労士さんの個人事務所でずっと働いていたんだよね」

コナツさんがゆっくり歩きながら話し出す。

「この間、経営者の先生が、自分もかなりの年齢になったので、近く事務所を閉めるつもりだって言ったの。先生には息子さんがいるんだけど、別の仕事についてるから、あと継ぐ人いないんだよね。それで事務やってる私たちにも、次の仕事を探すように言ってて、転職活動優先にしていいよって話になったんだ」

チカさんと私、コナツさんの顔を見つめながら、同じ歩調でゆっくりと歩く。

「大学の時にバイトして、そのままそこで社員になっちゃったから、私、他の仕事って知らないしどうするんだろうってひとごとみたいに思っててさ。いろいろ見たりしているんだけど、何をやりたいかとか出来るかとか、実感ないし、まだ何も考えられなくて。でも確実に仕事はなくなるわけで、悶々としていたんだよね」

「まぁ、いくら転職が当たり前のご時勢って言っても、日本の会社にいると、切迫してそれを考えなきゃならない状況って、そう滅多にあるもんじゃないからね……」

チカさんがぼそっと言った。

「そうなんだよねー」

うつむいたまま、どこを見るともなく視線を走らせてコナツさんが答える。

「自分の好きなものはわかってるけど、仕事で何をやりたいかとか、出来るかとか、考えたことなかったなって気がついた感じ。そもそも、私の歳で仕事あるのか？　ってそこもあるしね」

淡々と話しているけれど、コナツさんの状況がいかに厳しいかは、私にもチカさんにも理解出来る。

「でもね、今日、岡田さんのパーティのご飯やらせてもらって、ああ、なるほどー、こういう仕事もあるよなぁって思ったんだ」

コナツさんがちょっと笑って言った。

「実際それを仕事にするとかいう意味じゃなくて、実はいろいろな可能性があって、でも私はまだそれを知らないだけなのかもなぁって、そんなふうに思ったんだ。ちょっと日和(ひより)見(み)だけど、少し明るい気持ちになれた」

「うん、そうだよ、そういうのもあるよ、そういうふうに考えることも大事だよ」

ぽん！　とコナツさんの肩を叩(たた)いて、チカさんが言った。

「うちなんか転職組ばっかりで、逆にコナツさんみたいにずっとひとつの所で働いた人なんていないし、いろいろだから」と私が言うと、コナツさんはうなずいて「そうだよね、いろいろな形があるもんね」とちょっと笑った。

私たちはその日はそのまま別れ、それぞれ帰宅した。

いつもならおしゃべりして帰るところだけれど、慣れない事をしたおかげで、いつもと違う疲れもあったんだと思う。

夜、コナツさんにいただいたパンで、私はサーモンサンドイッチを作って、今期一番好きなアニメ『腹筋家族』を見ながら食べた。

コナツさん、明るく話していたけれど、事態はそう簡単なことじゃないし、明るく語れる内容でもない。

年齢的にも仕事的にも、転職活動はとても大変なのはわかるし、初めてならなおさら、不安もいっぱいだろう。

食べ終わってお皿を洗いながら、少しでも良い形になりますようにと、私は心の中で祈った。

二期目のアニメ放映が始まった『ダンク！　ダンク！　ダンク！』は、さらに人気をあげて、あっちこっちのアニメや声優専門誌でも特集が組まれるようになった。

連載中の週刊少年漫画誌主催のイベントが幕張で開催された時は、主要キャラの声をアテている声優さんが全員そろうというとんでもない企画だったこともあり、我々、告知見ただけで歓喜の声をあげたんだが、それはつまり、チケット争奪戦の開幕も意味している。

そのイベントのチケットは、その少年誌の指定のページに印字されている申し込みマークを切り取り、ハガキに貼って応募する形になる。

一冊買って一枚貼って送ったところで、太陽が地球におっこちてくるくらいの確率でしか当たる可能性はない。

〝声のソムリエ〟の異名を持つ声フェチ、声優オタクなミンミンさんは、そういう時のために、会社近くの駅にいるホームレスのおじさんと協定を結んでいる。

山手線圏内で捨てられていた少年誌からそのページを切り取ってきてもらい、それをミンミンさんが買い取るシステム。

山本さんというそのホームレスのおじさんは、ホームレス仲間に声をかけてくれて、最初は近隣駅だけだったのを山手線全域に広げてくれて、さらに「できるだけきれいなものを選んで切り取る」という配慮までしてくれている。

おかげで、ものすごい数の申し込みマークの入手が可能になり、ミンミンさんをはじめとする声優オタク仲間全員、チケットゲット出来るようになった。

人気が上がれば、イベントの数も増える。

声優イベントの他にも、キャラにちなんだ料理が用意された期間限定カフェやグッズ販売、そしてオンリーイベントと呼ばれる『ダンク！ダンク！』だけのサークルで開催される同人誌即売会などが、次々と企画された。

その『ダンク！ダンク！ダンク！』と今、双璧(そうへき)を成すのが、私も視聴している『腹筋家族』。

こちらは、アニメオリジナルの作品なので、出版社絡みのイベントはない。その分、企画されるイベントの数は少なく、レアになるので、ファンが殺到してグッズも売れまくる。

このふたつに関しての違いは、『ダンク！ダンク！』はアニメ放映も長いし、雑誌連載がメインなので息の長いファンが多いけれど、『腹筋家族』はアニメ放映がすべての短期決戦型なので、いっきにファンが集まってくる感じ。

同人誌イベントでは、人気が上がってきたジャンルや作品に、サークルが集まる。

人気ジャンルには他から移ってくる人もたくさんいるし、新しく萌えが発動しちゃった人もでてくる。そこへもってきて、炎上中の人たちの布教活動によって萌えは拡大されるので、最近開催されている同人誌イベントは、だいたいこの『ダンク！　ダンク！　ダンク！』と『腹筋家族』の二巨頭で制圧されてる感じになっていた。

その日開催されたイベントはシティと呼ばれているもので、コミケとは違い、企業によって二〜三ヶ月に一度開催されている同人誌イベント。二次創作同人誌がメインで、参加サークルさんも女性向きなものがほとんどなので、参加者も女性が多い。コミケほどの規模ではないけれど、熱気とやる気はコミケにも勝るとも劣らない勢いがある。

この日は、超人気絵師アルタさんが『ダンク！　ダンク！　ダンク！』の二次創作本を出すことになっていて、さすが！　の壁配置になっていた。同人誌イベント、長い列が形成されるような人気サークルは、それを配慮した壁側配置になるのが習わし。

売り子が足りないというので私たちにも連絡がはいり、お手伝いに行くことになったんだが、それとは別に、コナツさんの同人仲間のナルさんが『腹筋家族』でサークル参加することになり、こちらもお手伝い要請があったので、『腹筋家族』に炎上中のアヤちゃんがそちらにお手伝いにはいることになった。

サークルのお手伝いでは、搬入搬出を含め、売り子をするのが筋なんだけれど、我々の場合、買い物しに行っていいよってスタンス。ただし、サークル主と相談して定期的にサークルに戻り、サークル主がトイレ休憩やごはん休憩取れるようにするのが前提。自分でサークルめぐりできない主さんのお買い物を引き受けたりすることもよくあるし、長蛇の列必至なサークルさんの本を買いたい時は、いちばんにださせてもらったりすることもある。そこは、売り子にはいった者同士で調整する。

今回は、『ダンク！　ダンク！　ダンク！』と『腹筋家族』がバッティングする初めての同人イベントで、すさまじい混雑が予想されていた。

毎回大人気で長い列が出来るアルタさんのサークルだけれど、私とミンミンさん、コナツさんの他に、コスプレイヤーなテル花(はな)さんが来てくれたので、私とミンミンさんはとりあえず買い物に行っていいよということになった。

コミケとは違い、規模もそこまでは大きくないので、今日はミンミンさんと私のふたりミッションで手分けしていたのだけれど、十一時には目的の買い物もだいたい終わり、私たちはアルタさんのサークルに戻ってお手伝いを交代した。

そこへ、ナルさんからＬＩＮＥ(ライン)がはいった。

——ごめん、トイレ行きたいので、誰か来てもらえませんか？

アルタさんにそれを伝えると、アルタさん、「そりゃ大変！　すぐに行ってあげて。こっちは大丈夫」と言ってくれた。

東館反対側にあるナルさんのサークルに向かうと、私の顔を見るなり、ナルさんが「ありがとう！　頼む！」と言って、そのままダッシュでトイレに向かう。

ぎりぎりまで我慢していたに違いない。

そのままサークル内にはいった私、そこで思わず声あげてしまった。

「え！　何これ！」

ふたつあるイスの下に、でっかいスポーツバッグが詰め詰めに置かれていた。

同人誌イベント、そりゃもうみんな、とんでもなく荷物あるのは普通で、驚くところでもなんでもないんだけれど、そこに置かれていたのは、高校野球部員が部活で使うために持つようなごつい、でっかいスポーツバッグ。

ごつすぎてイスからもはみだし、両隣のサークルさんのところにも引っかかってる状態。

しかも机の下にも、明らかにナルさんのものじゃないバッグや袋がみっちり置かれている。

うわ、これ何？　超迷惑……と思って両隣のサークルさん交互に見たら、両隣のサークルに座っていた人たちが、なにやら意味深長な、ちょっと気の毒そうな表情で私を見返した。

ナルさんのサークルは固定ファンも多く、pixiv(ピクシブ)にも定期的にイラストをあげていることもあって、列が出来るほどではないけれど、買いに来る人に切れ目がない。ナルさんがトイレに行ってる間もそれは続く。

そして、しばらくしてナルさんが帰ってきた。

同人誌イベント会場、女性トイレは必ず列が出来る。

コミケなんかだと、最大手とか冗談で言われるくらい待つので、トイレ休憩にもそれなりの時間を要するから、だからこその売り子さんなのだけれど。

「ノブちゃん、ありがとう、助かったぁ。ちょっと限界だった」

すっきりした顔でナルさんが言ったので、「そんなに我慢してたの？」と思わず聞くとナルさん、「実は、開場前からずっとトイレ、行ってなくて」と言ったのでびっくりした。

「え？　どういう事？　それ、まだセッティングしてる時間じゃない。アヤちゃんいたでしょ？」

するとナルさん、渋(しぶ)い顔になった。

「いや、実はアヤちゃん、すぐにいなくなっちゃったんだ」

「え？　どういうこと？　開場前からいなかったってこと？」

「いやぁ……」とナルさんが言いにくそうに目線を落とす。

「もしかして、この大量の荷物の山も、アヤちゃんなの？」

そう聞いた私にナルさん、「っていうか、アヤちゃんとその仲間の人たちのもの」と顔を歪(ゆが)めた。

「私、いつも会場入りは、八時半くらいにはするようにしてるんだけど、宅配便取りにいって戻ってきたらアヤちゃんいたのね。それで準備始めようとしたら、次々人がやってきて、アヤちゃんがうちのサークルに荷物置いていいからって言いだして、私が何も言わないうちにこうなっちゃって。それで、そのまま、これから買い物の打ち合わせするからって、その人たちとどっか行っちゃったんだ」

私は絶句した。

それは、こういうイベントでお手伝いを引き受けて、絶対にやっちゃいけないことだよ。

「このいちばん大きなバッグがアヤちゃんのなんだけど、仲間の人たちも無造作に荷物置いて行っちゃったんで、両隣の方にちょっと迷惑かけてしまって」

ナルさんがそう言うと、隣のサークルさんが「気にしなくていいですよ」と言ってくれた。

なんともはや、そういう事になっちゃってたのか。

「それでそのまま、戻ってこないんだ……」

そう言った私に、ナルさんがうなずく。

事情がわかった私はアルタさんたちにLINEをいれて手短に事情を知らせ、アヤちゃんが戻ってくるまでナルさんのサークルにいることを伝えた。

人気の『腹筋家族』の同人誌とあって、島中のナルさんのサークルの本もどんどん売れ、十二時を少し過ぎた頃には新刊は完売になった。

しかし、アヤちゃんは帰ってこない。

もしかしてこれ、〝出たきり同人〟じゃないのか？　と、さすがにちょっと心配になってきた。

〝出たきり同人〟というのは、売り子で呼ばれたのにもかかわらず、搬入搬出ふくめ、売り子のお手伝いほとんどせずに、買いに行っちゃったまま帰ってこない人のことを指す。

絶対やっちゃいけない同人マナーのひとつだけど、残念ながら、そういう人が常時どこかで出現するのが同人イベント。

萌えが発動しすぎて大炎上し、欲しい同人誌買うために、責任も義務も常識もマナーもぶっちぎっちゃう人が出てくるのは、オタク界隈(かいわい)ではわりとよくある話。

とはいえ、同人歴長いうえにつきあいも長い仲間内で、そんなことをする人が出てくるなんて思ってもいなかった。

しかも、アヤちゃんがそんなことをするなんて。予想もしなかった。

なんとも言えない気持ちのまま売り子をしていたら、それから三十分くらいして、アヤちゃんが戻ってきた。

両肩には、大量の同人誌がぎっしり詰まったバッグをさげている。

「アヤちゃん」と言って思わず立ち上がった私、でも、アヤちゃんはそれを完全にスルーして、ナルさんに向かって言った。

「これから買った本の分配をみんなでするんで、このまま、また出ます」

「ちょっと待ってよ、アヤちゃん」

困惑した表情のナルさんの隣で、私は思わず声をあげてしまった。

「それ、だめでしょう？　搬入も手伝ってないって聞いたし、ナルさんがトイレ休憩とかも取れない状態にしちゃって、いくら買いたい本があるからって、ちゃんとお手伝いしようよ」

憮然（ぶぜん）とした表情で、アヤちゃんは私を見て、そして言った。

「搬出は手伝うよ」

そういう問題じゃない。

するとそこで、ナルさんが落ち着いた声で言った。

「アヤちゃん、新刊完売したし、もうすぐ撤収するから、荷物、引き上げてもらえるかな」

ところがアヤちゃんは「じゃあ、撤収までには戻るから」と言って、置いてあったものもそのまま、買った本の山を持ってさーっとどこかに行ってしまった。

私、呆然とした。

アヤちゃん、どうしちゃったの？

どうしていいかわからず戸惑う私とナルさんに、隣のサークルの人が「萌えが発動しすぎて、暴走しちゃってる感じですね」と、気の毒そうに言った。

「私の友達でもいました。あんなふうになっちゃった人。欲しい同人誌買うために暴走しまくって、周囲に迷惑かけまくって、嘘までついて、最終的には縁切るしかなくなっちゃったんですよね」

「え。そんなになっちゃったんですか？」

驚いて返した私に、その人は静かにうなずく。

「お金のトラブルまで発生しちゃったんで、そうするしかなくなっちゃいました」

そう言うと、その隣にいたお友達らしき人が、「たぶんもう本人も自分が何してるか、わからなくなってるんだと思いますよ、萌え仲間もいるようだし、相乗効果になってるのもあるんじゃないですかね」と続けた。

私もナルさんも、思わず黙りこんでしまった。

　結局、撤収作業が終わっても、アヤちゃんも、ナルさんのところに荷物を置いたその仲間も戻ってこなかった。

　この荷物どうする？　と相談していた私たちに、両隣のサークルさんが「私たち、最後までいますから、みてますよ」と言ってくれた。

　小田原からきているナルさんは帰り道も旅だから、少しでも早く会場を出たいし、私はアルタさんのところの売り子放置なので、荷物のためだけにここにいるわけにもいかない。

　結局、まだ会場に残る私が隣のサークル主さんに連絡先を渡し、何かあったら連絡をいれてもらうことにして、とりあえず撤収となった。

　アルタさんのところに戻り、私の疲弊ぶりを見て怪訝な顔をしたみんなに事情を話したところ、全員の顔が曇った。

「うーん、それはとってもヤバイね」

　アルタさんが言うと、ミンミンさんがそれに付け加えた。

「アヤちゃんはBL路線でずっときていて、二次創作萌えは初体験でしょ。しかも『腹筋家族』は今すごい勢いあるジャンルだから、匙加減わからないところで爆走しちゃってるのかもしれない」

「SNSとかで仲間が出来て、そこで萌え話が盛り上がっちゃうと、さらに増幅されるしね」

コナツさんの言葉に、テル花さんがうなずく。

「そういう状態になっちゃうと何言ってもわからないし、とりあえず落ち着くまで見守るしかないよ。そこまで萌えが暴走しちゃったら、どうしようもない」

アルタさんがそう言った時、ぶぶっとスマホが鳴って、LINEがはいった。

ナルさんの隣のサークル主さんからだった。

――すみません、お友達の方が戻っていらしたんですが、周囲とトラブルになってます。来ていただけませんか？

「なんかトラブッてるって連絡がきた」

スマホ持ったまま叫んだ私に、ミンミンさんが「ノブちゃん、行こう！」と言って、私の腕を摑んだ。

ナルさんのサークルブースだった所に戻った私とミンミンさん、本当に文字通り、見た瞬間、完全フリーズ状態になった。

きれいに片付いていたテーブルには、同人誌が山と積まれ、テーブルの外と中で六人ほどの人がいる。

ふたり用のスペースしかないサークルテーブルにその人数は、明らかに周囲に迷惑。

その中でアヤちゃんともうひとりがイスに座って、お金の計算をしていた。

買い集めた同人誌の仕分け作業だ。

「アヤちゃん、何やってるの。それ、だめでしょ」

私より先にミンミンさんが叫んだ。

「ここでそんなことしたら、だめなのわかってるでしょう？　そもそもアヤちゃんのスペースじゃないんだよ？」

ミンミンさんの言葉に、アヤちゃんが憮然とした表情でイスから立ち上がった。

怒りとムカつきのオーラでぎらぎらしているのがわかる。

他の五人は何も言わずに私たちを見た。

全員、知らない顔だ。

「別の場所でやりなよ。まわりのサークルさんにもナルさんにも、すごい迷惑だよ」

ミンミンさんが言うと、アヤちゃんは「わかった」とだけ言って、積まれた同人誌を袋に入れ始める。

それを見た周辺のサークルさんたちが、ほっとしたのがわかった。

アヤちゃんたちが去った後、私とミンミンさんで周辺のサークルさんたちに謝罪した。

「すみませんでした、こんなことになってるなんて。私たちもびっくりしました」

「いえ、いちおうやんわり注意したんですけど、関係ないですよねって言われちゃって、私たちもちょっと、どうしていいかわからなくなってしまって」

背中あわせのサークルさんが言うと、連絡してくれた隣のサークル主さんが、「すみません、私たちもやめてほしいって言ったんですがだめで、これ以上何かあったらどうしようもないって思って連絡しました」というので、「こちらこそ、すみません。彼女たちが戻ってくるまで、私もいるべきでした」と私は頭を下げた。

しばらくはいたほうがいいか？　と私とミンミンさんが相談していたら、周囲のサークルさんたちが、「お友達だからって、そこまでする必要ないですよ。荷物も残っていないし、たぶんもう戻ってはこないでしょうから」と言ってくれたので、私たちはあらためて謝罪して、アルタさんのところに戻った。

話を聞いたアルタさんが顔をしかめ、「サークル主としては、お金扱ってる場所で貴重品もあるし、無関係な人たちがたくさんはいりこんでくるってのは、本当にやめてほしい行為だからなぁ」と言うと、「自分のサークルでもない場所でそんなことするのは、そもそも完全にマナー違反だよ」とコナツさん。

ふたりともサークル参加歴が長いだけに、実感としての言葉だと思う。

アヤちゃんはどうしちゃったんだろう。

あそこにいたのは、私の知ってるアヤちゃんじゃなかった。

なんというか、もう、目の前にある「同人誌買いたい」って欲望にまみれて、それがダークオーラと化して渦まいてるみたいだった。

「しばらくは、遠目に見てるしかないと思うよ。言い方悪いけど、関わると巻き込まれて、嫌な想いするだけだし、下手すると、それだけじゃ済まなくなるから」

暗い声でテル花さんが言った。

私たちはその後、アルタさんの撤収作業にはいり、会場を出てからいつものように、ご飯を食べに行った。

こういう時、いつもいっしょだったアヤちゃんはいない。

その日はとうとう、アヤちゃんから何も連絡がないまま終わった。

週明け、次の週に出張でやってくるオーレの迎撃の打ち合わせに、タツオからSkypeがかかってきたので、アヤちゃんの一件を話した。

「そういう事が起きるのは、別にオタクに限ったことじゃない、自分の好きなことに対しては、基本、人間は貪欲でわがままなものだ」

さらりとタツオが言った。

「ただ、どんな世界にもマナーとルールはある。節度を忘れ、自分の欲求のためにそれを違えることは、許されることじゃない。そんなことが許されたら、コミケなんぞ、暴徒の巣だ」

　確かに。

　でも、アヤちゃんはオタク歴もイベント経験も、長いし豊富。なのに『腹筋家族』の二次創作に萌えた瞬間、人が変わったようになってしまった。

「萌えの前に、全部消えちゃった感じなんだよね」

　そう言った私を「それが理由として成立すると思うのなら、大間違いだ」と、タツオがばっさりと切った。

「やってはいけないことは、何がどうあろうとやってはいけないことだし、免罪符（めんざいふ）にはならん。何度もいうが、それが許されるのであれば、コミケなんぞは、そこらのホラー映画なぎ倒すレベルのゾンビ襲来状態になる。男どもが、すさまじい勢いですべてをなぎ倒しながら、エロ同人誌や企業エリアに突進していくことになるからな」

　ひいいいいいいいい。

　入場時の行進のすさまじい人数と足音知ってる身としては、笑えない冗談だよ、それ。

　そこで、ずいっとタツオが暑苦しい顔をＳｋｙｐｅの画面に近づけた。

「そもそもノブコ、我々のように、一般社会の規範から著（いちじる）しくはずれた生き方をしているような人間でも社会から抹殺されないのは、とりあえず他者に迷惑をかけていないからだ。オタクに犯罪者が多いとか、迷惑行為をする者が多いというのは、世間によくある誤解で、むしろオタクだからこそ、そういうことは限りなく少ない。オタクほど、マナーとルールに厳しい人間はおらん。それを失ったら、我々はただのキモい迷惑な輩でしかないからな。平和にオタク活動をするための、最低限のルールだ」

おっしゃるとおり。

とくにあなたが言うと、全人類が納得してひれ伏すくらい説得力があります。

たとえば私が、マナーも礼儀もルールも失して、男同士がむやみに絡み合って喘いでいるCDを電車の中で大音量で聞いてたり、そっち系の同人誌、無関係な人前にして大っぴらに読んだりとか、そりゃもうただのおかしな人でしかない。

想像しただけで、「想像したくないレベルでした、すみません」と頭、地面に埋めたくなった。

「普通に考えてみることだ。三十路もゆうに超えた大人が人様に迷惑かけて、その理由が萌えでしたといって、通用すると思うか？」

「いいえ、まったく」と答えた私だけれど、あの一件、あそこで私たちはすべてを腹におさめてしまった。

なんだろう、やっちゃいけないことだとわかっていて、アヤちゃんのやったことに怒りを感じていてなお、どこかで許すしかないような気分だった。

萌えちゃったんだから仕方ない。

確かに、オタクにしかわからない言い訳で、オタクにしか通用しない理由だ。

自分だってオタクだ。

アヤちゃんの姿は、いつかの自分かもしれない。

そういう想いが、みんなどこかにあったんじゃなかろうか。

でも、だからこそ、それで許されるってしちゃいけないことだったんだ。

タツオの言葉で、今、それをあらためて認識した。

「いいか、ノブコ。我々オタクな人間が、萌えを理由に同じオタクに迷惑をかけ、不快な想いをさせルールを破ったら、もう居場所はないんだぞ。同じ遺伝子を持つ者が生きる場所にいっしょにいられなくなったら、そのオタクな人間は、どこの世界で生きていくのだ？」

悲しくなってきた。

なんだか、とっても悲しくなってきた。

萌えは、人生を豊かにする。

楽しくする。

充実させてくれる。

そういうものだったはず。

でも、どこかでスイッチが違う方に切り変わったら、別な事が起きる。

今までも、あちらこちらでそういう話は聞いていた。

二次創作のカップリングが違う事からバトルが起こったり、有名同人作家になりたくてトラブルを起こしたり、お取り巻きを作って女王様みたいになろうとしたり、オタク界隈にもいろいろな人がいる。イベントチケットを巡る争い事や、同人誌購入でのトラブルも、実は枚挙暇ない。

形は違うけど、どれもみな、欲望や欲求の果てに起こされたことだ。

好きなもの、愛するもの、心を捧げたいものにそれを持ちこんだら、もう歯止めはきかないし、行きつく先も決して良いものじゃない。

あれから、私たちとは音信不通になってしまっているけれど、たぶん今、アヤちゃんはあの時いっしょに買い物していた人たちと連絡をとりあって親しくしているんだと思う。

それを言ったら、タツオがこれまたさらりと言った。

「萌え語りは楽しい。そして盛り上がる。だが、萌えを共有するだけの関係はもろい。萌えが別に移れば、消滅する。別れるんじゃない。消滅するんだ。そんなのは友人とは呼ばん」

だとしたら、私たちは、コナツさんやミンミンさんやチカさんやアルタさんは、アヤちやんにとって、どういう存在だったんだろう。

いっしょに笑い、いっしょに語り合った時間は、アヤちゃんにとってたいした意味もないものだったんだろうか。

その時、楽しければそれでいいってだけの存在だったんだろうか。

私は、タツオの暑苦しい顔を見ながら、苦い想いを噛（か）みしめた。

3「今日の萌えが明日をつくる」

昨年あたりから、会社の中になんとなく不穏な空気が流れだしているのを社内の誰もが感じていて、私たちの間でも時折話題にのぼっていた。

同じチームのひとりだったタマコさんが大学院進学のために渡米。その上司だったエナリさんもその後、アメリカ本社に異動になり、空席だったそのポジションは結局正式にクローズとなった。

レイオフや部門閉鎖が外資系企業のあちらこちらで行われている昨今、うちの会社にもその波がついにやってきて、世界各国あちらこちらで部門や業務の縮小が始まり、一部ではレイオフも行われていると聞く。

エナリさんの後任がはいらないと聞いた時点で、さすがに私たちも自分たちの身の上を心配しなければならない状況を覚悟した。

お金を稼がない部門の事務職が真っ先にレイオフの対象になるのは、どんな会社も同じ。

そんな微妙に緊張した空気が流れる中、エツコさんがたびたび休みを取るようになった。

少し前に結婚したエツコさん、恋愛至上主義、結婚こそ女の幸せの王道！　ってはっきりと表明してる人だったけど、結婚後も仕事を続けていて、以前と変わらぬ姿勢で業務に向かっていた。

結婚したら仕事を辞めておうちにはいって専業主婦になるのかなぁ、なんて思っていたので意外だったけれど、もともときちんとした真面目な人だったし、「仕事好き」と前から言っていたから、そのあたりきちんと考えていたんだとわかって、あらためてえらいなぁって思っていた。

エツコさんの結婚式はモーリシャスで親族だけで行われたので、披露宴やパーティはなかった。なので、私たちは彼女のご主人を写真でしか知らないけれど、銀行にお勤めの真面目そうな好青年って感じの人。

新婚生活の幸せぶりを体現して、幸せトーク炸裂していたエツコさんだったけど、ここのところたびたび休むようになって、私たちの間でも心配の声があがるようになっていた。

「赤ちゃん、できたのかな」

ヒサコさんの言葉に、鈍くさい私はそれを言われるまでその想定がまったくなくて一瞬びっくりしたんだが、結婚していればそういう理由も確かに出てくる。

「とても具合悪そうにしていて、顔色も悪かったから、帰ったら？　って何度か言ったことあるんだけど、彼女、真面目だから無理してるみたいで心配だわ」とダイレクター秘書のミナさんも心配そうに言う。

妊娠だとしたらおめでたい話だし、うちの会社には産休もあるので大丈夫とは思うけれど、お休みをたびたび取るという状況はやっぱり心配になる。

エツコさんの上司のトニーも、エツコさんのことをとても心配しているのだけれど、それと同時に仕事がまわらなくなってきていて、ミナさんに「何かあるなら、相談してくれれば対応のしようもあるんだけど」と言ってるのを、ちらりと耳にした。

どうしたんだろうね、大丈夫かしら？　とみんなで話をしていた次の日、エツコさんが出勤してきた。

出勤してきたけれど、顔が土気色。

「大丈夫？」

思わず声をかけた私にエツコさん、つらそうな表情で笑顔を作り、「ありがとう。大丈夫。なんかごめんね、心配かけて」と言った。

ヒサコさんも心配そうにエツコさんを見ている。

ケヴィンも出勤してきてエツコさんを見て、「大丈夫？　あまり顔色よくないね。無理しないようにね」と声をかけた後、私を部屋に呼んで、「つらそうだから、余裕があったら僕の許可得なくてもいいから、エツコを手伝ってあげて」と言った。

ケヴィンのこういうところ、もっと評価されてもいいと本当に思うんだけれど、ビジネスの世界ではあまり重きを置かれない部分なのが残念。

エツコさんは、休みの間に山となってしまった書類を整理し、溜(た)まっていたメールを静かに処理している。

時々、気分悪そうに身体を丸めたり、口を押さえながら震えていたりするのがわかったが、どうしてあげることも出来ない。

午後、エツコさんは上司のトニーの部屋にはいり話し込んでいたが、しばらくして、ミナさんが呼ばれて中にはいっていった。

ガラス越しに、真剣な様子の三人を見て何かあると思いつつ、自分の仕事に忙しくてかまっていられなかった私、部屋から出てきたミナさんとエツコさんの表情からは何も読み取れない。

何があっても、何を聞いていても、表情に出すようなことがないというのは、秘書として働くには必要なスキルだから、そのあたり、ミナさんもエツコさんもしっかりしている。

夕方、ミナさんが私とヒサコさんの所に来て、「少しいい？」と言った。

ダイレクターの隣にある法務部専用の小さな会議室にはいると、エツコさんがすでに座っていた。

ミナさんが静かに扉を閉めると、エツコさんが私たちに向かって言った。

「突然で申し訳ないのだけれど、私、会社辞めます」

「えっ!!」

私とヒサコさん、そろって大声出してしまった。

「本当にごめんなさい」

落ち着いた声でそう言ったエツコさんは、私たちを前に頭を下げた。

何がどうしてそういうことになったのかわからず、私とヒサコさんはミナさんを見る。

けれどミナさんは何も言わず、視線をエツコさんに向けた。

その視線の先で、エツコさんは深く息を吸い、私たちをしっかりと見つめ、そして言った。

「気がついているとは思うけど、私、妊娠したの。仕事、続けるつもりだった。でも、思っていた以上に悪阻（つわり）がひどくて会社に来るのも大変な状態だったら、お医者様から無理すると危険な状態だと言われてしまって……」

私たちは何も言えないまま、エツコさんを見つめた。

オークリー銀行には最長二年の産休がある。

でも、産休があるからといって、それで済む話じゃない。

いろいろなケースがあって、エツコさんのように、仕事による身体への負担が危（あや）ぶまれることもあれば、出産後、自分の体調もしくは赤ちゃんの状況で、結局仕事に復帰出来ないという人もいる。

　産休を取って無事出産出来たとしても、二年マックスで産休を取る人はほとんどいない。

　たいていの人は、悪阻や体調の悪さと戦いながらぎりぎりまで仕事をし、そして出産後、数ヶ月で仕事に復帰するし、仕事によっては、長期的に仕事から離れるのは不可能というものもある。

　外資系企業、二年経ったその時、かつて自分がいたポジションがないかもしれない。いや、それどころか所属部門、もしかしたら会社そのものがなくなってしまっているかもしれないし、仕事は日進月歩(にっしんげっぽ)で、ものすごい勢いで流れていく。

　真剣に仕事に向き合っている人、責任ある職務についている人ほど、長く仕事を離れることに危機感を抱くことになる。

　会社の中で、たくさんの女性が妊娠、出産と自分の仕事との両立に悩み、苦しみ、そして厳しい決断を迫られてきたのを見てきた。

　そして今、エツコさんがその決断をする立場になっている。

　私たちの前にいるエツコさんは、明るく笑顔でフェミニンな、私たちのよく知るエツコさんじゃなくなっていた。何かに立ち向かうような、どっしりとした重さを感じさせるようなそんな雰囲気をまとっている。

「わかった」

私の隣で、ヒサコさんが静かに言った。

「出来るだけ協力するから、何でも言ってね」

「エツコさんは、体調を一番に考えて、無理しないで」と私が続ける。

「ありがとう」と、エツコさんが言った。

「もう人事にも話してあるから、早急に後任の方を探す手はずになると思うわ。しばらくばたばたすると思うけど、ふたりともよろしくね」

ミナさんの言葉に私たちがうなずくと、その前でエツコさんがにっこりと微笑んで言った。

「本当にありがとう。私、最後までがんばるから、よろしくお願いします」

ずっといっしょに働いてきた仲間がまたひとり、職場を去ることに、私もヒサコさんも、少なからず重い気持ちを感じていた。

でも、これはおめでたい話だ。

体調が思わしくないエツコさんが気持ちよく仕事に向かえるよう、出来るだけのことをしようと、私は心に決めた。

――ノブさん、ゲーム化されたバイファロス、今度ロスで開催されるイベントで、詳細発表があるそうです。しかも、アメリカ上映版のＤＶＤが限定販売されるって情報ありました。

おいこら待て。

なんだその、すごい話は。

オガタ君からはいったメールを見て、立ち上がりそうになったくらい驚いた。

翻訳(ほんやく)していた資料の内容で頭がいっぱいだったのが、きれいさっぱり吹っ飛んだ。

思わずネット検索かけてみると、ＪＡＧ（ジャパンアニメーションアンドゲーム）と呼ばれる特別イベントで、バイファロスのゲームＰＶが初公開、日本人声優数人が出演、アメリカ上映版ＤＶＤ特別限定販売とある。

これはもう、バイファロスファンとしては、踊り狂うくらいのすごいニュース。

アメリカ版バイファロスは、日本で公開されたオリジナル版より八分長く、その分戦闘シーンが長い。

当時アメリカ在住だった私はそのアメリカ版を見ているけれど、日本人ファンのほとんどは見たことないもの。

さらにいえば、アメリカ版はＤＶＤ発売されてなくて、今回が初。

それが限定販売されるうえに、ゲームのトレーラー八分をおさめたＤＶＤも同梱(どうこん)されるっていうんだから、そりゃもうファンの間で大騒ぎになるのは必然。

最近、アメリカでも大きなオタクイベントが開催されていて、アニメエキスポやコミコン、E3といった大きなものは、公的にも認知度が高い。

最大級のイベントとして有名なコミコンは、映画やテレビ関係の出展がメインで、監督や有名な俳優がこぞって参加し、企業もいろいろなグッズを販売したり、パネルディスカッションを行ったりして、業界関係者はもちろん、多くの一般参加者も集まる有名なイベントだし、E3は世界中の大手ゲーム会社が新しいゲームの開発や発売を発表する場で、ネット配信もされて注目を集めている。

他にも毎月、どこかで大小いろいろなタイプのイベントが行われていて、オタク系のイベントも、すでにアメリカでは市民権を得た感じ。

私がアメリカにいた時は、日本のアニメ見るのはまだまだ大変で、アメリカでテレビ放映されるものは英語吹替えになっていたし、なぜか内容も台詞(セリフ)も変更されていたりしてた。しかし多くのオタクは、そんな改編されたものではなく、オリジナルが見たい。結果、いずこかの動画サイトにあがったオリジナルに、日本語堪能な地元のオタクたちが英語字幕をつけてそれが無料配信されていたが、日本で放映された次の日にはそれがネットにあがったりしていて、オタクの力のすごさが、いらぬところで証明されていたりした。

けれど、そういう人たちの地道な努力が、全米のオタクたちを救っていたとも言える。

それが今や、ケーブルテレビやネットで普通に日本のアニメを見られるし、毎月アメリカのどこかでオタクのイベントが開催されているような状態にまで進化したわけで、まったくもって素晴らしい!! の一言に尽きる。

今回開催されるJAGは、アニメとゲームでコラボされている作品をメインにした大がかりだが単発のイベントで、日本からも多くのアニメーション制作会社やゲーム会社も出展する。

本来なら、新作ゲームの発表は六月開催のE3で行われるものなのだけれど、バイファロスの場合、アニメとのコラボ企画ということも考えて、JAGで先んじることになったらしい。

……アメリカ、行ってもいいかもしれませんよ、これは。

画面見たまま、そう思った私。

日本でのイベントにも今のところ重なっていないし、有給も残っていて、仕事も忙しい時期じゃないからお休みも取れる。

先だっての集まりの時、腐友仲間もチームタツオメンバーも、ほとんどが渡米は難しいって状態だった。

ってことは、限定販売されるDVDを買えるのは、私だけなのではなかろうか?

翻訳を終えて、ケヴィンの部屋にはいり、「終了したので、データ送りました」と告げると、ケヴィンは輝くような受け笑顔で「ありがとう」と言った。
休暇を取るには、上司の許可は必須。

「あの、ケヴィン、突然ですが、来月、ちょっと長めに休暇をいただいてもいいですか？」

そう言った私にケヴィン、「もちろんいいよ！」と言ってから、「ノブが長く休暇取るなんて珍しいね」と言った。

あー、はい、いつも休暇は国内限定、しかもイベントのための遠征しかしてないから、せいぜいが一泊か二泊ですもんねー。

「えーっと、実はちょっとアメリカ行こうと思ってまして」

そう言った瞬間、ケヴィン、思いっきりきらきらしたので私、思わず一歩下がっちゃった。

「アメリカ！　ついに、オーレに会いに行くの！」

えーっと……そんなことは、まったく考えてなかったよ、あなたに言われるまで。

まぁ、普通はそう考えるところだわな。

固まったまま何も言わない私にケヴィン、不安になったらしく、ちょっとおどおどしながら、「いや、その、アメリカ行くっていうから、ついにオーレの両親に会いに行くのかなぁとか、思ったんだけど」と、とんでもないことを言った。

いやぁ、この状況でアニメ関係のイベント行くとか言えなくなっちゃったじゃんっ！

何をどう言っていいかわからず、そのまま無言な私に、ケヴィンはさらに不安を煽られたらしく、「あ、ごめんね、プライベートなこと、聞くべきじゃないね」とか言いながら、PC見て「あ、翻訳きてるー、ありがとー」とか、取ってつけたように言ったので、私はそのまま部屋を出た。

すまん、ケヴィン。

私が行きたいのは、オーレがいるニューヨークじゃなくて、イベントが行われるカリフォルニアなんですー。

とりあえず、口頭での休暇申請は受理されたので、帰宅してから早速飛行機の値段や時間をチェックしていたら、Facebook（フェイスブック）のメッセージ受信音がした。

大学時代の数少ない私の友達であり、オタ友だったポールからだ。

——やっほー、ノブ、久しぶり。君のことだからすでに知っているとは思うけど、僕が働いている会社で、君の愛するバイファロスのゲーム作ってるんだよ。先日公式発表されたから、こうやって君にも話せるようになったけど、今度開催のJAGで、限定販売のDVDやらグッズやら出ることになったし、僕がアテンドするから、それに参加しに久しぶりにアメリカに来ない？

関係者、キター!!

持つべきものは、オタ友！

大学卒業後、ゲーム会社で働いていたのは知っていたけれど、もともと筆不精な私と仕事に忙しいポール、メッセージのやり取りはほとんどなく、Ｆａｃｅｂｏｏｋにポストされる近況でお互いの状況を知るにとどまっていた。

とはいえ。

さすがポール、バイファロスと聞けば、私がアメリカに行くということを予想したに違いない。

早速ポールに返事をした私は、その後、チームタツオの掲示板にＪＡＧバイファロスのスレッドが立っているのを見つけた。

どうやら、チームタツオでも数名、ＪＡＧ一般参加を考えている人たちがいるらしい。

私も早速、現地入り参加表明を書き込んだ。

これは、上映会以来、久しぶりのバイファロスイベントだぞと、妙に力がはいった。

エツコさんの後任が決まった。

タマダサオリさんという、我が秘書チーム初の二十代女性。

タマコさんがいなくなった後、短期で来てくださったハツネさんがとても素晴らしい方だったので、トニーが「年齢とか気にしないから、熟練の秘書の人がいい」と言っていたそうだけれど、熟練の秘書ともなれば年収もそれなりに高くなるわけで、一介のマネージャーの秘書にそんな人を雇えるわけもなく、大勢の候補の中でサオリさんが残る結果となった。

「日本の大学在学中に一年、交換留学でイギリスにいた経験があるそうよ。最初は日本企業に入社して、そこからモンゴメリー生命に転職して、うちに来た感じね」

ミナさんが私とヒサコさんに、さくっと説明してくれた。

面接は最初にトニーとミナさん、次にダイレクターと人事の採用担当の順番で行われたけれど、リーマンショック以降、秘書のポジションが減らされていて募集数が少なくなっていることもあり、かなりの応募があったらしい。

とはいっても外資系企業、人事募集に一般公募することはほとんどなくて、人材紹介のエージェントに頼むことがほとんど。エージェントの熟練スタッフがこちらの条件にあった人を選び出して、その人のレジメを送ってくるので、それを会社側が選考し、そこで残された人たちが面談に進む形。

基本、英語が出来ないと仕事にならないというちみたいな外資系企業、英語自慢な人が応募してきちゃうのはやむをえないとしても、ちゃんと仕事で使える英語なのかってところの判断が意外に難しい。

「外資系にはいって英語勉強したいんです！」みたいな人も、実はとても多い。

今、仕事で使ってる日本語をすべて英語に出来なければ仕事にならないわけで、給料もらって仕事する身で、そこで英語の勉強します！　って考えではどうしようもないんだけど、まだまだそういう考えの人が多いのは事実。

　エージェントに人材紹介を依頼するとそういう人はふるいにかけられるし、その他の経験やスキルの基本的な条件も、きちんと確認出来た人たちが選ばれてくる。

　秘書の仕事というのは、一般事務や営業アシスタントとはまた別のスキルや資質が要求されるので、概(おおむ)ね、過去に経験のある人が好ましい。

　採用が決まった場合、その人を推薦してきたエージェントにお金を払うことになるわけだけれど、額は採用された人の年収の何割かで、決して安い金額じゃない。

　でも、有象無象(うぞうむぞう)の大量の応募を選定する手間も省(はぶ)けるし、ポジションに適した良い人を雇用する可能性も格段上がる。よって、外資系企業の多くは専門の人材紹介エージェントを使うわけで、今回のエツコさんの後任の件もその形で行われた。

　面接にミナさんがはいるのは、うちの会社独自の決まりによるところ。

　そこまでしてふるいにかけられた中で、さらに見なければならないところがある。

　英語は出来るんだけれど、英語以前に問題があるよって人が意外なほどに多い。

あからさま外人男狙(ねら)いな女性が多いのもあるけれど、英語をスキルにして仕事をする女性には、パワーゲームやヘッドゲームする人が本当に多いし、むやみにエロいことが大好きな人もいる。

彼女らは目立つパフォーマンスはとても上手(うま)いけれど、仕事に対する意識は低く、まっとうな常識は通用しないし、他人を叩きのめしたり貶(おとし)めたりすることで自分の存在意義を証明しようとするから、周囲の被害が甚大(じんだい)になる。

以前、人事部長が外人だったことで〝ちゃんとした、常識的な日本女性〟の定型がわからず、派手でわかりやすい英語パフォーマンスにだまくらかされて、そういう女性が大量になだれこんできた時期があり、胸の谷間露(あら)わなスリップドレス着てきた人とか、外人にはやたらといい顔するが、日本人には嫌がらせ三昧(ざんまい)な人とかも現れ、とんでもない事件が大量発生しまくったことがあった。

事態の深刻さに気づいた日本人CFOが、彼女らをいっせいにクビにして、その後、面談者が女性の場合、一次面接はその部門の外国人と日本人女性を必ず同席させるというルールを作った。きちんとした、ビジネスでも使える英語なのかという部分と、会社で働くにふさわしい常識的な人間であるかの判断をするため。

今回も案の定、トニーが「あの人良さげだよね」とかいった数人そっち系女性だったらしく、ミナさんがにっこり笑顔で「だめですね」と一刀両断した。

その中をくぐりぬけ選ばれたタマダサオリさん、どんな人だろうかと、我々、かなり楽しみ&どきどきな感じだった。

引継ぎは一ヶ月と決まったが、体調がよくないエツコさんは毎日出勤できるとは限らない。

なのでエツコさんは後任が決まる前から引継ぎ書を用意して部の共有フォルダーにいれ、許可を得て自宅に持ち帰ることができるようになったＰＣには、社内専用のチャットツールでネットの電話も使えるように設定してもらっていた。

これで、何かあってもエツコさんの仕事は秘書チームで共有サポートできるし、エツコさんが会社に来れない時でも、サオリさんと連絡を取ることができる。

サオリさんが初出勤した日、セキュリティの厳しいうちの会社はまず、人事部にいって必要書類をもらい、次にＩＴにいって顔写真付きのセキュリティカードを作ってもらう。これがないと、会社内にはいれないシステム。

その後、用意されたＰＣをもらって、それでやっとうちの部署に案内されてくる流れ。

人事の人に連れられてやってきたサオリさんは、緊張した様子で私たちの前に立った。ベリーショートで眼鏡をかけた、化粧っ気のない小柄な人だった。

「はじめまして。タマダサオリです、よろしくお願いします」

ミナさんが私たちを紹介した後、サオリさんはそのまますぐにPCをデスクに置いて起動し、エツコさんと仕事の引継ぎにはいった。

外資系企業の多くは、新卒の社員はいない。中途採用で即戦力、すぐさま現場にはいり、仕事に取り掛かることが要求される。

エツコさんが休みがちになっているため、トニーの仕事はたまっている。

サオリさんの隣に座ったエツコさんは、PCを見ながら、書類を見せながら、サオリさんに説明をして、ふたりは仕事にはいった。

木曜日、エツコさんが定期健診で遅れて出社ということで、サオリさんは初ひとり仕事となった。

サオリさんは慣れた様子で、わからないことはすぐに私たちに聞いたり確認したりして、物怖(ものお)じせずに仕事に向かっている。

余計なおしゃべりもせず、私たちとも仕事の話しかしない。

引継ぎ書を見ながら、黙々と仕事に向かう姿に、私はとても好感を持った。

そこへ、営業のラースがやってきた。

新しいアシスタントや秘書がはいってくると必ずやってきて、超上から目線で難癖(なんくせ)つけまくる嫌な奴。

以前いた熟練のハツネさんは見事に撃退してたけれど、今回は相手がまだ年若い、きてまだ数日のサオリさん。

私とヒサコさん、即座にスクランブル状態になった。

そんなこととは知らないラースは案の定サオリさんのところにいって、トニーとエツコさんが不在なのをいいことに、自分のところの仕事がまだあがってこないと難癖つけだした。

私とヒサコさん、立ち上がろうとした瞬間、サオリさんがラースを見上げて、平然と言い放った。

「私が来たばかりのスタッフって、わかって言ってるんですか？　私に文句言われてもわからないので、トニーの会議が終わった頃に来て、本人に文句言ってもらえますか？」

わぁ！　言い返した！

しかも、流暢なキングスイングリッシュに、微妙に荒っぽいアクセントがはいってる、すごいクールな英語！

そのワイルドな英語で、いきなり見事な反撃！

外資系企業に勤める女性にしては一見幼く見えるサオリさんの、見かけとは裏腹な攻撃的な反応に、さすがのラースもひるんだ。

するとサオリさん、さらにツッコんだ。

「ところであなた、どこのどなたですか？　私、はいったばっかりだから、わかりません。そういう時は普通、最初に自分から名前を名乗るのが礼儀なんじゃないですか？」

ひゃー！　すごーい!!

思わず声をあげた私の後ろで、ヒサコさんが腹かかえて笑い出した。

予想もしなかったサオリさんの反応に、ラースは茫然（ぼうぜん）としてる。

結局ラースは「トニーに言っておけよ」と、どこのチンピラだよ！　みたいな捨て台詞を残して去っていったが、私とヒサコさんは笑いが止まらなかった。

「すみません、私、生意気やりましたね」

サオリさんが、バツが悪そうに私のデスクにやってきてそう言った。

「いやいや、全然いい、サオリさん全然悪くないから。いやもう、最高だったよ！」

そう言った私の後ろで、ヒサコさんが涙拭きながら「いやぁ、面白いもの、見せてもらったわぁ、ありがとう、すごいすっきりした！」とげらげら笑いながら言う。

「ラースには、女性陣はみんな嫌な想いさせられてるんだよ。いきなりあれやられて、よくあんなふうに反応できたね。すごいわー」と私が感心したら、サオリさん、「いやぁ、前の会社で鍛（きた）えられたんで」と、ちょっと恥ずかしそうに言う。

「え？　ああいうこと、よくあったの？」

ヒサコさんが聞くとサオリさん、「っていうか、ああいう人ばっかりだったからざりざり削られて、自分をどうやって守って仕事するかが最重要課題でした」と言う。

世界で名前の知られているモンゴメリー生命、内情はそんななんだって、ちょっとびっくり。

「ストレスで夜眠れなくなっちゃってたら、友達が『外資系だからって、そんな所ばっかりじゃないよ』って言ってくれて、それでだめもとで転職決意したんです」

「えー！　大変だったんだね。それに比べたらうちの会社、のんびりしてるし、とくにこの部署はそういう人いないから大丈夫だよ」

私がそう言うと、「はい、この会社きてから、よく眠れるようになりました」ってサオリさんは笑って言った。

わぁー、なんてかわいい笑い方するんだろう。

なんか、ぱぁってひまわりが咲いたみたいな笑顔だ。

「サオリさんの英語、イギリス英語だけど、ちょっとなんか微妙な癖があるよね」

尋ねた私にサオリさんがてへへってなって、「ヤバイですよね」と言った。

「私、インディーズのクラブミュージックすごい好きで、イギリス留学中にクラブにいりびたってたら、なんか柄の悪いアクセントがついちゃって」

「え!!　全然柄悪くないよ。すごくかっこいいよ」

私が言うと、ヒサコさんが「サオリさんの見かけと正反対だから、インパクト大きくて、めちゃくちゃクールだった」と続けた。

するとまたサオリさんが、てへへって感じで笑った。

それを見て私、ああ、うまくやれるなって、思った。

私たちは数年、ミナさんをリーダーにして、楽しい良いチームワークのもとで仕事をしてきた。

けれどタマコさんが大学院留学でアメリカに行き、エツコさんが妊娠を機に会社を去ることになって、大きな変化がおとずれた。

新しい人が来れば、チームそのものが変わるのは当然で、迎える私たちも不安はある。

タマコさんはとてもがんばる人だった。エツコさんはさりげないサポートができる細やかな人で、タマコさんの後、一時居たハツネさんはベテランの風格を持つ穏やかな人だった。

みんなそれぞれ、考え方も仕事の仕方も違っていたけれど、いっしょに仕事をすることで学ぶことも多かったし、いろいろ影響された部分もある。

新しくチームメンバーとなったサオリさんは、まだどんな人かはよくわからない。

でも、今、私の前でてへへって笑ってるサオリさんを見て、私は、きっとまた良いチームになれるなって思えてほっとした。

次の日の午後、お手洗いにはいった私の耳に、激しく嘔吐する音が聞こえてきた。

驚いていたら、流水音がして、奥の個室からエツコさんが出てきた。

ハンカチで口を押さえていて、憔悴しきった様子で、明らかに顔色が悪い。

「大丈夫？」

思わず聞いた私を、エツコさんは見つめた。

その額に、汗でぺったりと髪の毛が張り付いている。

「医務室行って、少し休んだ方がいいんじゃない？」

そう言った私に、エツコさんは無言でうなずく。

医務室にはいると、エツコさんは何も言わずにベットにすわりこんだ。

見ると、目にいっぱい涙をためている。

よほどつらいのだろう。

「ミナさんとサオリさんには伝えておくから、ゆっくり休んで」

そう言って部屋を出ようとした時、「ノブちゃん」と、掠れた声でエツコさんが私を呼んだ。

「いろいろごめんね」

「何言ってるの。全然気にしなくていいよ。それより無理しないで」

そう返した私の前で、エツコさんは突然、両手で顔を覆った。

「……こんなはずじゃなかったのに……」

「え？」

「……仕事、辞めるなんて、考えてなかった。辞めるつもりなんてなかった。産休とって、復帰するって思ってた」

エツコさんの身体が震え、嗚咽が両手の隙間から漏れた。

「どうしようもなく、具合悪いの。家でもほとんど動けない。通勤中に何かあったらどうするんだって主人に言われてたけど、悪阻は一時のことだって思ってた。そしたら、お医者様にできるだけ安静にしているようにって……」

エツコさんの頬に、涙がつたった。

「こんな事になるまで、自分でも気がついてなかった……私、仕事が好きだった。ずっと仕事するつもりだった……なのに、辞めなければならないなんて……」

そう言って、エツコさんは静かに泣き出した。

彼女が置かれた状況は、女性なら誰しも起こりうる。

制度や状況がきちんと整っていて、自分にやる気があっても、どうにもならない予想もしなかった事態になることだってある。

私は思わず、エツコさんの横に座り、その肩を抱いた。

「泣かないで」

エツコさんが細い、震える声で言った。

「……こんなはずじゃなかったのに。こんなはずじゃ……」

エツコさんはそのまま、顔をふせて、そして泣いた。


その日の午後、毎週金曜日に社内に設置されるスターバックスのスタンドでコーヒーをもらいに席を立つと、ヒサコさんが追いかけてきた。

ふたりでコーヒーをもらうと、ヒサコさんが「ちょっとだけいい？」と言ったので、ふたりでそのままリフレッシュルームに向かう。

「ノブちゃん、スギムラさんのお母様の件、知ってた？」

もちろん知ってる。

スギムラ君のお母さんは難病を抱えていて、そう遠くないうちに寝たきりになる。

それを踏まえてスギムラ君は近い将来、群馬の実家に戻るつもりだと言っていた。

そういう事情で、スギムラ君は恋愛も結婚も考えておらず、我がオタ友アケミちゃんの告白を退けた経緯がある。

「この間テレビで難病介護の特集やってた時、彼がスギムラさんのお母様のこと話し出して、私びっくりしちゃったの。スギムラさん、全部ひとりでいろいろ調べてやろうとしてるって聞いて、そんなの限界があるじゃない？　アサヌマの家は彼以外は全員医者だし、しかも大きな病院やってるでしょ？　スギムラさんのおうちのこと、お父さんかお兄さんに相談してみたら？　って、彼に言ったの」

「ヒサコさん！　それ!!　すっごいグッジョブ！　超グッジョブだよ！」

私、思わず大声出してしまった。

「おうちの都合とかお金の都合とかもあるとは思うけれど、彼のお父さんは顔も広いし、いろいろツテもあるから、スギムラさんが考えているよりもっと良い形や対応があるかもしれないと思うの。いちどスギムラさんにも、話してみたらいいんじゃないかって思ったのね」

確かにそうだ。

アサヌマの家は代々医者で、都内で大きな病院をやっている。

ヒサコさんの言うように、もっと良い方法ややり方を知っているかもしれないし、いろいろアドバイスをもらえるかもしれない。

「で、どうなったの？」と聞いた私にヒサコさんが、「とりあえず来月、スギムラさんがお母様を連れて、義父の病院に行くことになったの」と言った。

いやぁ、言われてみればそのテがあったか！　なんだけど、私も全然そこまで頭まわらなかった。

ヒサコさん、すごい。

「男ってだめよねぇ。そういうところ、頭まわらないというか、気がまわらないというか。自分の事をいろいろ話すこともあまりしないし、友達でも人の事には首つっこまないみたいで、そういうところは男のルールみたいな感じ、しなくもないけど」

そう言いながら、ヒサコさんがコーヒーを一口飲んだ。

頭まわらなかったのは私も同じ。

事態が深刻なだけに、スギムラ君が友達といえども他人(ひと)に話せない気持ちもわかる。ましてや実家が医者のアサヌマに話すなんて、まるでそれをアテにしてるみたいになってしまいそうだし、自分から話すのはやはり難しかっただろう。

「そういうことって、身近に頼れる人や相談出来る人がいたら、話してみることはいいことだって思うんだ、私。そういうのを甘えとかわがままみたいに考えてしまう人もいるけれど、スギムラさんのはそういうのじゃないと思うし、大事な人や友達の助けになるんだったら、自分だって出来ることをしたいって思うでしょ？　何も言われない方がきついって、私は思うのよね」

確かにそうだ。

自分だけでは解決できないことは、世の中たくさんある。

相談してみる、話してみることで、別の方法が見つかるかもしれないし、解決に繋(つな)がる何かを得ることも出来るかもしれない。

でも、親しいからこそ言えないって事もある。

「彼が言いだしっぺだと、スギムラさんも気持ち的にきつい部分あったかもしれないけれど、私が言いだしたことなら、すんなりいくかなぁとも思ったの」

思わず私、ヒサコさんの顔を見つめた。

もともといろいろすごい人だとは思っていたけれど、やっぱりこの人すごいって、あらためて思った。

「ヒサコさん、そこまで考えてるなんて、なんかすごい」

「いやだぁ、そんなことないよ」とヒサコさん、笑った。

「外国人相手に秘書の仕事なんかしてると、そういうところ、けっこう敏(さと)くなってくると思うのよね。状況とか見て橋渡し出来るところとか考えたり、隙間(すきま)をうまくうめて、物事が円滑(えんかつ)にいくようにしたりとか、そういうスキルあがったかも」

「スギムラ君、いい形に向かうといいよね」と私が言うと、「彼も何も言わないけど、いろいろ心配してるんだと思う。スギムラさんが病院に行く日、お兄さんから車借りて、スギムラさん親子、病院まで乗せていくって言ってたから」とヒサコさんが言った。

そうか。

アサヌマはアサヌマなりに、心配はしていたんだろうと思う。でも、自分がスギムラ君のために何が出来るかって部分、気がまわらなかったんだろう。

「スギムラさん、相談出来る人がいるってわかるだけでも、気持ち、だいぶ違ってくると思うしね」

ヒサコさんの言葉に、私はうなずいた。

サオリさんが入社して一ヶ月、ついにエツコさんが会社を去る日がきた。

体調がよくなることはなく、エツコさんはひどい悪阻に耐えつつ仕事をし引継ぎをすることになったが、その間、彼女は一言も愚痴をこぼさず、やるべきことをきっちりやり遂げた。

たまに医務室で横になったり遅刻や早退することがあって、そういう時はミナさんとヒサコさん、そして私でサポートしたけれど、エツコさんはそれを当たり前には決してせず、常に周囲に感謝の意を示し、そして毅然と仕事に向かっていた。

それは、私たちが初めて見るエツコさんだった。

恋と彼氏が一番大事とはっきり言って、絵に描いたようなリア充ライフを送っていたエツコさん。スピリチュアルが大好きで、占いやソウルリーディングとかしょっちゅうやってもらってて、私たちの中で一番流行に聡く、いつもフェミニンな装いで、うちのチームで一番女子力高かったエツコさん。

でも、医務室で私に涙を見せてから、そういうエツコさんはいなくなった。

いつも美しく巻いていた長い髪はすっきりと後ろで束ねられ、愛してやまなかったヒールの靴も履いてくることがなくなり、笑顔を絶やさなかった顔は厳しい表情に変わって、毅然と何かに立ち向かっているような空気をまとうようになった。

そして一ヶ月、長いようで短い引継ぎ期間、サオリさんはまだ慣れない中でもトニーの仕事をどんどん覚えていった。

エツコさんが体調によって休み時間を取ったり、会社に来なかったりする中、文句ひとつ言わず、私たちに甘え媚びることもなく、時々失敗したり間違ったりしながらも、サオリさんは仕事をこなしていった。

エツコさんもサオリさんも、すごい。

私は素直に、本当に、そう思った。

ふたりとも、真摯に仕事に向き合い、何が一番大事か、お互いにとって何が必要か、何をすべきかをきちんと理解して責務を果たしている。

限られた時間の中で、引き継ぐべきこと、覚えることをしっかりと把握し、最善の形で業務が行われるように双方が努力しているのがわかった。

エツコさんは一〇〇%仕事に向かえない自分の不足分をどう補い、サオリさんに仕事を引き継ぐか、トニーにかかっている負担をいかに減らすべきかを考えているのがわかったし、サオリさんは、女性にはありがちな自分の存在を売り込むようなパフォーマンスはいっさいせず、大量の業務を一日も早く覚えようとしていた。

女性には、いかに仕事を覚えるかより、いかに職場に馴染(なじ)むかを優先してしまう人が多いけれど、サオリさんはその部分、まったくブレていない。

そういうことって、見えないしわからない部分だけれど、とても大事なことだと思う。

そうして迎えたエツコさんの最後の日。

いつもならみんなそろってディナーで会食という形だけれど、今回は悪阻がひどくて食欲がほとんどない彼女に配慮して、最終日のランチタイムに来客用会議室フロアにある特別会議室を借りて、そこで法務部としての送別ランチがセッティングされた。

ヒサコさんの上司ラモンとケヴィンがよく使う丸の内(まるのうち)のフレンチレストランに、ふたりが特別に依頼してケータリングをしてもらったおかげで、予想を超えて豪華なランチ送別会となった。

イギリス出張で出席できないダイレクターは、赤ちゃんのお祝いの時にあけてほしいと、ミナさんにシャンパンを渡していた。

エツコさんの上司のトニーが立ち上がり、みんなを代表して、スピーチをした。

「エツコはきれいで、いつもフェミニンで、笑顔を絶やさない人でした。ファット（でぶ)、フィフティ（五十代)、フィニッシュ（終わってる）なスリーFの僕には不釣合いな、とっても素敵な秘書でした。慣れない日本の生活に妻が困っている時、エツコはいろいろサポートしてくれました。着任してすぐ、妻が体調を崩してしまった時、エツコがデートをキャンセルして病院に付き添ってくれたこと、僕も妻も今でも感謝しています。その時、デートキャンセルしても怒らずにいた人が、今のエツコのご主人なんだよね。赤ちゃんができたことは、とても素晴らしいことです。そのために、エツコが会社を辞めることになったことは、本当に残念です。でも今は、自分の身体と赤ちゃんのことを一番に考えるべき時だからね。エツコ、今まで本当にありがとう。君のおかげで、僕はとてもハッピーに仕事してこれたよ」

トニーが大きなお腹をゆすりながら挨拶（あいさつ）を終えると、ケヴィンが花束をエツコさんに渡した。

「お腹の出たおっさんな僕が渡すより、独身でイケメンなケヴィンが渡した方が、素敵でしょ？」

トニーの言葉に、みんなが笑った。

エツコさんが、いつものあの穏やかな笑顔を浮かべて、みんなを見渡す。

そしてゆっくりと立ち上がり、頭を下げた。

「今までありがとうございました。みなさんといっしょに仕事出来て、とてもよい経験になったし、充実した日々を送ることが出来ました。最後はいろいろご迷惑をおかけしてすみませんでした。みなさんの協力やサポートがなかったら、私はたぶん、最後の日をこんなふうに笑って終わることは出来なかったと思います。本当にありがとう」

再び頭を下げたエツコさんに、みんなが拍手した。

そしてサオリさんが代表して、みんなからのプレゼントをエツコさんに渡す。

誰もが知る淡い水色の箱を見た瞬間、エツコさんが驚いた表情で私たちを見た。

「赤ちゃん用のシルバーのフォークとスプーンのセットよ」

ヒサコさんがそう言うと、エツコさんが泣きそうな顔をして「ありがとう」と小さな声で言った。

トニーとラモン、ケヴィンは軽く食べた後、食べ物が載ったお皿を手に、「時間、気にしなくていいよ」と言い残して、オフィスに戻っていった。

たぶん三人とも、気を利かせてくれたんだと思う。

私たちはしばらく食べながら、楽しくおしゃべりに花を咲かせた。

そして、お皿の上があらかたなくなった頃、エツコさんが「みんなに聞いてほしいことがあります」と言った。

私たち四人、はっとして手を止め、エツコさんを見た。

エツコさんは今まで見たことのない、厳かな表情を浮かべている。

「私は今までずっと女性にとっての一番の幸せは、素敵な人と恋愛して、結婚して、子供を産むことだって思ってました。だから、ミナさんやノブちゃんの生き方や考え方、わからなかったし、そのためにふたりに失礼なことを言ったり、嫌な想いをさせてしまったこともあると思います。アメリカに行ったタマコさんも、もしかしたら無意識に傷つけてしまっていたかもしれない。でも自分がこうなってみて、やっとわかったの。みんな、それぞれの人生でがんばって、選択して、決意した結果があって、その時々で苦渋の決断だったり、やむを得ず捨てなければならないものとかもあったんだって。その結果がいろんな形でみんなにあって、それはその人が必死にがんばって自分で作り上げたものなんだってこと、わかりました。気がつくのがとても遅かったけど、気づけてよかったと思ってます」

ぶわっと、エツコさんの目から涙がこぼれた。

「私、みんなといっしょに仕事出来てよかった。本当に心から感謝してます。オークリーで働いた四年、大変だったけど、とても充実して幸せでした。本当にありがとう」

そう言って、エツコさんは下を向き、ぼろぼろと涙をこぼした。

私たちは、何も言えず、エツコさんを見つめた。

ずっとおつきあいしていた大好きな人と結婚し、新しい人生を歩き出したエツコさんは、誰の目から見ても輝いていた。

確かに私とはまったく違うタイプの人で、全然違う生き方をしている人だけれど、幸せオーラをいつも身にまとっていたエツコさんを見るのは好きだった。

見ているだけで、温かな気持ちになった。

「私、エツコさんのこと、好きだったよ」

思わずそう言った私に、エツコさんがはっと顔をあげる。

「親しい友達とかにはならなかったけど、同じ部署でいっしょに仕事をする仲間として、尊敬していたし、私も楽しかった。オタクすぎて、普通の人生から落っこちてる私から見ると、エツコさんはいつもキラキラしてて素敵だったよ」

私の言葉に、横にいるヒサコさんが笑いながらうなずいた。

「私たち、いいチームだったんじゃない？」

ヒサコさんがそう言うと、エツコさんも小さくうなずく。

するとミナさんが、「エツコさんね、とりあえず退職ってことになるけれど、仕事に戻ることができるってなった時に、会社で空きがあったら、時短の契約かパートでの雇用、考えてもらえるって人事から言われたのよ」と言った。

わぁ、よかったね！　と、私とヒサコさん、サオリさんそろって思わず声をあげる。すると、エツコさんがうれしそうにほほえんだ。

「サオリさんはとてもしっかりしてるから、きっと大丈夫と思います。出産まではずっと家にいるから、よかったらメールください」

エツコさんがそう言って、私たちにプライベートのメールアドレスをくれた。

そして、エツコさんは会社を去っていった。

次の日、エリちゃんを交えて、ヒサコさんと私の三人で外にランチを食べに行った。

エツコさんの最後の日の話を聞いてエリちゃんが、「女性らしい、感じのよい人だったものね。営業でも評判よかったよ」と、サラダをつつきながら言った。

「男性陣はとくに残念がってるかな」

それを聞いて私、思わず笑ったが、エツコさんがいなくなったことで、ぽっかりと穴があいたみたいな気持ちはまだ残っている。

サオリさんが来てくれたことで、仕事の負担も減ったし、私もヒサコさんも通常業務に戻った。

でも、前と同じじゃない。

タマコさんがいなくなった後もそうだったけど、寂しい気持ちは、彼女たちがいなくなった後にじわじわと浸透してくる。

「人が替わると、雰囲気も変わるしね。法務部は人数少ないし、そうしょっちゅう人が替わるってことはないけど、営業は男も女も出入り激しいから、いつもどこか落ち着かない感じがあるよ」

確かに営業はうちよりずっと人数多いし、正社員だけじゃなくて、契約社員や派遣社員の人もいるから、出入りは激しい。

外資系はそもそも、日本企業に比べたら人の出入りは頻繁といっても差し支えない状態で、その中で〝社員一丸となって！〟みたいな考えは成立しない。

さらにいえば、だからこそ、それぞれの資質やスキル、能力が大きく反映するし、人柄も全体に影響する。

「新しい人、かわいい感じの人だよね」

エリちゃんが言うと、「ハキハキ、キビキビしていて、いっしょにやりやすいよ。打てば響く感じ」とヒサコさんが答えた。

トニーはとてもよい人だけど、出世街道からははずれてしまった人で、要領がよいとは言えない。エツコさんはそのあたり、上手く誘導する感じで仕事していたけれど、サオリさんはびしびしきびきび、トニーを叱咤激励する感じ。

「この間なんて、会議に行くのにトニーがもたもたしていたら、『何やってるんですか。さっさと行かないと、始まっちゃいますよ』ってさらっと言ってて、それがあの超クールな英語なもんだから、トニーが、ひゃーってなって走っていってたよ」

思い出し笑いしながら、ヒサコさんが言った。

「すでにいいコンビな感じだよね。性格がさっぱりしてる人だから、嫌味がなくていいな」

私の言葉に、ヒサコさんがうなずく。

「なんか、ノブちゃんとケヴィンにちょっと似てる感じだね」

笑いながらエリちゃんが言うので、「えー！　私、サオリさんみたいにハキハキしてないよー！」と思わず声をあげてしまったけれど、おっとりしたトニーに対して、ケヴィンはドン臭いと言ってしまってもいいかもしれない。

イェール大学院を出てる優秀な人で、本当に仕事もすごく出来るんだけど、なんというか、あの性格のもっさりおっとりのんびりしたところと、日本人女性の多くが思わずうっとりするような金髪碧眼美形キャラが、すべてをだいなしにしてるかわいそうなケヴィン。

そもそも、日本人女性が大好物な金髪碧眼の美少年、美青年系ってのは、欧米女性にはまったく訴求しない。欧米では黒髪で浅黒い肌の野性的なイケメンが人気で、ケヴィンみたいなのはナヨナヨしててだめってレッテルが貼られる。

もっともケヴィンは、レッテル貼られなくても見かけどおりだから、文句言える立場じゃないのが気の毒なほど。ゲイかと思われることもあるくらい、人あたりもやわらかい。

悪いことではないけれど、押しの強さも重要なアメリカのビジネスの世界では、どうしてもマイナスな部分もでてきてしまう。

そんなんで、一時は社内でもやたらと沸いていたケヴィン狙いの外人スキー女子のハンティングも、今はだいぶなりを潜めた。

営業やトレーディングルームには次々とアグレッシブな外人男たちがやってくるし、彼らは金回りもとてもいいし、ソツがない。

かっこいいのは容姿だけ……ってケヴィンから比べたら、そこまで見た目よくなくても、女心をくすぐる術をちゃんとわかっている遊び上手な人の方がモテるのは自然の理。

ケヴィン本人は、ぎらぎらした女子が近寄ってこなくなって明らかにほっとしてるのがわかる。

女性にモテなくなって喜ぶとか、贅沢にもほどがあるけれど、仕事の場で四六時中そういう目で見られてるのは、確かに居心地悪かっただろう。

ケヴィンも、日本駐在の契約任期も残り少なくなっていて、継続になるのか、帰国するのかはわからない。

良い形も、悪い形も、ある時何かの形で変化していく。

それは誰にも止められない。

エツコさんがいなくなり、サオリさんが来たことで、チームの雰囲気もやり方も微妙に変わった。

でもそれはたぶん、また別の良い形になっていくんだろうなと、今は思えた。

4 「オタクという生き方が、我々の人生を何倍にも楽しいものにしてくれる」

そういうわけで、バイファロスのために、アメリカ行き決行。

案の定、オーレが、「なんでロス？　なんでニューヨークじゃないの⁉︎　僕がいるのはニューヨークでしょ！　彼氏放置で、なんでイベントなのさ！」って大騒ぎしやがったが、「バイファロスのＤＶＤが特別販売されます、しかも限定です」と言ったら静かになった。

うちに来た時、バイファロスのタイタス様仕様特殊アーマーのフィギュアいじってて、うっかり落としたオーレ、ゴジラのごとく怒り狂った私のことを思い出したに違いない。

バイファロスの前には、すべてが放置上等であるという現実を、身をもって知ったはず。

いやぁ、よもやもう海を越えることなんて生涯二度とないと思っていたけど、バイファロスのためなら海くらい越えるよね。

チームタツオの方では、何人かが現地入りするという話だったけれど、私が直接知ってる人たちじゃないので、とりあえず連絡先を交換して、何かあれば現地で連絡を取るという手はずになっている。

大学卒業以来のアメリカ。

私をアメリカに呼び戻したのがアニメだったってところ、骨の髄までオタクな自分をあらためて自覚する。

到着したLAの空港は相変わらず猥雑でごった煮で、愛想もクソもないスタッフが投げやりに「列はそっち」とか言ってくる。でもそれを「懐かしい」と思う自分に、アメリカですごした時間の長さをあらためて実感したりするのは不思議な感覚だった。

予約してあったレンタカーを借りて車を動かすと、かつて住んでいた頃の自分が戻ってきて、ハイウェイにはいる頃には、自分がすっかりアメリカにシフトされたのがわかった。

広く低いカリフォルニアの空の下、日本よりも数の多い車線の中を車を走らせながら、アメリカで親しかった人たちのことが次々思い出される。

派手で目立ちたがりのアリーシャがマーケティング会社社長となり、お洒落が大好きでトレンドに敏感だったガリーナは雑誌編集者からファッション専門のライターへ独立、ファッションショーやイベントを追って世界中を駆け巡っている。父親が上院議員、母親が社会活動家な政治家一家に生まれたビアンカは、学生時代からチャリティやボランティア活動に励み、今は難民救済機関の職員として本拠地のスイスで活動中。リーダー格だったカテリーナは、コングロマリットのオーナーの家に生まれ、しかもブルーブラッドという、アメリカでは存在が雲の上とか言われてる血筋の家系らしいんだが（らしいってのは、ブルーブラッドがどの家かとか、公的に機密事項になってるから）、本人は幼い頃から目指していた小学校の教師になった。しっかりして、聖母マリアとまであだ名されてたカテリーナらしく、学校に通えない事情を持つ子供や、虐待（ぎゃくたい）や障害のために学業から遠のいてしまった子供がきちんと教育を受けられるようにというサポート団体を立ち上げ、今はそちらでも活動してると聞く。

　みんな、学生時代から自分の生き方をしっかりと考えて、努力して夢をかなえ、そして大きく羽ばたいている。

そこから見ると私とニーナなんて、人知れずどこかの洞穴（どうけつ）に閉じ込めておけって感じ。

おっとりしすぎて学校脱落しかけたニーナは、両親のまっとうな判断で、高校卒業と同時に年上の銀行家と結婚してのんびり専業主婦（ただし家事はまったくやらない、させられない）だし、私に至っては普通の会社員。夫の赴任先の日本で、メディアに注目されてセレブ扱いになってるニーナはまだしも、私はただのうざいオタクだしな。

　自分が選んだ道とはいえ、みんなとの差がありすぎて、自分で「お前は何をやってる？」と自問自答したくなる。

　でも、日本いると、そういう自分の生き方を他人と比較するってことはあまりない。結婚してないとか彼氏いないとか、そういう違いで取りざたされるだけで、もともとオタクとして生きることを選んでいる私には、気にするほどのものにはなりえない。

でも、アメリカに来て、十代の頃から自分の人生をしっかり考え、真摯に努力してしっかりとその道を突き進んでいる彼女らをあらためて見ると、自分がとっても小さく感じる。

自分、いかんのではなかろうかと思えてくる。

日本で自分の人生を考えるのって、きっちり出来上がった規範を基準にしてそこから見ればいいだけだから、自分が将来どういう仕事につくか、どういう生き方をしてくかなんて、ほとんどの人はあまり考えていないように感じるけれど、アメリカはあまりにもいろいろな人がいて、それこそ人種や宗教、生活環境がそれぞれ違いすぎて、幸福の定義なんて定型設定できない分、自分でそれを考えて作っていかなければならない。

良い悪いはともかく、日本とアメリカ、たまさかふたつの国の違いを知る自分、日本にいると考えないことをアメリカに来て考えているってのは、やっぱりアメリカに来ると自分の中のアメリカな部分が出てくるからかもしれない。

自分がオタクじゃなかったら、もしかしたら、ずっとアメリカで生きることを選んでいたかもしれないし、まったく違う自分がいたんだろうなと思ったりもする。

そんなことを考えてしまうのも、久しぶりにアメリカに帰ってきたからかなぁ。

懐かしいロスのハイウェイで、渋滞の中、だらだら走る車の列を見ながら、私はふと、そんなことを考えたりした。

今回の渡米のきっかけを作ってくれたポール・ブラックは、私が通っていたカリフォルニア大学アーバイン校の同級生で、どうせアメリカ人には何だかわかんないよねーとか思って、アニメ評論雑誌をカフェテリアで広げていた私に「あ、それ、ガンダムの本だよね！」って声かけてきたオタク男子。

当時の彼は、丸々と太ったやたらと濃いオタクで、学校と自宅の往復以外はほとんど外出せず、部屋にこもって延々アニメを見続けるような生活を送ってた。

日本のアニメについては、ポールを超える人間はいないだろうって言われていたのを、私が日本人オタクの誇り（ほこ）に賭け（か）けてそのラインを軽く突破し、さらにオタク濃度の高さで凌駕（りょうが）したのを見たポール、悔（くや）しがるどころか同志を得たり！　で、私たちは親しくなった。

卒業後、ポールがゲーム会社で働いていたのは知っていたけれど、それがＦＰＳゲームで有名な『バトルグランド』っていうゲームを制作してるところだとわかったのは、我が萌え友チカさんの話から。

チカさんはそのゲームの数少ない女性プレイヤーのひとりで、銃を持って戦場を駆け抜けているガチゲープレイヤー。

声優目当てで、のんびり乙女ゲーだのBLゲーだのプレイしている私とは大違い。ポールの会社がバイファロスのゲーム化をしていたって情報に、一番大喜びしたのはチカさん。

「ノブちゃん、わかる？　バイファロスのボディアーマーで実際戦うゲームできるんだよ!!　すごいよ！　私たちが自分で、ゲイツやタイタスたちがやったミッションを行うことになるんだよ！」

興奮してチカさんが叫んでいた。

不慮の事故で亡くなった押田監督の作品が、こうやって大きく世界に広がっていくことに、なんともいえない気持ちになる。

公開時、失敗作とまで言われた作品が、時代を超えて、国の違いを超えて、こうやってどんどん進化していくなんて、あの時誰が考えただろう。

メッセージをもらった後、ポールにそれを話したら、自分はバイファロスのゲーム化には関わっていないけれどと前置きして、「制作チームのみんなが聞いたら喜ぶよ。ＪＡＧには関係者パス用意してあげるから、いっしょに行こう」と言ってくれた。

そして、ホテルをとろうとしていた私に、「僕、ちょうど広めの家に越してゲストルームあるから、うちに泊まるといいよ」と言ってくれたので、お言葉に甘えることにした。

ポールの家は海に近い、最近シリコンビーチと呼ばれているエリアの一角にある。

シリコンビーチっていうのは、成功したIT企業関連の人が多く住むシリコンバレーに対抗した名前で、同じようなIT企業に勤める人やエンターテイメント系の仕事で成功してお金を持っている人たちが多く住む海近の新興エリア。

アメリカでは、ゲームクリエイターは日本と違って年収が高い人が多い。

クリエイターやプログラマーは専門職として認められて高い評価を受けているし、スキルや能力の高い人たちが結集している世界でもあるから、中には二十代で一生食べていかれるだけのお金を稼ぐ人もいる。

ポールは、『イン・ザ・レイン』という世界的に大ヒットしたホラーゲームのプロデューサーを務めた。

それをプレイしたというチームタツオのメンバーにしてチカさんとゲーム友なニキ君が、「あれはマジ、怖いゲームでした。夜中ひとりでやっててすごい悲鳴あげちゃって、隣の部屋にいた姉貴がバット片手に素っ飛んできたくらい、すごい怖いゲームです」と言ってたことがある。

ポールに関する記事がゲーム雑誌やネットニュースに出ていたりして、業界ではすでに知られた名前らしい。

好きな仕事について、そこで成功したポール、すごいなぁって素直に感動する。

シリコンビーチと呼ばれるようになったエリアにはいると、お洒落でお高そうな家やコンドミニアムが建ち並んでいた。

私が住んでいた頃はこのあたり、もっと地味だった記憶があるけれど、さすがに十年も経てばいろいろ変わる。セレクトショップやカフェなんかもできていて、お洒落なカリフォルニアのイメージまんまな感じになっていた。

ポールの住む家は海の近くにある低層のコンドミニアムの三階で、このあたりはニューヨークとは違ってドアマンとかは基本いない。

車を地下駐車場にいれた私はそのままエレベーターで三階まであがり、ポールの部屋のベルを鳴らした。

「やぁ、ノブ、久しぶり」

扉を開けた男の人を見て、一瞬、部屋を間違えたかと思ってナンバーを確認した。

間違ってない。

「あ、あの、すみません、ここはポール・ブラックの家ではないですか？」

すると、目の前に立った長身な細マッチョのナイスガイが爽やかに言った。

「僕でしょ、ポール・ブラックは。僕がポール」

「え！　違うしっっ！」

思わず叫んだ私。

「ポールは太ってメガネかけてて、『ゴーストバスターズ』のマシュマロマンみたいな人で、あなたじゃありませんっ！」

　私の目の前に立ったイケメン、一瞬ぽかーんとした後、大声で笑い出した。

「僕だよ、ノブ、ポールだよ。僕、ダイエットして痩せたんだよ」

　いやいやいやいや、私の目の前にいるのは、「ダイエットして痩せた」とかいうレベルじゃなくて、改造人間で別人ですよ。

　ドン引きして棒立ちしてた私に、自称ポールが「とにかくはいれよ。僕、もう少ししたら会社に戻らないとだめだから」と言って私のスーツケースをもって、中に入ってしまった。

　広いリビングは木目調の家具でそろえられていて、大変趣味がよろしい。しかもすっきりしてる。

「やっぱりあなた、ポールじゃない」

　これは、私の知ってるポールの部屋じゃない。

　大学時代のポールは、オタクらしくコレクションで地層ができた雑然とした部屋で、ゲームとアニメDVDとPCとレゴに埋もれてた。

　それを聞いた自称ポールが、ジュースのボトルを冷蔵庫から出しながら笑ってる。

「じゃあ、大学時代のノブの話、するから信じてよ」

　そして自称ポールは、にやにやしながらソファに座った。

「ライスキングのディック・オウアーがノブをデートに誘ったら、ノブは『アニメ見るのに忙しいんで』って言った挙句(あげく)、僕に『何？　あのバットマンのペンギンみたいな奴、誰？』って言ってきた」

　……う。

　思い出した。

　ライスキングってのは、アジア系の女の子ばっかりナンパしてガールフレンドにしてる男の通称で、ディックは当時、大学で有名なライスキングだった。金髪碧眼な、留学生のアジア人女性からとても人気があったナンパ野郎。

　ひー、忘却の海の底にあった奴の顔がいきなり浮上してきて、脳内映像にでちゃったよ。

「パーティとか誘われてもノブは滅多にいかないのに、オタク仲間でアニメ見る時とかアニメ語りとかには大喜びで参加して、挙句に朝まで密室にそろってこもってたりしたから、知らない人たちに、ノブはデブ専でスリーサム（3P）が好きとか噂(うわさ)たてられてた」

「もういい。わかった、あなたポール、見かけ、改造されてるけど、ポール！」

　ポール、大笑いしながらジュースを飲んだ。

「今の会社にはいってから僕、一念発起してダイエットしたんだよ。上司が元海軍シールズ出身でさ。彼と話しているうちに身体鍛えなきゃ！　って気になっちゃって、プロテイン飲んで計画的にジム行って食事管理してたら、こうなった」

　こうなったって……昔から、やる気になるとハンパない集中力示して、五日間くらい、ほとんど飲まず食わずで平然と部屋にこもってプログラミングとかするような人だったけど、そのテンションで肉体改造までやると、こんなふうになっちゃうんだ。

　いやぁ、オタクの一念ってすごいわ。

「ポール、ハンサムだったんだねぇ〜、知らなかったわ」

　思わず言ったら、「そう言ってもらえるとうれしいけど、別に僕は前と変わらないよ。ノブが来るから、この部屋もきれいにしたけど、自分の部屋はごちゃごちゃだしさ。このアパートメントも、前の家にはコレクションのブルーレイとレゴを置く場所が足りなくなっちゃって、もっと広い家ってなって探したくらいだし」と、いかにもオタクな理由が返ってくる。

　よく見れば、笑顔になると目じりが下がって愛嬌（あいきょう）があるところ、確かに昔のポールの名残（なごり）がある。

　ポールは一息ついた私に、「少し休んだら、夕食の前に会社に遊びにこないか？　ノブの話したら、みんなも会いたいって言ってたし」ともちかけてきた。

　アメリカの有名ゲーム会社のオフィスの中を見る機会なんてそうないし、私はふたつ返事でOKした。

アメリカのエンターテイメント系の会社のオフィスっていうのがどんなものか、話には聞いていたけれど、ポールの会社は想像を超えてすごかった。

建物自体は地味な感じだけど、その中は、会社って枠を超えたつくりになってる。

広い大きな会議室には、世界中にあるオフィスと繋がるようにネット会議用の大きなパネルが当たり前のように設置されていて、すべての会議室のデザインは趣向が凝ったつくり。

長時間作業する技術者の多い職場であることを考えてか、リフレッシュルームが随所にあり、そこにはビリヤードやゲーム機が置かれていて、いつでも気軽に遊んで気分転換できるようになっている。

カフェテリアも充実しているうえに、自然光をとりいれて温室みたいなインテリアでリラックスできる感じになってるし、パントリーにはおいしそうなお菓子や軽食が用意されていて、カフェテリアが開いていない時間でも、気軽に空腹を満たすことができる環境になってた。

洗練されて機能的なインテリアで、広い。とにかく広い。

ポールに案内されて社内をいろいろ見せてもらって、あらためてカリフォルニアのエンターテイメントの会社ってすごいんだと再確認する。

日本でも大手外資金融やIT企業だと、高層ビルに専用エレベーターがあったり、会議室専用のフロアにホールがあったり、豪華なオフィスやカフェテリアがあるのは珍しいことではないけれどポールの会社はそれとはもう明らかに別次元な感じ。仕事をする場所として、最大限に快適であることを目指しているのがわかる。

アメリカの大手IT企業やエンターテイメント系の会社には、会社の敷地内に映画館やスーパーマーケット、バスケットコートや託児所まで完備されているところもあるって聞いたことがあるけれど、そこまでの規模じゃないにしても、ポールの会社は素晴らしいと思う。

驚く私に「会社にいる時間がやたら長くなってしまうこともあるし、集中すると、みんな休みも取らずに作業に向かうのも当たり前だから、出来るだけ良い環境を提供するのが、会社としての使命でもあるんだよね」とポールが説明してくれた。

社内を歩く人みな、恰好(かっこう)もラフでさすがカリフォルニア、Tシャツにビーサンの人もたくさんいる。

「ここが僕のオフィス」

そう言って案内された個室は思っていたよりもずっと広く、小ぶりのアパートメントみたいで、大きなデスクの他に大きなソファが置かれていた。棚にはフィギュアや画集が並んでいて、ででん！　と設置された大型モニターの横には、ＰＳ４とＸＢＯＸワンが置かれている。

オフィスというより、オタク基地みたい。

「ソファ、何に使うの？」と聞くと、「仮眠用だよ。みんなの部屋にあるよ」とポールが教えてくれたが、明らかに使い方が間違ってる。

「部屋にこもっての仕事が多いから、出来るだけ快適にすごせるようにって、みんなそれぞれ工夫してる。熱帯魚や爬虫類飼ってる奴もいるし、遊び道具やまほど持ち込んでる奴もいるよ。中には、会社の部屋にいる時間の方が、自宅ですごす時間より長いって奴もいて、寝袋用意してるのもいるくらい」

なんかもう、働くというよりはここがむしろ生活の場になってないか？

正直、さっきまでいたポールの家より、こっちの方が生活感があるのは確か。

ゲーム製作会社での仕事といえば、我々が考える会社員とはほど遠く、リリースが近くなったりとかすれば、そりゃもう家にも帰る時間なんてないとかいう話も聞くから、ポールが特別ってわけでもないだろうとは思うけど。

そんなことを考えていたら、壁をコンコンとノックする音がして、開いたままの扉から男性が三人、部屋にはいってきた。

「ノブ、彼ら、僕の同僚、セドリック、マイク、エンダー」

　彼らと握手した私にエンダーが、「君が噂のノブコだね」っていうから何かと思ったら、「大学時代の友人ですごいオタクがいたって、しょっちゅう話聞いてたからさ」と笑いながら言うので、ひーってなっちゃった。

　絶対に笑いのネタにしかなってないぞ。

「君、バイファロスのすごいファンなんだってね」というマイクに「イエス」と答えたら、「押田監督が亡くなったのは、とても残念だ」とものすごく悲しそうに言った。

「バイファロスのゲーム化はだいぶ前から企画があがってて、もちろん押田監督も関わっていたんだよ。ただ、公式発表できるまでには時間がかかってしまって、押田監督はそれを見る前に亡くなってしまった。とても残念で悔しい」

　するとセドリックが「バイファロスを見たのが、僕がアニメオタクになるきっかけだったんだ。だから押田監督のこと、崇拝してた。ゲーム化にあたって、製作に参加できるってなって、ものすごくうれしかったし、押田監督が喜んでくれる、誇りに思えるようなゲーム作るって決意してる。亡くなったって知らせ聞いて、僕、泣いたよ」と言った。

　マイクとセドリックの言葉に、うっかり泣きそうになった。

　海を隔てて、文化や言葉が違うこんな遠いところにも、バイファロスのファンがいる。

　押田監督の心や願い、遺志はここにも残ってる。

　バイファロスの上映会で集まった人たちと同じソウルが、ここにもあるんだと思った。

私たちはリフレッシュルームに移動して、話を続けることにした。

エンダーがコーヒーを、ポールがドーナツを持ってきてくれる。

私が有志でバイファロスの上映会を開催した話をすると、みんな、声をあげて興奮し、「やっぱり、日本のオタクはやることが違うよ！」と感嘆した。

「コミケもそうだけど、参加する人たちの意識が高いし、やる気もすごい。アニメやマンガについていえば、日本を超える国はいまだにないもんな」

「イベントも今、アメリカでもたくさん行われてるけれど、コミコンとかアニメエキスポとか、大きなイベントはみな企業主体だし、コミケみたいにファンが主体となって運営される大きなイベントは他にないよね」

みんな、ドーナツ片手に盛り上がる。

世界的に有名なゲームを作るアメリカの会社で、精鋭ともいえる技術者に囲まれてオタクな話をしてるって、なんだかすごく不思議だ。

私が住んでいた頃、オタクな人々の存在はまだまだマイナーで、どちらかといえば、馬鹿にされたり蔑まれたりしていた。

でも今は違う。

彼らはみな、難関と呼ばれている理数系の大学を出て、アメリカが誇る企業で働く技術者であり、最先端の技術と知能が結集した業界で、世界的に人気のゲームを作る人達でもある。

改めてすごいなぁって素直に思う。

だがしかし、ツッコミたいところも当然あるわけで。

私、隣に座るセドリックに聞いてみた。

「ねぇ、あなたが着てるそのTシャツ、どこで買ったの？」

セドリックが着ているのは、我が友スギムラ君がよく着ているTシャツと同じ。

スギムラ君、なぜかいつも必ずエロゲーのTシャツを着ていて、それが制服のようになってるのはご存じのとおり。

最初はさすがの私もぎょっとしたけど、今となってはそれを着ていない彼は想像できないくらい。

セドリックが着ているのは、スギムラ君がとくに気にいってる『世界の果てで哭く声が』ってタイトルのエロゲーのキャラのもの。

スギムラ君のおかげで、エロゲーのタイトルだけは詳しくなった。

そんなの、どこで役に立つんだって思っていたけれど、いやぁ、今ここで役に立ったよ。

セドリック、「おー！」って顔して驚いた後やや自慢気な顔になり、「日本から通販で買

「すごい！　やっぱり日本人はよく知ってるね!!」と言ったが、いや、普通の日本人はエロゲーのタイトルなんて知らないし、ましてや女性がそれを知ってるとかあっちゃならないことで、自慢できる部分は欠片も存在してない。

ってていうか、むしろ、恥ずべきところな話なんですよ。

ここがアメリカでよかったです、ほんとに。

するとポールが、「セドリックは、アニメキャラかエロゲーキャラのTシャツしか着ないんだぜ」と笑いながら言うので、マジか！　ってなった。

「こいつ、重役が参加する会議でも、大きなステージでのプレゼンも、全部これでやるから」

エンダーの言葉にびっくりしていたら、「このTシャツ着てなかったら、セドリックじゃないよね」ってマイクが言うもんだから私、「日本の私の友達にそういう人いるのよ！　スギムラ君っていうんだけど、エロゲーのTシャツしか着ないの！」って思わず叫んじゃった。

は？　って顔で全員びっくりした後、当然爆笑。

「僕、その人に会いたいなぁ。時々日本に出張に行くことがあるから、ノブ、今度、その人に会わせてよ」

「もちろん！　すごくいい人だよ、絶対話、合うよ」

そう言った私に、セドリックがうれしそうに笑った。

四人はこの会社で知り合い、親しくなって、今は仕事以外でもいっしょにアニメを見たり、ゲームをしたりしているらしい。

そしてものすごくびっくりしたのは、イケメン改造人間になったポールは意外にもガールフレンドがおらず、逆に、エロゲーのTシャツが制服のセドリックが既婚者だったってこと。

しかも、セドリックの奥さんもオタクで、五歳の娘と親子そろって、コスプレでイベントに参加しちゃったりしてると聞いて、さらに驚いた。

すごい。

アメリカのオタクも進化してる。

っていうか、目の前にいる、典型的なアメリカ人オタクなセドリックが、オタク同士とはいえ、恋愛結婚してるってのが驚きだぁ。

しかし、そんなセドリックも、グラフィック関係の技術者としては超一流なんだとポールが教えてくれた。

四人とも日本のアニメとゲームが大好き！　という想いを仕事につなげ、それを楽しんでいる人たちで、いきいきとした表情をしている。

好きなことを仕事にするのって、とても難しい。

でも、彼らはそれをかなえて、充実した日々をすごしている。いつのまにかアメリカのオタクも進化したんだなぁとしみじみ思った。

みんなでアニメやゲームの話題に盛り上がってしばらく後、三人はそれぞれ仕事に戻っていった。

バイファロスのゲーム開発チームは、明日のゲームコンに向けてぎりぎり最後の調整があるらしい。

「明日、JAGで販売されるバイファロスUSバージョン、日本の友達にも買ってきてって頼まれてるんだけど、数量限定とかじゃないよね？」と聞いてみたら、必要枚数聞かれた。

「二十三枚」と正直に答えると、四人そろって「はぁ？？？」って声をあげてから、これまた大笑いとあいなり。

まぁね、はるばる日本からDVD買いに来たって、オタク的には本懐ではあるけれど、普通に考えればそりゃもう笑うしかないよね。

逆の立場だったら、私もきっと笑うわ。

「日本のとはリージョンが違うけど、大丈夫なの？」

エンダーが聞いてきたので、「もちろん大丈夫です！　全員、準備万端です！」と答えたら、また笑われてしまった。

するとポールが「明日、そんな数買って持ち歩くの大変だろうから、会社の方で用意して、あとで渡してあげるよ」と言ってくれた。

やったー！　もつべきものは、現場の友達！

「JAGには僕たちも現場対応で行くから、また明日会えるね」

そう言って三人、また私と握手をした。

次の朝、シリアルが大嫌いな私のために、ポールがわざわざ用意してくれていた（とはいえ、買ったものだったが）サンドイッチを食べ、私たちはJAGに向かった。

JAGは、ポールの家から車で三十分ほどの場所にあるロスのコンベンションセンターで開催される。

関係者やメディア関係の人たちは事前に配布された企業パスで入場だけれど、一般のファンは入場料を払えばはいれるようになっている。

パネルディスカッションやプレス発表の場所には関係者特別席が用意されていて、それとは別にファンの人たちがはいれるスペースもあるので、早くから目当てのところに並ぶ人も多い。

駐車場から入り口までの道には、さまざまなアニメやゲームの宣伝の垂れ幕が下がっていて、その中をものすごい数の人がＪＡＧに向かっている。

コミケには及ばないにしても、これだけの人が集まるイベントはアメリカでもそう多くはないと思う。

今回のこのイベントにはスタッフ参加しないポールは、今日一日、私といっしょに館内をまわってくれることになってた。

ポールが用意してくれた関係者ＩＤのおかげですんなり入場できた私たちは、とりあえずバイファロスのプレス発表まで、他を見てまわろうということになった。

「あれは、アメリカで今人気のコミックがゲーム化されたものだよ」

「あっちは、日本のホラーゲームをアメリカでオンラインＦＰＳゲームにしたものの発表してる」

「これは、今度英語にローカライズしてアメリカでも発売される、日本のインディーズの人気ゲームだ。原作はライトノベルで、そっちも今度、翻訳されることになってる」

乙女ゲームとＢＬゲーム以外はまったくゲームに疎い私に、ポールがいろいろ説明してくれる。

それぞれのブースでは、トートバッグやステッカーを配布していたりグッズが販売されていたり、発売前のゲームのお試しプレイができたり、とにかくあっちもこっちもすごい人だかり。

コスプレしている人も多いんだけれど、なんたってアメリカ人、天然にゲームキャラの素材持ってたりするもんだから、ゲームキャラやアニメキャラがそのまま三次元にでてきちゃった！　みたいな人もたくさんいて、私はもう興奮しすぎてきょろきょろしていた。

するとポールが、「写真撮りたかったら声かけてごらんよ。彼らも喜ぶよ」と言うので、早速、先シーズン日本でも人気が高かった『エリア・ロスト』というアニメのヒロインのコスプレやってる女性に声をかけてみた。

「日本の方？」と聞かれたのでそうだと答えたら、えらく喜ばれてちょっとびっくり。

するとポールが、「日本人に写真撮らせてほしいって言われたら、そりゃもう、うれしいものなんだよ」と言う。

「日本はやっぱり、ゲームやアニメやマンガ好きな人たちにとっては聖地だし、そこから来た日本人が自分の写真撮りたいって言ってくれたら、こっちのオタクにとっては名誉なことだからね」

ポールの言葉に、好きな作家さんの同人誌を買いに灼熱地獄の夏コミへ、遠くイタリアから来ていた女の子たちを思い出した。

言葉や国が違っても、好きなものを想う気持ちはいっしょで、うれしい気持ちも同じなんだよなぁってあらためて思う。

アニメやマンガ、ゲームを通して好きという気持ちをシェアできるって、すごいことだ。

　彼女の写真を撮っていたら、相手の女性が「私もあなたといっしょのところ、写真撮ってもいいですか?」と言ったので、私は思いっきり笑顔で「もちろん!」と答える。

　両手いっぱいにギブアウェイ（各ブースで無料配布していたグッズ）抱えて、バイファロスのゲームエリアに向かうと、昨日の三人が待ち構えていた。

「ノブ!　こっちこっち!」

　そして「ついてこい」と言うセドリックの後ろを歩いていくと、そのままブースの裏側に作られた通路があり、その奥に小さな部屋があった。

「ハセガワさんじゃないですか」

　部屋にはいった途端、腹の底にブローかますようなイケボイスが響き渡り、思わずそちらを見た私、びっくりして思わず叫んじゃった。

「進藤さん!」

　そこには、黒いTシャツに黒いパンツで渋いファッションの、声優の進藤太郎さんが座っていた。

「バイファロスの上映会以来ですね。いやぁ、びっくりした。こんな所で会うなんて」

　進藤さんは、我々が開催した押田監督追悼バイファロス上映会に参加してくださった有名声優さんで、バイファロスではアガタ総司令官という重要な役の声をアテている。

進藤さんが出演されるのは知っていたけれど、よもや会えるとは思ってもいなかった。

「バイファロスのゲーム化で、USA特別バージョンDVD発売って聞いたもので、仲間代表で買いにきちゃいました」

「そうだ、あなた、確かアメリカ育ちって言ってましたよね。いやでも、よもやバイファロスのために、わざわざアメリカまで来るとはすごいなぁ」

誉められたんだかけなされたんだかわからないことになっちゃってるけど、オタクの場合、これは誉め言葉になってるはず……と思っておくことにする。

「バイファロス上映会でスタッフやっていた人たちの中にも、今回来たいっていう人はたくさんいたんですが、仕事の都合とかでなかなか難しくて」

そう言った私に進藤さんが、「そうでしょうねぇ、何しろ遠い」とちょっと笑う。

「しかしなんで控え室に？」

事情を話すと、「ハセガワさんのオタク活動域、グローバルですね」ってまた笑われてしまったが、これもオタク的に誉められたことにしておく。

アメリカではアガタ総司令官の人気が高いらしく、今回のイベントで、救出作戦前のアガタ総司令官のスピーチの再現を行うというすごい企画がもちあがり、それで進藤さんが招喚されたとのこと。

「日本語でいいのか？　って聞いたら、これに関しては日本語じゃないとだめなんだって言われて、僕、びっくりしちゃいましたよ」

進藤さん笑ってるけど、実際、海外のアニメファンの多くは、日本人声優のオリジナルの声でアニメを見たがるし、そのために日本語勉強してる人もたくさんいるくらいで、ここで進藤さんオリジナル声であの有名なシーンの再現を見れるってことなら、恐らくすさまじい人数が集まるだろうと思う。

そこで私、突然、進藤さんの隣に座っている白人男性、どっかで見たことあるぞってなった。

確かにどっかで見てる、っていうか会ってる？

あれ？　誰だっけ？

失礼ながらガン見してる私に、その人、ちょっとにやっと笑った。

そこで私、いきなり気がついた。

「ああああああああああああっっっ!!　ジェフリー・シーガル!!」

日本語で叫んじゃった私に、その男性、「やっとわかった？」と、にやにや笑いながら言ったんだが、やめてやめて、ちょっとこれ、マジ冗談？

ジェフリー・シーガルは私でも知ってるレベルで有名なハリウッドの俳優だよっ！

アカデミー賞のノミネートにも名前出てたことあるくらいの俳優!!

その人が、なんでこんなところにいるの！

私の動揺っぷりにエンダーが、「ゲームでの司令官役は、ジェフリーがやることに決まってるんだよ」と言うので、思わず「え？　アガタ総司令官じゃないの？」と思わず聞くと、エンダーは丁寧に教えてくれた。

「発表の時にノブも見れるけど、ゲームのバイファロスはFPSゲームなんだよ。いわゆる対戦ゲームってやつで、アニメのバイファロスをベースにもってきた、まったく別のものになる。アニメとゲームじゃ全然違うし、ゲームとしてプレイできる設定に変えてあるんだ。そこで司令官をやってもらうのが、ジェフリーなんだ」

「ジェフリーが、どうやってゲームにでるの？」

素人丸出しで尋ねた私に、今度はジェフリー本人が「モーションキャプチャーって知ってるだろ？　あれで動きや表情をキャプチャーして、ゲーム内で僕の顔をしたキャラクターをリアルに演技させるんだよ」と補足してくれた。

「ジェフリーが司令官になることで、さらにリアルなバイファロスの戦場をプレイヤーが体験できるってわけさ」

エンダーが誇らしげに言う。

「押田監督のバイファロスの、二十一世紀ヴァージョンといっても差し支えないかもしれない。ボディアーマーも、オリジナルのデザインをベースに、もっと進化させたものにな

って る」

進藤さんが、「ジェフリーの役の日本吹替えは、僕がやるんですよ」と言った。

そこで横にいた別のスタッフがポールと私に「時間があるんで、観客席に戻ってもらえるかい？」と言ってきたので、私たちはみんなに挨拶をして部屋を辞した。

「ポール、押田監督はどこまでゲームに関わっていたの？」

尋ねた私にポールが、「押田監督自身、二度、会社にきているよ。設定の部分は、あくまでもバイファロスの世界観を踏襲しないと意味がないからね。本当は、発表の時にはまたこっちに来てもらうって話もあったんだ。ゲームがヒットすれば、バイファロスはもっともっとたくさんの人に知ってもらうことになるし、さらに進化していくことになると思うよ」と答えた。

その時、スタッフ専用通路を出た私たちの目の前に、ものすごい数の人が並ぶ列が現れた。

バイファロスのゲームの制作発表を待つ人たちの列だ。

すごい。

こんなにたくさんの人が、新しいバイファロスを見たいと思って並んでいる。

私は一瞬立ち止まり、列に並ぶ人たちをひとりひとり見つめた。

みんな、ものすごく興奮した様子で、口々にバイファロスの話をしている。

アメリカでのバイファロス上映は、限定公開だった。

ごくわずかな限られた数の映画館での短期間上映で、それこそ知る人ぞ知るアニメ映画でしかなかった。

情報を得たアメリカ人オタクたちが各地から集まり、好評を博したけれど、その後はアニメ専門ケーブルテレビで一度放映されただけで、アメリカのアニメファンにとってもレアな作品になっていた。

ファンは、ケーブルテレビで放映されたものをDVDに焼いたり、データに残したりして布教活動に励み、アメリカにバイファロスファンを生んできた。

そうやってきた人たちが私と同じ想いを胸に、今、ここに集まってるんだ。

列の中には、バイファロスのコスプレをした人も数人いる。

思わず胸が熱くなり、涙がでてきそうになった。

感無量の想いでその人達を見ていた私に、ポールが「さぁ、行こう!」と声をかけた。

大音響でバイファロスのテーマ曲が流れるのと同時に、司会者がステージにあがる。

アメリカらしい軽やかな挨拶の後、バイファロスのゲーム化についての概要説明があり、そして満を持したように司会者が声を大きくした。

「世界初公開、ゲームとなって生まれ変わったバイファロスをみなさんにご覧いただきましょう!!」

場内が暗転した瞬間、客席の人々の歓声が場内を埋め尽くした。

スクリーンに大きく装甲騎兵団のマークが映し出される。

そして、突然、大音響で戦闘シーンが始まった。

オリジナルよりずっと現代風にアレンジされたアーマーが激しく撃ちあうシーンから、敵が待ち構える基地内に突入するシーンへ、そしてジェフリーが演じる司令官が厳しい表情で指示を飛ばし、航空部隊が上空支援する場面へと次々変わり、見ている私たちを圧倒する。

観客席の人々は言葉もなく、画面に見入っている。

それはまさに、ポールが言っていた進化したバイファロスだった。

アニメよりもずっとリアルな映像となったバイファロスの世界は、押田監督が描こうとしてた世界をさらに大きく広げて進化していた。

実写映画を見ているようだ。

あっという間に八分が過ぎ、〝二〇一八年夏〟という単語を最後に映し出して、動画は終了した。

その瞬間、ものすごい歓声があがり、興奮をおさえきれない観客が立ち上がってコールが始まった。

バイファロス！

バイファロス！

バイファロス！

ああ、オガタ君に見せたかったなぁ。

バイファロス上映会に集まった人達といっしょに、ここにいたかった。

みんな！　私たちと同じ、バイファロスを愛する人たちが、ここにこんなにいるよ！

私は心の中で、日本にいるみんなに語りかけた。

そしてその時、スクリーンにアニメのアガタ総司令官の顔が映し出された。

歓声がさらに大きくなり、ステージのセンターにスポットライトが当たる。

進藤さんが立っていた。

静かに置かれたマイクを前に立った進藤さんが、あの低音の渋い声で最初の一声を放つ。

「今、あの場所で、取り残された五千人の人々が、我々を待っている」

会場が一瞬にして静まりかえる。

会場にいる人々全員が、バイファロスの世界に飲み込まれた。

バイファロスのパネルディスカッションの後、私とポールはコスプレの人々を見ながら、まだまわっていなかったブースを見て歩いた。あっちこっちで、有名ゲームダイレクターや俳優がインタビューやトークショーをやっていたりして、どこもたくさんの人が列をなしている。コミケと違う雰囲気なのは、コミケはあくまでも参加者による主催と運営で行われているイベントなのでセッティングとかも含めてシンプルだけど、ここは企業主催なのでブースもイベントもお金がかかっていて、どこも豪華。

でも、そこに集まる人の熱気や情熱は、日本でのイベントと変わらない。

ポールが、ゲームキャラのコスプレをした一団に手を振りながら言った。

「オタクは世界中にいるけれど、オタクを文化として確立させたのは日本人のクリエイターやオタクの人たちだ。それも、驚くべき速さで発展し、その間にたくさんの名作アニメやゲーム、マンガを世の中に出している。これってすごいことだよ。たったひとつの国で始まった文化が、今や世界中に広がって、それが他の文化に大きく影響を与えている。アメリカでも、オタクっていうだけでまだまだネガティブなイメージを持つ人がいるけれど、日本はそういう暗い時代を背負ったオタクな人たちが、そんなものにもめげずに文化を育ててくれた。日本は今も変わらず僕らの聖地だし、日本人のオタクは僕らのあこがれだ」

会場のどこかから、歓声があがり、盛大な拍手が聞こえてきた。

ここで上映された新作ゲーム動画、アニメや映画のトレーラーは、次々とネットにあがって世界中に配信されている。

私がさっき見たバイファロスの映像も、すでに日本のみんなも見ているに違いない。

そして来年には、その動画を見た人たちがバイファロスのアーマーを装着した兵士となって、バーチャルな世界の中で戦い、市民を救うミッションを行ったりする。

押田監督が遺したものが世界に広がって、さらに大きく花開いていく。

身体の中から何かがどっと沸きあがってきて、私は鳥肌をたてた。

日本にいてオタク生活に埋没しているとわからないけれど、今、アニメやマンガの文化はここまで大きく、世界中に影響を与えている。

いろいろな国の人たちが、私たちと同じアニメを見て、そしてそれに熱い情熱を注ぎ、さらに発展させている。

同じものを愛する者として、私たちは言語も国境も宗教も人種も超えているんだ。

すごい。

すごいことだ。

向こう側から歩いてきたファイナルファンタジーのコスプレをした人が立ち止まり、

「日本の方ですか？」と私に尋ねた。

「そうです、日本から来ました」

私はちょっと誇らしい気持ちで、大きな声で答えた。

その日、私とポールはくたくたに疲れて、山のようにもらった&買ったグッズを手にして家に帰った。

外食する気にもならなかったので、ホールフーズのデリで好きなものを詰めて持ち帰り、ふたりでのんびりご飯食べることにした。

「ライアンの奥さんに、偶然会っちゃったんだって？」

大学でも有名なアメコミオタクだった〝ライアン・ギークフリーク〟とは、ポールも友達だった。

ブロッコリーのアンチョビソース和えを食べながらポールが聞いてきたので、東京メンバーズクラブの料理教室で起きたことをそのまま話したら、ポールはお腹をかかえて笑った。

「卒業した後はライアンもカリフォルニアを離れたから、なんとなく疎遠になっちゃって、結婚したことくらいしか知らなかったけど。よもや、日本でライアンとノブがそんなふうに再会することになるなんて、ほんと、世界は狭くなったね」

「その後、おうちに呼ばれていったけど、奥さん、すっごく恥ずかしそうだったよ」

ライアンがギークフリークと呼ばれるスーパーオタクだということが私の登場で白日の

もとに晒（さら）され、ライアンの奥さんシェルビーが必死に作っていたセレブ妻のステイタスが壊れてしまったわけだけれど、おうちを訪ねて、ライアンとシェルビーがとても仲のよい夫婦であることがあらためてわかり、シェルビーも私も、最後には笑って話すことができるようになった。

「よもや、あのライアンが真っ先に結婚するとは思わなかったよね」

ポールがそう言うのも無理はない。

ライアンもポールも、大学時代はマンガに出てくるようなオタク像そのまんまな人たちで、実際、三次元の女性にはまったく縁（えん）がなかったし、オタク生活だけで幸せな人たちだった。

「あの頃の僕ら、一番でかいピザ、それぞれで一枚ずつオーダーして食べてたくらいだからなぁ」

「それね！　あなたたち、いつでもどこでも、指が食べ物の脂（あぶら）でぎらぎらしてたよね」

「コンピューターのキーボードとゲームのコントローラーいじる時は、僕もライアンもちゃんと手、拭いてたよ」

ホールフーズのデリは懐かしいアメリカの味で、ポールは見かけはすっかり変わってしまったけど、中身はおっとりとした以前のままのポールで、私は懐かしい大学時代の頃の自分に戻ったみたいな気持ちになった。

「僕、ノブがあれだけ勧められていた大学院に進学しないで日本に帰っちゃったこと、けっこうびっくりしたんだよ」

え？　そうなの？

豆のサラダを口にいれようとしてそのまんま、私はポールを見た。

「留学生のほとんどがそのままアメリカに住んで仕事することを望むから、僕も他の人たちもてっきり君もそのままアメリカで仕事するんだと思ってたら、嬉々として『日本に帰ります』って、未練の欠片もない様子でさっさと帰国しちゃってさ」

まぁ、芯（しん）からオタクな私にとっては、アメリカに住んでいることの方がイレギュラーで、もとからアメリカに住みたいとは欠片も思ってなかったし、アメリカで仕事するなんて考えてもいなかったから当然なことだった。それに、他の人からどう見られていたかなんて全然考えてなかったから、そういうふうに言われてしまうのも仕方ないかもしれない。

当時は、やっと日本に帰れるっていうので滅茶苦茶（めちゃくちゃ）テンションあがっていたし、他の人の気持ちを考える余裕もなかったのは本当のところ。

「君はアメリカが長かったから条件的には恵まれているし、そのままここで仕事探しても良い仕事が見つかりそうなのになんで？　って思ってた。そしたらライアンが言ったんだよね。『アメリカ人の僕らにはちょっと悲しいことだけど、ノブの本当の幸せはここにはなかったのかもしれないねぇ』って」

ポールの言葉に、私は一瞬、固まった。

同じようなことを言った人がいる。

ニューヨークの私立女子校でずっと仲良しだったグループのひとり、アリーシャ。

私がニューヨークを離れてカリフォルニアに行くってなった時、いつも元気で陽気なアリーシャが「ノブは、私たちと離れるのが寂しいって思わないの?」って言って、目にいっぱい涙をためた。

自分の事にいっぱいいっぱいで、他人の気持ちを置き去りにしてしまうのは、私のいちばんだめなところだ。

「ごめんなさい。なんていうか、うまく言えないけれど、みんなのこと、傷つけてたかもしれない」

食べる手を止めてそう言った私を、ポールが「いや、そんな謝るなよ」と驚いた様子で見る。

「アメリカは君の母国じゃない。子供だった君は、自分の意思に関係なくアメリカに住むことになっていたわけで、帰れるって大喜びするのは当たり前のことなんだよね」

ポールの言葉に、思わずうなずく。

文化も言葉も違う国にいきなり連れて行かれて、地元の学校に放り込まれた事は、とても厳しい経験だった。

海外駐在や帰国子女をもてはやす人はたくさんいるけれど、私に限って言えば、うれしくもなんともない事だったし、それこそ自慢になるようなものでもない。

けれど、そのアメリカでの日々も、今となっては私の一部でもある。

その中で出会った、ニーナを含めたニューヨークの学校で仲良しだった女の子たち、ポールのように大学で親しくなった人たちは、私の大事な友人であることも変わりはない。

彼ら彼女らは距離や会った時間に関係なく、今も友達でいてくれる。

「僕はね、ノブと友達になったことで、ゲームの仕事をする決意ができたんだ」

突然ポールが言った。

「子供の頃から内気な太ったオタクで、親しい友達はほとんどいなかった。大学にはいって、君やライアンと親しくなって、他にも仲間ができて、初めてアニメやマンガの話を思いっきりできる楽しい時間を持つことができたんだ。そしたら、僕がこっそり作っていた自作ゲームを見て、君が大喜びして言ったんだよ、覚えてる？」

『すごいよ、ポール！　私の従兄弟もゲーム作って、それがゲーム会社に買われて、お店で売られたんだよ。ポールもそういう才能があるんだね。将来、世界中の人が夢中になるようなゲームも作るようになるかもしれないね！』

覚えてない。

私、そんなこと言ったんだ……。

「あの頃の僕は、自分にまったく自信がなかった。でも君のその言葉で、自分の好きなことを仕事につなげていくことを考えるようになったんだ。それが今の僕になっている。今さらだけど、お礼を言うよ、ノブ」

お礼を言われるようなこと、私はしていない。

あの頃のポールは、本当に内気な人だった。

自分の意見をはっきり述べ、自己主張しないと生きていかれないようなアメリカで、ポールはほとんど自分から発言することはなくて、みんなといるより、ひとりでいるのが好きな人だった。

コツコツと何かに取り組むのが好きな、実直で誠実な人だった。

「私の言葉がきっかけだったかもしれないけれど、もともとポールには才能があったんだと思うし、ずっと努力してがんばっていたんだから、今、好きな仕事をしているのはポールの実力だよ。私は何もしていない」

するとポールが、「君とライアンが、僕に最初の〝居場所〟を作ってくれた人たちだ」と言った。

「居場所？」

思わず返した私に、「そう、〝居場所〟だ。僕がそこにいていいって場所。みんなといっしょに笑えて、楽しくいられる場所だ。僕が僕でいられる所」とポールが答える。

「それまで、アニメやマンガの話を思いっきりして、いっしょに笑える人なんていなかった。ずっとオタクであることを隠そうとしていた僕とは違って、君もライアンも隠そうともしなかったし、堂々としていた。僕は、君たちを見て、君たちといっしょにいる間に、少しずつ変われたんだ」

確かにライアンなんて、全米アメコミクイズ選手権で一位に輝くという、隠すどころか全米に「俺はオタクだっ！」って宣伝しまくってたような人だし、私は両親のもとから離れて、堂々とオタク活動にいそしめるとあって、それこそ隠す気なんてさらさらなかった。

ふたりとも、はっきりいって異端、どう考えても、レアな存在だったとは思う。

そんな私たちを、ポールがそういうふうに思っていたなんて全然知らなかった。

でも、ポールが言う〝居場所〟というのはわかる。

異国の学校で、ぽつんとひとりでいた私に声をかけてくれたのは、やっぱり同じようにひとりぼっちだったニーナだった。

「日本の桜って、とてもきれいな花ね」

まだほとんど英語なんて出来なかった私に、そう声をかけてきてくれたニーナは、その後もずっと、語彙(ごい)の少ない、たどたどしい私の英語に辛抱(しんぼう)強く、忍耐(にんたい)強くつきあってくれた。

　そうやってふたりぼっちでいた私たちに優しいカテリーナが気づいて、その後、カテリーナと親しかったガリーナ、アリーシャ、ビアンカがそこに加わった。

　みんな、オタクなんてものにはまったく縁のない人たちだったけど、私が必死にオタク活動を死守しようと奮闘するのを、面白がって応援してくれた。

　学校指定のバインダーに貼ってたＢＬちっくなイラスト、シスターに見つかってはがしなさいと言われた時、みんなで「ノブの日本の友達がくれたものだから、許してやってください」と大嘘ついて涙ながらに訴えてくれたり、ランチタイムにみんなの事ガン無視で、送られてきたジャンプ読むのに没頭していても、笑って見ていてくれたり。

　見知らぬ国の言葉の通じない人たちの中で、彼女たちが私に与えてくれた〝居場所〟はとても優しくて居心地がよかった。

　そして気がついたら、みんなといっしょに笑ったり泣いたりしていた。

「自分の居場所は自分で作るものだってよく言われるけれど、僕は違うと思うんだ。それは誰かが与えてくれるものなんだ。でもそれは、ひとりの人が作るものじゃない。そこにいる人たちがみんなで作り上げるもので、そしてそこにいる人たちで分かち合うことで成立する」

　缶ビール片手に、ポールが言った。

「君はいつもマイペースで、自分の好きなものに忠実で、他の人の思惑なんて全然気にしなかった。それを無神経とか言う人もいたけど、僕は素晴らしいことだと思う。高校時代、デブで根暗でオタクな僕を馬鹿にしていじめていたフットボール部のブルースって奴がいた。あの頃の僕は、どうしたらブルースの気に障らないかって一生懸命考えたりしていたけど、それこそ馬鹿だった、無意味なことだったよ」

そう言って、ポールはぐいっとビールを一口飲んだ。

「ブルースがどれほど僕の人生に大事な存在かって考えたら、これっぽっちも関係ないし、むしろどうでもいい奴だった。ブルースのために使う時間なんて、もったいないだけだ。それを自分の好きなこと、好きな人たちのために使う方がずっといい。それに気がつかせてくれたのは、ノブなんだよ」

そんなすごいこと、私はしてない。

あの頃の私は、バカ父の「成績落としたら、オタク便止める」という悪魔の呪縛から解放されて、バイトしまくって、それを全部オタクライフに捧げていた。

親の目がなくなったのをいいことに、腐女子友に頼んで、山のように同人誌やBLのドラマCD送ってもらって、アニメ動画を徹夜で見ていたりした。

正直、大学生活は勉強とオタク活動しかなかったと言っても過言じゃない。

帰国にあたり、がっつり推薦状とかもらって就職活動に役立てようとしていたのもあったので、勉強はものすごくしてたけれど、あとはアメリカで可能な限りのオタクライフを満喫していた。

ただそれだけだ。

「そんなすごいことしてない。でもね、私もポールと友達になったことで、大学生活がとても楽しいものになったんだよ。それまでは、アメリカでオタ話を語り合える友達なんていなかったから」

「カフェテリアでエヴァンゲリオンについて語り合ってて、熱くなりすぎて、周囲にドン引きされたりしてたもんね、僕ら」

いきなり黒歴史掘り返して、ポールが笑う。

私たちは大学時代、いっぱい笑い合って、くだらないささいなことで言い合いして、そして肩叩き合って励まし合っていた。

一生懸命、自分たちの好きなことに情熱を傾けていた。

そして今、ポールは世界中で何十万人ものプレイヤーがいる有名タイトルゲームのプロデューサーをして、以前よりずっと幸せそうだ。

私が何気なく言ったことがきっかけだったかもしれないけれど、今のポールがあるのは、彼が真面目に誠実にがんばってきた証だと思う。

それはポール自身が選んだ生き方で、ポール自身ががんばってきた結果だ。

私たちはその夜、結局深夜までおしゃべりしていた。

お互い、思い出したくもない大量の黒歴史の掘り起こしばかりになったけれど、それはポールと私の友達としての歴史でもある。

私たちは、ずっとずっと、大笑いしながらビール片手にいろいろなことを話していた。


次の日、仕事でＪＡＧに行ったポールとは別に、私はひとりで本屋さんやスーパーマーケットをまわってのんびり一日をすごした。

大学生時代、友人の家に遊びに来たり、みんなで出かけたりでこのあたりにもたまに来ていたけれど、十年以上の年月が過ぎて、街もすっかり変わっていた。

スターバックスやお洒落なカフェが並び、健康志向の高いオーガニックの店がたくさんできている。

昔と変わらないのは、カリフォルニアの日差しと空気だけで、あとは私が記憶している街並みとはまったく違ってしまっていた。

一日、ひとり車であちらこちら行った私は、夕方、ポールと約束していたサンタモニカのビーチサイドにあるイタリアンレストランに向かった。

昨日、ＪＡＧの帰り、車の中でポールに「僕の友人で、ケーブルテレビでドキュメンタリー番組を作っている奴がいるんだけど、今度日本のＢＬや〝やおい〟についての番組を考えているんだって。それでノブの話をしたら、ぜひ取材させてほしいって言ってるんだ」と言われてびっくりした。

アメリカでBLの話かよっ！　って警戒したんだけれど、ポールがきちんとした番組だよというので、とりあえずOKした私。

その人は以前、日本のゲーム業界についての番組を制作して全米放映されて反響を呼んだそうなんだけれど、残念ながら日本では放映されていない。

そんなまっとうな番組でBL特集したいって、なんか地獄の釜の蓋をあけるような気がしなくもないんだけれど、日本でいうところの腐女子という存在や、BLとはいったいいかなるものかなど、基礎的な知識が知りたいということだったので、だったら私でも説明出来るかな？　と思った次第。

ポールいはく、英語が出来る日本人オタク、英語が出来る真性腐女子は探してもなかなかいないからアメリカでは貴重なんだそうだが、個人的にはそんなものを英語で語るとか、人生最大にしたくないのが本音。

だいたい、日本語でだって、腐ったソウルのない人にはそうそう語りたいもんじゃないからして。

まぁその人としては、道を歩いている日本人女性つかまえて「BL好きですか？」とか聞くわけにもいかないだろうし、私はちょうどよい取材対象だろうなぁと思って引き受けたんだが。

アメリカにもスラッシュっていう男×男の二次創作はあって、けっこうな数の女性たちが萌えを展開している。ただ、それはまだまだ地下活動みたいなもので、大手一般書店にBLの小説やマンガの棚が堂々とあるような日本とは、まったく違う。日本という国がオタクの聖地であることは、すでに世界中に知られていることだけれど、全世界の腐女子にとっては、実は日本はBL総本山みたいな場所だといえるかもしれない。

案内されたテーブルには、すでにポールともうひとり男性が座っていた。ポールの友人ピーターは、眼鏡かけた知的な感じの人で「このきまじめそうな人に、ガチでBLの話するんかい」と一瞬思ったけど、今さら本人前にして、「今日はちょっとやめておきますねー」とか逃げるわけにもいかず。

「初めまして、ピーター・モーゼスです。今日は時間をとってくれて、ありがとう。ポールからいろいろ聞いてます」

そう言って差し出されたピーターの右手を握り返しながら、「お前、いったい何を話した？」と咄嗟にポールを見たが、ポールはにかにかしながら私たちを見ているだけで、そこから何も読み取れない。

どう考えても、世間一般に知られてはならない事しか思いつかないのは、自分の日ごろの行いのせいとは思うが、ここで反省したところでまったく意味はなし……。

警戒して無口になっていた私、オーダーをしてすぐさま、ピーターはきらきらした表情でどでかい一発目、撃ち込んできた。

「一番聞きたいのはね、女性の君たちが、どうやってゲイのセックスを知るのかってところなんだ」

ハセガワノブコ、一瞬、身体中のねじが、いっきに吹っ飛んだかと思いました。

私の今までの穢れきった心に、神が怒りの鉄槌を下したかと思うほどの衝撃。

完全凍結した状態で、笑顔だけは残していた自分を誉めたい。

「女性の君たちが、男同士の恋愛とセックスを物語にして赤裸々に描きたいというのは、どういう欲求からなのか、ぜひ、教えてほしい」

やめろおおおおおおおおおおおおっっっ!!

思わずそう叫びそうになって、思いっきり自分を制した私。

もう、全身の毛穴から、脂汗がでてきそう。

このまま、塩の柱になってしまいそう。

「BLは、私たちにとってファンタジーなので」

冷静にそう答えたけれど、つまるところ、萌えです、萌え。

萌えに理由なんてあるわけない。

遺伝子にBL因子を持った我々は、生まれ落ちた時から腐女子。アルタさんなんて「子供の頃、アニメでムーミンとスナフキンが並んで歩いているのを見てどきどきしたのが、思えば最初だったわ」とか言ってたし、コナツさんは刑事ドラマでバディ組んでるふたりを見て「あのふたりは絶対にラブラブだ！」と確信してた自分が他の女子たちと全然違ってることに気づいて、いかにおのれがアウェイだったか知ったって言ってた。

アヤちゃんに至っては、中学時代の『走れメロス』の感想文で、メロスとセリヌンティウスの関係がいかに愛に満ち溢れているか熱く語りすぎて、担任に呼び出しくらったって経験がある。

理由なんてないの！

男と男の間に、我々が自分勝手に愛を見出し、そこに遺伝子にBLを組み込まれし者の本能が萌えろ！って叫ぶんだよ！とか言ってしまいたいんだが、何も知らないアメリカ人相手にそんな爛れた脳内見せつけるような発言、日本全国の腐女子のみなさんの名誉にかけて絶対に出来ない。

なんたって相手は、至って真面目にBLに萌える我々を知ろうとしているわけで。挙句にそれで、全米放映のテレビ番組作ろうとしてるわけで。

全米って単語が重過ぎて、ノブコ死にそう……。

しかしピーターは、追い込まれていく私に、さらなる無謀な質問を次々と放ってきた。

「男性に限定しているのは、どういう理由と意図があるのかな？」

「BLはゲイとは違うの？」

「君たちは女性なのに、なぜ、男性の性的興奮とかを描きたいと思うの？」

「腐女子な人たちは、男性の性的なものにどこまで共感できるの？」

「読者の君たちは、やっぱり受けといわれるキャラに自分を投影するのかい？」

「攻めの男性の設定は、やっぱり君たちの理想とするところの男性像になるの？」

ハセガワノブコ、今世紀最大に全身大汗。

額に、腋（わき）に、尻に!!

料理が出てきて、ポールが「このあたりではいちばんおいしいって評判の店なんだよ」とか教えてくれたが、皿に載ってるのが何か、認識することすらもう出来ない。

おいしいと言われる料理を前に、我々が語っているのは、BLという秘密の花園でたわむれる、爛れた我々腐女子の生態についてだっ！

「BLとリアルゲイとは違うし、多くの腐女子はリアルは求めてないと思います。っていうか、むしろ知らなくていいって思ってるような気がします。見ればわかるけど、BLに描かれる男性は、すね毛とかもないし、細マッチョでイケメンな少女マンガに出てくるキャラみたいなのがほとんどでしょう？　つまりあれは、私たちにとってファンタジーなんですよ」

「ハーレクインとかだったらわかるんだ。夢のような男女の恋愛にファンタジーを求めるわけだから。でもなぜそれが男と男の恋愛じゃなきゃだめなの？　読者はどこに共感を得るの？」

ピーターの問いに私、思いっきり首を横に振った。

「いや、共感とか、全然必要ないから」

その答えに、ピーターとポールが「は？」みたいな顔になる。

「私たちは、ラブラブなふたりを見てるだけでいいの。別に自分はそこにはいらないんです」

ピーターもポールも、意味わかんないですけど？　みたいな顔してる。

意味、わかんなくていいし、わかってほしいとも思わない。

思わないんだが、これからそれでドキュメンタリー作ろうとしているピーターは、それを真面目に理解しようとしてるわけで、私と彼の間にある深くて暗い谷をどうにかしてわたらせないといかん。

「男女の恋愛だったら、リアルにいくらでもあるでしょ？　わざわざそこにファンタジー求める必要、全然ないです。男同士ってのはそもそも、『人から認められにくい』とか『苦難の愛』的な意味合いがあるわけで、それを乗り越えるふたりがいるからこそ、純愛度数があがるわけです。そして男同士の恋愛ってのは、女性な我々には知りえない世界なわけで、その分、想像と妄想のはいる余地がいっぱいあって、純度の高い恋愛ファンタジーを描けるフィールドとして成立する」

オマール海老のなんたらとか、見るからにおいしそうなご馳走が載ったお皿を前に、ピーターはまだまだ食い下がる。

「でも、純度の高い恋愛ファンタジーなら、なぜそこに、濃厚なセックスシーンが必要なのかな？　恋愛ファンタジーで男同士だとしたら、作者や読者、君たち女性がそこに存在することはないわけでしょう？」

「いや、だから、全部想像でいいんですって！　リアルなんていらないの！　恋愛とか結婚とか妊娠とか、そういうリアルはいらないの！　リアルじゃないから、我々は萌えるの！　私たちは、想像して、見てる立場であることが幸せなの！　男ふたりがラブラブで抱き合って、『あんあん』して、ちゅっちゅっして、べたべたしてハッピーにしてるのを見るのが、私たちの幸せなの！」

…………あ…………？

…………。

私、一瞬固まる。

…………とてつもない静寂が、あたりを包んでいる。

レストランの中、いっさい音が消えている。

そして、レストラン中の人が私を見てる。

……すごい不審な、怪訝な、複雑な表情で。

「ノブ、すごく声、大きかった」

思いっきり下を向いてるポールが、小さい声で私に言った。

うわあああああああああああああああああああああっっっ!!

やっちまったあああああああああああああああっ!!

人生、最大級に恥かいたっっっ!

泣きたい！　泣いてしまいたい！

穴掘って、埋まって、一生でてきたくない！

全世界の腐女子なみなさん、ハセガワノブコ、全力で土下座します。

やっちまいました！

異国のお洒落な高級レストランで、あろうことか、オタクだの同人だのまったく無関係で、しかもおそらくまったく知らない人々を前にやっちまいました！

腐女子＝おかしな人ってのを、インパクト最大級に設定してしまいましたっ！

今ここで、私を浄化の炎で焼き尽くしてください。

燃え尽きて、白い灰にして、そこらのかぼちゃ畑にまいてください。

沈黙と冷たい視線で、レストラン内、永久凍土と化してる……。

寒い。

寒すぎる。

その中でたったひとり、凍っていないうえに至極真面目なピーターが、場をまったく読む気がない大声で、時間すらも凍結している私に言い放った。

「じゃあ、いわゆる腐女子と呼ばれる人たちは、男女の恋愛には、もうファンタジーを感じられなくなってるってこと?」

そして、蒼白になった私を無視するかのように人生最大にして最高に長くつらい、地獄のような夜は、その後も続いた。


「じゃあ、久しぶりのアメリカで、行ったのはバーンズアンドノーブルと、ホールフーズと、ヴィクトリアズシークレットだけだったの……」

呆(あき)れ果てたようにニーナが言うので、「スターバックスも行きました」と無愛想に返したら、「そんなの、日本にも山ほどあるじゃない」と言われてしまったが、味が全然違うんだぞー。

やたらと濃い味のカフェモカを、ベンティサイズで買って、そのまま本屋でよさげな本片手に、床に座ってだらだらするって、アメリカならではの時間のすごし方じゃないか!

しかしニーナは「わざわざアメリカでやるようなことでもないじゃないの、もっといろいろ他にあるでしょ？」とか、これまた呆れたように言ってくる。

帰国してすぐ、ニーナが「チャリティオークションに出すものを選びたいから、手伝って」と言ってきたんだが、さすがに疲れていたし、そんなの自分で好きに選べばいいじゃんと言ったところ、「アンディが、『絶対にノブといっしょに選ぶように』って言ったんだもん」とかだそうで。

なんで私がそこに出てくるんだよと思ったが、現場に行って納得した。

ニーナ専用のリビングルームに所狭しと並べられた豪華アイテム見て、私、一瞬茫然、その後、まじまじとニーナの顔を見ることになったわけで。

だって、小さなダイヤがフジツボみたいにへばりついてるでっかい指輪とか、特別注文で作らせたとかいう、人力で運ぶのはどうみても不可能なサイズのヴィトンのスーツケースとか、いくらチャリティとはいえ、買う人がいるとは到底思えないようなシロモノが並んでる。

ニーナの夫アンドレアス・フォルテン、さすがにおのれの妻のおまぬけぶりは理解してるとみた。

ニーナひとりで選んだら、誰も落札できないようなとんでもないもの、落札したくないようなものを選びそうだから私を指名したわけか。

ニーナが持ってきたチャリティの案内、シルキーアイボリー系のいい紙使ってて、銀の箔押しとかで、うひー、金かかってんなぁとか思ったが、紙質やインク、印刷にやたらと詳しいのは、同人誌的知識のおかげ。

ぺらっとした一番安い紙一枚にコピーした普通のイベントとかのものとは、明らかに格の違いを見せてる。

NPOのどこぞの団体が熟年マダム向け雑誌と提携して、大手企業数社をバックに行うチャリティオークションで、企業オーナーの奥様や大使夫人とかが招待されるらしい。

つまり、自称セレブなナンチャヤッテな人々じゃなく、それなりの格式と立場がおありになる方々の集まり。

うーん……と思わず腕組みした私。

ニーナ、確かに出自はすごくいいし、夫は大手投資銀行のえらい人だし、格式あるかと言われればあるんだよなぁ。

本人前にすると、忘れるというか、忘れたいというか。

しかし、そんなご大層なチャリティとか、いったい何を出せばいいのやら、私にもよくわからない。

私、ソファの上に置かれたシルクのドレス見て、「これ、何?」と聞くと、ニーナが
「それは、ニューヨーク帰った時に、ママといっしょにオスカー・デ・ラ・レンタで作っ

たドレス。もう着ないかなぁとか思って」とか言ったが、よもやこの日本で、こんなに背中の開いたやたらと細いドレスとか、いったい誰がどこで着るというんだ？　と真面目に問いたい。

「これは？」と私の指差した先にあるでっかい犬の真鍮の置物、「ドアストッパーよ。おばあちゃまが昔使ってたもので、十九世紀にイタリアで特注したものとか聞いたことがある」って、こんなでかくて無駄に重いストッパーを使うようなドアが、日本の家屋にあるとは到底思えない。

お金の価値が我々一般市民とはまったく違う次元にあるニーナ、物欲みたいなものがほとんどないまま生きてきたお育ちのよさ故、チャリティに出すならって、このオスカー・デ・ラ・レンタの特注ドレスとかも真鍮のイタリアの犬も、いくらで出すか想像もつかない。

そもそもチャリティだから、格安で出すわけにもいかないだろうが、たとえ格安な値段でも、こんなもの、誰も買いたくないだろうという重要な問題が残される。

すばらしくきれいな容姿で、性格も大変よいが、リアルな生活にまったく不適合なニーナ。アンディのおっさん、よくまぁ、こんな妻相手に、日常生活送れてるよなぁと感心する。

ある意味、賞賛に値するレベル。

部屋に並んだものを見渡した私、にこにこしながら私を見てるニーナに、「とりあえず、全部品物確認して、出せるもの選ぶとしようか」と言うと、ニーナはうれしそうに「うん」とうなずいた。

「大学時代のお友達に久しぶりに会ったんでしょ？　楽しかった？」

どっかのブランドのスカーフを広げていた私に、ニーナが聞いてきた。

「ポール、ポール・ブラックってオタク友達ね。びっくりしたよ、大学時代は太ってて長髪で、座るとお尻の割れ目がはみだして見えちゃうような典型的なオタクだったのに、痩せてものすごいイケメンになってた、写真見る？」

スマホにあるポールの写真をニーナに見せると、ニーナが「わぁ、とっても素敵な人ね」と言った。

「かっこいいでしょ？」と言うと、「きらきらしてて、すごく楽しく生きてるって感じがするわ」とニーナが返す。

ニーナ、普段はぼーっとしているが、なんというか、時々こういう、どきっとするような深いことを言う時があるので侮（あなど）れない。

「久しぶりにノブに会えて、彼もうれしかったんじゃない？　ほら、ノブと並んで写ってるこの写真なんて、本当にうれしそう」

そう言ってからニーナ、うふふと笑って私を見ながら、「ノブは筆無精でマメじゃないし、自分のことで手いっぱいな人だから、こんなイベントでもないと、アメリカ戻るなんてことなかったでしょうね」と言った。

うわ！　なんか超辛辣！

しかしそれは本当で、自分でもよくないなぁと思いつつ、どうしても目先のことに捉われて、全力で駆け抜けてるみたいな日々を送っている感はある。

「アリーシャなんて、本当に怒ってるわよ。ノブは滅多に返事してこないし、きても短い返事しか書いてこないって。だから、近況っていったって、今好きなアニメのタイトルしか書けないからじゃないの？　って言っておいたけど」

あまりにあまりな内容なので、フォローに感謝する前に、「もっと違う言い方はないのか！」とか言いたいんだけど、言ってることがあまりに正しくて思わず無言になる。

「でもね、私も日本で生活するようになってわかったんだ。外国で長く生活するのって、楽しいこともたくさんあるけれど、やっぱり大変なこともたくさんある。結局気がつくと、アメリカ人同士で固まっていたりするし、閉鎖的になってしまう。その中で、自分なりの考え方や生き方を貫くのは、本当に大変なことだって気がついたの。ノブはそれを十代でやってたんだよね」

「うーん、そんなすごいものじゃないよ……」

思わずそう言ってしまったのは、本当にそんなしっかりとした考えがあったわけじゃないからで、私がずっと私自身でいられたのは、オタクでいたいというその一念から。まったくもって自慢できないし、人にもお勧めできないし、そもそも参考にすらならない。

でも、もしかしたら、まったく誉められないようなものでも自分の軸になるものがあったからこそ、異国での生活や学友たちの豪華な日々にも振り回されることなく、私が私でいられたのかもしれない。

そして、アメリカに戻ってみて気がついたことがある。

あんなに嫌でしかたのなかったアメリカでの生活も、私の人生にとても大きな意味を残していて、たくさんの出会いや経験を作ってくれた大切なものになっている。

つらい日々があったからこそ、私は自分にとって何が一番大事で、何が一番必要かを知ることができたし、そのために自分が何を選ぶべきかもわかっている。

当たり前のように存在している規範や慣習に囚われることなくいられるのも、自分が幸せであることを大事に出来るのも、あのアメリカでの日々があったからかもしれない。

そういう意味で言えば、私が今、オタクライフを満喫し、迷うことなくその道をまっしぐらに生きていかれるのは、アメリカに行ったからこそ！　といえるのかもしれない。

「アメリカに行ったこと、嫌なことばかりじゃなかったって、思えるようになってきてるんだ」

私がそう言うと、ニーナがぱぁっと輝くような笑顔を浮かべた。

「やっとそういうふうに思えるようになったってことね。私、とてもうれしい」

ちょっと恥ずかしくなった私は、「おしゃべりしていないで、早くすまそう」と言って、そばにあったどっさりレースがついたド派手なドレスを広げた。

それを見たニーナはふっと笑って、自分も横にあったバッグを手に取った。


選別し終えるのには、それからだいぶ時間がかかった。

もう、なんていうか、ニーナ、いろいろ並べすぎ。

オスカー・デ・ラ・レンタのドレスは、「こんな細いサイズの服は、一般人にははいりません」と却下、真鍮の犬は「重すぎて、送料がかかりすぎる」で却下、その他のものも、金額的に無理とか、運べないとか、一般人には分にあまりすぎるとか、置く場所ねーよ！　使わねーよ！　な理由でがんがん脱落。

結局、どっかの誰かのパーティに出た時にもらったというヘレンドの特注品のティーセット、サイズ的にはけっこうな大きさのアクアマリンのペンダント、そしてアンディのおっさんが中国の古物商から買ったという、アンティークのジュエリーケースを選んだ。

選んでいる時、テーブルのはしっこに、なんか平たい鋳物が並べられてあって、「何これ？」と聞いてみたところ、「アンディがコレクションしてる刀の鍔、よかったらこれもって言ってた」とかいうことだったので、見なかったことにした。

女性誌がプロデュースするチャリティで、刀の鍔だしてどーすんだよ。

我がバカ父（現在南アフリカ駐在中）に布教されて、格式ある黒澤明ファンからただのチャンバラオタクに成り下がったアンディのおっさん、家の中に鎧兜や、実際に人を斬ったことがあるとかいう刀を並べた部屋を作っていて、毎日そこで瞑想してサムライの心とやらを呼び覚ましているらしいが、正直、そんなもん呼び覚ます前に、皇居一周ジョギングでもして、その腹をなんとかしろと言いたい。

いろいろな意味で一般庶民には理解しがたいふたりだけれど、とっても仲良しな夫婦ではある。

しかしながら、アメリカや日本の有名経済誌とかで、えらくかっこいい感じでインタビュー受けてるアンディのおっさんの写真見ると、庭に迷いこんできた犬に驚きすぎて、勢いあまってそのままプールに落っこちたとか、実はラーメンマニアで、こっそりＧｏｏｇｌｅに都内ラーメン店Ｍａｐ作ってるとか、食事中に応援してるサッカーチームがゴールして、大喜びで飛び上がったらトマトソースぶちまけて大騒ぎになったとか、そんなことが走馬灯のように脳内駆け巡り、「何をすました顔をしておる」みたいな気持ちになっちゃうところが難。

アンディのおっさんの黒歴史を脳内再生していたら、ニーナが「ノブ、これ、覚えてる?」と、小さなベルベットの箱を持ってきた。

開くとそこには、細い金の鎖に、小さなダイヤのはいった金の四葉のチャームがついているブレスレットがはいっていた。

「もちろん、覚えてるよ」

覚えているどころか、同じものが私の部屋にも大事にしまってある。

高校を卒業する時、カテリーナがみんなにプレゼントしてくれたものだ。

結婚するニーナ以外は、それぞれ大学進学が決まっていた私たち、東へ西へと、みんな違う道を選んでいた。

卒業前の最後の休み、カテリーナが私たち全員をニュージャージーにある本宅に招いてくれた。

そこは、マンハッタンのど真ん中にあるスーパーゴージャスな普段の住まいとは違い、森の中にある落ち着いた一軒家で、広い庭にセットされたテントの下、私たちは卒業前の最後のガーデンパーティを楽しんだ。

そこでカテリーナが、みんなにプレゼントしてくれたのがこのブレスレット。

特別に作ってもらったというこのブレスレットは、私たちの友情の証でもあり、それを忘れないという約束の形でもある。

高校卒業して広いアメリカのあちらこちらに散らばっていく私たち、今度はいつどこで会えるかわからないし、それぞれの道に歩き出してその後どうなっていくか、どういう人生を歩いていくかもわからない。

だからこそ、〝友情の証〟が必要だったように思う。

毎日それを身に着けると言っていたアリーシャは、アルゼンチンの旧家に連なる家で、御殿か！　みたいなきらびやかな家に一家で住んでいた。

本家が南米のカルテルにつながってるとかいう話で、「逆らったらカルテルに消される」とか噂たてられてたアリーシャ、暗い噂話とは裏腹にリオのカーニバルを体現したみたいなやたらと騒がしい女の子だったけれど、卒業したら、アルゼンチンの本家の次男と結婚させられることになっていた。

それに真っ向から逆らって大学進学を決め、実家に頼らずにビジネスで成功してみせるって決意していたアリーシャ。

一族猛反対だった彼女の決意をたったひとり、支持して応援してくれたというのが彼女のおばあさま。

「グランマ、若い頃、パンパの草原をガウチョたちと馬で走って、盗賊とか追い散らしてたのよ」とかいう話を聞いてたから、ショットガン抱えた荒くれたおばーちゃん想像していたら、家にいたのは白髪をきれいに結い上げた優雅なおばあさまで、びっくりしたのを覚えている。

そのおばあさまは私が遊びにいくと、「アリーシャのかわいい東洋のお友達」と言っていつも大歓迎してくれた。

両親ともに政治家だったビアンカは、しょっちゅう難しい話をしまくっててみんなからうっとうしがられていたけれど、広島長崎の原爆投下を正義と教えるアメリカの歴史の授業で、当時撮影された写真を使ってレポートを発表してクラス全員恐怖のどん底にたたき落とした後、「この写真の中に、ノブの家族の誰かがいたとしても、みんな、それを当然の正義って言えるの？」と問いかけて、みんなを沈黙させたことがあった。

十五歳でレズビアンを自覚したガリーナは、保守的だった学校やクラスメイトたちといつも戦っていた。

同人誌購入資金を工面するのに、バブリーなクラスメイトの誕生会でもらったブランド品を売り払おうとしていた私を、「そういうことならまかせてよ」と言って、買ってくれる店に連れて行ってくれたのは、お洒落（しゃれ）にうるさかったガリーナだ。

そして、恐らくアメリカでもトップクラスの資産家の娘だったカテリーナのご両親は、自立心旺盛（おうせい）で年齢よりもずっと大人びていた娘の変わった友人の私たちを、いつも温かく迎えてくれた。

カテリーナのお父さんが所有している大型クルーザーに招待されて、みんなですごした数日間は、今でも楽しい思い出。

卒業してから今もって、全員そろって会ったことはまだない。アリーシャとガリーナはニューヨーク、ビアンカはスイスにいて、カテリーナはサンフランシスコ、そして私とニーナは日本にいる。

Ｆａｃｅｂｏｏｋにポストされた写真で近況知ったり、たまにメールしたりはするけれど、いっしょにご飯食べに行ったりおしゃべりしたりという時間は、今はもうない。

でも、彼女たちが今もって大事な存在なのは変わらない。

私の部屋にもニーナの部屋にも、カテリーナの家でみんないっしょに最後の休暇をすごした時、カテリーナのお父さんが撮ってくれた写真がある。

ニーナはブレスレットを箱から取り出すと、そっと自分の腕にあてて、「また、みんなで会いたいね」と言った。

「今度みんながそろうのは、私の次に結婚する人の式の時ねって言ったけど、全然誰も結婚しないいんだもん」

「ほんとだね。いつまでたっても私たち、みんなで会えないね」

お互いの言葉に、ニーナと私は顔を見合わせ、笑った。

どんなに離れていても、会えない日々が長くなっても、私たちがお互いに最高の友達であることに変わりはない。

「私ね、結婚指輪より、こっちの方が大事。アンディにはないしょだけどね」

ニーナがいとおしそうにブレスレットを見ながら、小さな声で言った。

5「二次元に年月はない、つまり、永遠ということだ」

次の日、ＪＡＧでゲットしたバイファロスＤＶＤお渡し会があり、関係者全員、例によっていつものカラオケに集合した。

みんなが大喜びでＤＶＤを受け取る中、オガタ君はぼろぼろ涙をこぼしながらずっとそれを見つめてフリーズしてる。

たぶん、とっても現場に行きたかったのだと思う。

「ゲーム動画、配信で見たけど、もう発売が楽しみで仕方ないわー。予約しちゃったよ」

ゲーマーなチカさんがそう言うと、同じくゲーマーのニキ君が『バトルグランド』のシリーズずっと作ってる会社だし、絶対いいモン作ってくるってわかってるからなぁ」と言う。

「ノブさん、会社訪問していろいろ見せてもらったんでしょ？　いいなぁ」

チカさんとニキ君がいっしょにそう言ったが、見せてもらったのはポールの個室とオフィスの一部だけで、あとはＪＡＧでお試しプレイ少しさせてもらったくらいなので、特別な何かっていうのはない。

「いやぁ、あの現場は、私よりチカさんがいるべき場所だったよ」と言うと、チカさんが

「いやだぁ、私、英語できないもん」と笑って言った。

セドリックたちのおかげで私は並ばずにDVDを買えたが、頼まれすぎて山買い状態になってしまい、このままだと商売するのかとか思われて税関通れないかも……な状態だったので、別で会場入りしていたチームタツオのメンバーふたりにお願いして分けて持って帰ることにしていた。なので、今日はそのふたりもここにいる。

JAG会場内あっちこっちで配布されていた大量のギブアウェイは、めでたくみんなのおみやげになったのだけれど、こちらはスギムラ君に「これ、もうオークションに高額で出てましたよ」とか言われてびっくり。現場でしか手に入らないレア物とはいえ、そこまでお金にしたいのかーって感じしなくもない。

タツオが写真を見ながら、「アメリカも、コミケのようなファン自身で開催する大きなイベントが開催できたらいいだろうが、日本とは違っていろいろ難しいだろうな」とつぶやく。

以前よりは安全になったとはいえ、未だに乗ってる車から絶対に出ちゃいけないエリアとか、住民でも足を踏み入れない区域とかあるアメリカ、コミケのようなイベントが行われるのは、警備とかの点でとくに難しいとは思う。

そう考えると、コミケってイベントがどれだけすごいかっていうのが、あらためてわかる。

あくまでも参加者による参加者のためのイベントで、スタッフすら有志だし、そこにいる全員が規律と規約とマナーと常識を守ろうという固い意志で、これだけ長く開催されてきてるんだもの。

「ポールが言ってたんだけどね。オタク文化は日本発祥のもので、日本人オタクたちが作り、守り抜いてきたものが、今、世界に大きく広がってるって」

「それは、そうだと思います」

スギムラ君が言うと、タツオがその横で「もともとは、サブカルチャーのカテゴリーにもいれてもらえない、ダークワールドの文化だったからな」と続ける。

「アニメやマンガの元祖は、手塚治虫、石ノ森章太郎、藤子不二雄って三大巨匠がいて、そのすぐ後に永井豪が現れ、その名は今や世界中に知られてるが、特撮の方でも『ゴジラ』や『ウルトラQ』、『仮面ライダー』や戦隊ものとか、他国にはないものが次々でてきてるからな」

それを受けるように、チームタツオでは恐らく一番年齢の高いモチベイさんが言う。

「日本でだって、どれも最初は子供のものだったわけですからね。ただ、当時から作者側の意識は高かったですよ。『鉄腕アトム』や『サイボーグ００９』には、戦争や医療科学とか、そういうものに対する考え方の提示や疑問がしっかり投げかけられているし、特撮でもそういうの多いです。『ウルトラセブン』や『ウルトラQ』なんて、子供にわかるのか？　みたいな物語も多いですから」

確かに、当時のアニメやマンガは今見ても見応えあるものが多いし、今も読み継がれているものがたくさんある。

影響受けた人も多い。

「うちの叔父さん、『マッハGoGoGo』見てあこがれて、車のデザイナーになってるもん」とチカさんが言うと、「うちは、従兄が『ブラック・ジャック』読んで、医者になったよ」とコナツさんが言った。

「自分は『怪奇大作戦』って特撮見て、科学的根拠みたいなの、調べまくったことがありますよ。SF好きになったのも、あれがきっかけですね」とモチベイさんが笑った。

「日本でオタクな人たちが明確に台頭したのっていつくらい？」

私が尋ねると、タツオが「『宇宙戦艦ヤマト』あたりだろう」と答えた。

「当時は、『ルパン三世』の第一シリーズの放映があったり、今、名作と言われているものが数多く放映された時期でもある。早く亡くなってしまったが、長浜忠夫監督の合体ロボットシリーズがすごい人気だったのもその頃で、美形キャラがブレイクしたのも長浜監督のアニメからだ。その後、富野監督が台頭している。あまり知られていないが、富野監督の初期の作品も名作だ」

「うちのおじいちゃんの友達の息子さん、当時大学生だったらしいけど、『宇宙戦艦ヤマト』のファンクラブ作ったメンバーのひとりだったって聞いたことがある。日本で初めてのファンによるアニメファンクラブだったらしいよ」

チカさんがそう言うと、「あ、自分、そこ、はいってました」とモチベイさんが言った。

「けっこうな人数いましたよ。会費、いくら払ってたか忘れたけど、定期的に冊子が送られてくるんですよ。会員からの手紙やイラストをまとめたもので、当時はネットなんてないから、それが唯一の交流の場所でした。懐かしいなぁ」

「それ、誰が作ってたんですか？」

「ファンクラブの運営っていうか、主体になった人たちですよ。今考えたら、すごい大変な作業ですよね」

オタク史の生き字引なモチベイさんが、私たちに説明してくれた。

「そういう活動があっちこっちに出てきて注目が集まり出した頃に、『ＯＵＴ』とか『だっくす』とか、アニメやマンガを特集してくれる雑誌とか、出てくる感じになったんですよ。『ＯＵＴ』とか『だっくす』とか『ファントーシュ』とか、どれもその後、アニメやマンガをメインにした雑誌になりましたけどね。特撮は、アメリカでも発行されていた『スターログ』の日本版と『宇宙船』って雑誌がありました。『アニメージュ』の刊行は、正直、我々オタクにとっては衝撃的な、歴史的な出来事でしたよ」

「『ガンダム』は、その後だな」とタツオ。

「そうですね。そうそう、今や大御所なアニメ監督の河森さんとキャラデザイン美樹本さんはガンダムチルドレンで、有名なガンダムのファンクラブの主宰者でした。自分、そこもメンバーだったんで、家探せばファンクラブの会誌、残ってるはずです」

　モチベイさんが、ちょっと恥ずかしそうに頭かきながら言ったので、みんなで「すごい」と感心しちゃった。

「その頃までのアニメって、今みたいにいろいろ厳しい規制とかなかったし、挑戦的なものも多かったのですごい作品多いですよ。タツノコプロの『新造人間キャシャーン』やヤマトのプロデューサーだった西崎さんが作った『海のトリトン』、富野監督の『無敵超人ザンボット3』とか、人間の尊厳や人権、戦争はどうして起こってしまうのかとかまで描いていましたからね。どれも正義と悪はそれぞれの立場で違ってくるもので、正義が悪になりその逆もあるのだってのを描いてました。トリトンもザンボット3も、自分、子供でしたけど、衝撃が大きすぎて未だに覚えてます」

「私、ザンボット3、従兄がビデオで録画して大事にとってあるの見せてもらったことがある。すごかった。あとで調べたら、あれ、普通に夕方五時とかに放送したとか知って、びっくりした」とコナツさん。

「世代としては、アトムから宇宙戦艦ヤマト、超時空要塞マクロス、そしてエヴァンゲリオンを総称して呼ばれているが、つまりどの世代にも、前世代に影響を受けた人々が次世代を作っているんだな」

タツオが腕組みしながら、しみじみ言った。

「自分が学生の頃は、オタクなんてわかったら、異端でしたからね。学校に漫研やアニメ研、できはじめた頃ではありましたけど、アキバもまだオタクな店なんかなかったし、まるで地下組織やレジスタンスみたいな活動の仕方してました」

モチベイさんが、視線を遠くにして、何かを思い出すような表情をした。

「そういう人たちが、今のオタク文化の基礎を作ってきてるんだね」

私が言うと、モチベイさんが「ネットもない時代だったから、同じアニメファンとかと出会うと、喜びひとしおでしたねぇ。今みたいにグッズなんかなかったですが、設定資料とか制作者の声とかまとめた本がすごく売れてて、今のファンの人たちとはちょっと違って制作よりな感じでしたね」と言った。

「それが今や、エヴァンゲリオン放映時には、まだ生まれていないってアニメファンもでてきてますからね」

スギムラ君がしみじみと言う。

特撮やアニメは、ゴジラやアトムを起点にして、常に日本が世界を牽引(けんいん)してきた。

今や、アニメファンは世界中にいるけれど、コミケのようなイベントは未だに他ではないし、たぶんファンの層の厚さや文化としての定着度は、日本が未だ世界のトップだろうと思う。

「ヤマト世代は、五、六十代で、実はバブルとかぶっているんですよね。でも、自分含めてその世代のオタクは、バブルのあの空気を別のベクトルにもっていっちゃった人間なような気がします。みんなが金と贅沢に踊らされた時代に、自分ら、それをオタクに捧げちゃったって感じです」

モチベイさんがちょっと恥ずかしそうに笑った。

オタクな生き方は受け継がれてるんだなって、みんなの話を聞きながら私、なんかちょっと感動した。

そして、昔のアニメをもっといろいろ見てみようって思った。

最近、仕事がばたばたしていて、エリちゃんとゆっくりおしゃべりする時間が取れないなぁと思っていたら、そのエリちゃんが珍しくシックリーブ（疾病休暇）を数日取っているという話を耳にした。

ヒサコさんとふたりで、「インフルエンザかね？」と心配していたら、『心配かけました。今日は来ました』とエリちゃんからメールがきた。

大丈夫？　風邪？　とメールに返事をしたら、『今日、ランチいっしょに出来る？』とまたメールがきたので、十一時半、お店が混むのを避けて、少し早めに待ち合わせをした私たち。

一階のフロアで待っていた私とヒサコさん、エレベーターから降りてきたエリちゃん見た瞬間、驚きのあまり、固まった。

げっそりとやつれていて、顔色もひどく悪い。

今にもそこで倒れてしまいそうな様子。

しかも、顔がむくんでいて、目のまわりが真っ赤だ。

「だ、大丈夫？　なんか病気だった？」

駆け寄って思わずそう言った私に、エリちゃんが首を横に振る。

「ご飯食べながら話すから」

そう言った声も掠れていて、私もヒサコさんも、何かただならぬことが起きたということだけはわかった。

会社からは少し離れたところにある小さなカフェにはいり、オーダーをすませると、エリちゃんが「私、ヨーさんとお別れしたんだ」といきなり言った。

一瞬、私もヒサコさんも、何を言われたのかわからず、ぽかんとした。

エリちゃんは、そんな私たちの顔を見つめて、もう一度言った。

「私、ヨーさんとお別れしたの。ヨーさん、先週、シンガポールに帰ったんだ」

人は、びっくりしすぎると声もだせなくなるというのを、私は初めて体験した。

言われたことは理解してるんだけど、脳みそが理解できない。

いや、だって、ヨーさんといえば、眼鏡かけたドラえもんとかさんざん言ってたけど、本当は私の知る中でも最高に良い人で、最高に優しい人で、最高によくできた人で、エリちゃんのことが大好きで、エリちゃんのことをとっても大事にしていた彼氏で、とってもお似合いなふたりだったはずで。

「何があったの？」

私の隣で、ヒサコさんが静かにエリちゃんに尋ねる。

それで私、はっと冷静さを取り戻す。

「喧嘩（けんか）したとか、他に女が現れたとか、そんなよくある話じゃないわよね。あなたもヨーさんもそういう人じゃない。もっと難しい、深刻な何かがあったってことなのよね？」

真剣な顔で、エリちゃんに向かってそう言ったヒサコさんを見て、エリちゃんの両目から、涙がすーっと流れた。

「任期満了でシンガポールに帰ることになって、ヨーさんといっしょにシンガポールに行くって話が出たの。結婚を前提で。でも、ヨーさんのお母さんが絶対にだめって。絶対に許さないって」

私とヒサコさんは息を呑んだ。

「ヨーさんのおうちが由緒ある華僑（かきょう）のおうちだって知っていたけど、ヨーさんも私も、結婚を反対されるとは思ってなかった。ヨーさんの家族には会ったことはなかったけど、おつきあいしていることは知らせていたし、何か言われることもなかったから。でもヨーさんのお母さん、だめだって。結婚は話が違うって。ヨー家の長男として、しかるべき家の人と結婚する義務と責任があるって」

「何、その前時代的な話は……」と絶句するヒサコさんを見ながら、私は「そこか……」という想いにかられた。

ニューヨーク時代通っていた女子校は、それこそ名家や資産家の娘ばかりで、家同士ですでに結婚相手が決まってる人もいた。

そんなふうにあからさまに決められていないにしても、多くの人は、同じような資産家や名家の出身者と結婚していく。家族でつきあう相手は同じような出自の人たちになるし、知り合う相手も育った環境や所属するソサエティが近い人たちになるから、自然とそういう者同士でつきあうようになる。

つまるところ、そうなるように、意図的に仕組まれている。

ニーナもそうだ。

親が選んだ相手は、成功した銀行家のフォルテンのおっさんで、フォルテン家は上院議員も出している家柄。

もちろん、まったく違う生き方をしてる人や外国人と結婚する人もいるし、それが稀なことでもないけれど、でもそれが〝普通〟にはなりえない。

学生時代には感じなかったことだけれど、卒業して、かつての同級生たち、同じ学校の先輩や後輩のその後を聞くたびに、〝生きる世界の違い〟みたいなものを感じてはいた。

でも、私自身がそういう世界の人間じゃないから、へー、そんなもんかぁって、ただ、それだけでいられた。

それが、よもやこんなところに現れるとは思ってもみなかった。

「ヨーさん、がんばってお母さんを説得しようとしてくれたの。忙しい中、シンガポールに戻ったりしていた。でもお母さん、絶対にだめって。最後にはヨーさんに、家や家族を捨てて、弟にすべてを譲(ゆず)る覚悟があるなら好きにしていいって言ったんだって」

ヨーさん、それが出来なかったんだね。

どちらかを選べってつきつけられて、ヨーさんは家族を選んだってことなんだね。

「何から何まで、しょーもない話じゃないの。なぜ、エリちゃんを選べないの？　エリちゃんのこと、大事な気持ちに変わりはないんでしょ？　いいじゃない。だったら、家族捨てて、エリちゃんを選べばいい。親の許可が必要な年齢でもないでしょうに」

怒るヒサコさんを前に、エリちゃんが私を見た。

悲しそうな、すべてを理解した、そしてすべてをあきらめた表情だった。

「ヒサコさん」

いつもとは違う静かな声で言った私を、はっとした表情でヒサコさんが見た。

「家系図があって、ビジネスや資産がそこに積み重なった歴史のあるおうちってのは、そういうのがあるんだよ。もちろん、そんなに気にしないって人もいる。でも、ヨーさんはできなかったんだ。そういうおうちに生まれ育った人が、そういう後ろ盾や生きてきた世界を捨てて、すべてを切り離して生きるって、本当に難しいことなんだよ。もしかしたら、ヨーさんの今の仕事も、今の生活も、おうちがサポートしてる部分が大きいかもしれないし、将来もそれで約束された部分があるかもしれない。家の仕事とかも、関わりがあるのかもしれない。それを全部捨てるってことは、ヨーさん自身が、自分のアイデンティティの基盤になってるもの、今ある生活のすべてを捨てるのと同じ意味なんだよ」

私の言葉に、ヒサコさんは口をつぐみ、じっと私を見た後、エリちゃんを見る。

「エリちゃんを嫌いになったわけじゃない。そういう話じゃないんだよ」

そう言った私の前で、エリちゃんがまたすーっと涙を流した。

ヒサコさんは、悔しそうに唇を噛(か)みしめ、そしてうつむいた。

「ヨーさんはなんて?」

私が聞くと、エリちゃんはちょっとだけ笑った。

「帰る前の日、電話で『ありがとう』って」

冷めてしまったパスタを前にもう誰も、フォークを取る気力すらもなかった。

「ごめんね、こんな話、ランチタイムに重すぎたね」

エリちゃんがそう言った。

そんなことない、そんなことないよ。

エリちゃんこそ、幸せになる人だったのに。

真面目で優しくて、おおらかで聡明で、ヨーさんとはお似合いで、私もみんなも、エリちゃんはヨーさんと結婚するって思ってて、そして幸せになるって信じていた。

信じて疑いもしていなかった。

何も言えなくなってしまった私とヒサコさんを見つめて、そしてエリちゃんが言った。

「私、ヨーさんと出会ったこと、おつきあいしたこと、後悔してない。神様に感謝したいくらい、素敵な人だったから。私にはもったいないくらい、良い人だった。だけど」

一瞬言葉に詰まったエリちゃん、「ひどいよ。ひどいよね。こんなこと、ないよね。何が悪いとか、誰が悪いとか、何もないんだよ。でも私たち、お別れしなきゃならなくなった。こんなことってない。ひどいよ」と吐くように叫んだ。

エリちゃんの目からどっと涙がこぼれ、そのままテーブルにつっぷして、細い声で泣きだした。

私もヒサコさんも、もう何も言えなかった。

どうしようもないことは、世の中にたくさんある。

自分の力ではどうしようもないことなんて、人生、たくさんある。

でも、エリちゃんとヨーさんの関係が、そういうものによって終わってしまうなんて、あってほしくなかった。

ふたりには幸せになってほしかった。

ふたりにはずっと笑顔でいてほしかった。

私たちの前で、エリちゃんは泣き続けた。


同人仲間のアルタさんがトラブルに巻き込まれていると、コナツさんからの連絡で知って驚いた。

「アルタさんから送られてきたメール、転送したから見て」というので開いてみると、なんかわけのわからない短いメッセージが並んでいた。

『あなたの同人誌買うためにイベントに参加したのに、売り切れとか、どうしてくれるんですか？ 買いたい人が買えるようにする責任、あなたにはありますよね？』

『絵を描いてほしいっていうリクエストに応じないって、あなたの絵が大好きで頼んでいる私の気持ちとか、考えたことあります？ 自分勝手なことを言わないでください』

『大手壁サークルだからって、いい気にならないでください。私たちファンがいるから、あなたは同人作家やってられるんですよ。わかってるんですか？』

「……これ、何？」

　Ｓｋｙｐｅがつながるなり言った私に、コナツさんが「それ、アルタさんの同人アカウントの方にきた個人メッセージのコピペ」と言った。

「アルタさんのｐｉｘｉｖとかＴｗｉｔｔｅｒ（ツイッター）フォローしてる人らしいんだけど、最近、アルタさんに粘着（ねんちゃく）してるんだわ。それがけっこう悪質で、さすがにアルタさんもまいってるらしい」

　アルタさんは同人歴長い。

　その分、経験値も高いからいろいろな人を見てきているし、トラブルへの対応スキルも高い。

　そのアルタさんがまいってるっていうのは、よほどに大変だってことだ。

「アルタさんもとりあえず無視してたらしいけど、それが相手の気に障（さわ）ったらしくて、拍車かけてメッセージがすごい量くるようになったんでブロックしたって言ってた」

　じゃあ一応解決？　と思ったら、「そしたら別アカウント作って同じことやってきて、今、その繰り返しになってるうえに、相手が恫喝（どうかつ）しだしてるんで、ノブちゃんたちにも相談したいって言ったんだよ」

　うわぁ……と思わず声が出る。

　同人誌の世界にも、いろいろなトラブルは起きる。

カップリングの違いで諍いが起こるのはだいぶ前からよくあったが、他にも人気が出たサークルさんに嫌がらせをするとか、逆に人気サークルになりたくておかしなことをするとかも、よく耳にするトラブル。

買いに来てくれる人との間もなかなか難しく、作家さん本人と親しくなりたくて粘着したり、無理やりスケブを要求したりする人もいる。奥付に住所を書いていた時代には、気に入らない同人作家さんの本をわざわざ買い、それを滅茶苦茶に切り裂いて作家本人に送りつけるなんて人もいたそうだが、最近はSNS上でのトラブルが目立つ。

「実はアルタさん、別でも盗作のトラブルがあって、相談されててね」

「え！　何それ」

「同じジャンルのサークルで、アルタさんが以前別ジャンルで出していた本の中身、丸ごとコピってキャラだけいれかえて本出している人がいるのが、ファンの人の連絡でわかったんだよ」

「うーん……」と思わず唸ってしまった。

実はこれも、同人誌には珍しくないトラブル。

誰かの絵を勝手にアイコンや自分の本に使用したりするものから、絵や物語をそのままそっくり自分の本にしちゃう人がいたり、中には人のものを「私が描きました」って堂々と発表してる人もいる。さらには、人様の絵や作品を、自分が描いたものだと無断公開して、作者には「私が描いたことにしたいので、新作描いてください」って言ってきたりする人もいるらしい。

頭ひっつかんで、「ちゃんと機能してますか？」ってシェイクしてやりたいくらい意味わからない言動なんだが、そういうトラブルの話は絶えない。

「どこのサークル？」と尋ねると、コナツさんがｐｉｘｉｖとＴｗｉｔｔｅｒのＩＤを教えてくれた。

見ると、ＮＩＭＯという名前の作家さんで、『ダンク！ダンク！ダンク！』の二次創作で活動しているのがわかった。フォロワーの数も多い。

「ｐｉｘｉｖから出てきた人で、同人誌出したのは、ダンク！の一期の終わりくらいだったらしいんだけど、絵柄がイマドキな感じだから、若い世代に受けてるみたい」

「ってことはつまり、アルタさんと読者層がかぶってないってことだよね」

そう言った私に、「そういうこと」とコナツさんが返す。

アルタさんの同人誌を購入している人達は、比較的年齢層が高いし、ファン歴の長い人が多い。

「盗作されてるのは、アルタさんが何年も前に出した同人誌ばかりで、今、大学生とか高校生の子が幼稚園児くらいの時のものとかだからさ」

わかるわけもないよね……と納得。

つまり、露見しにくいってことだ。

アルタさん、粘着と盗作のダブルでダメージ受けて、ほとぼりが冷めるまで、活動を控えようかというところまで追い詰められているらしい。

気持ちはわかるが、それで事態が解決するとはどうしても思えないし、そういう流れで同人活動を止めてしまう人は、実は多い。

二次創作ってのは愛と萌えと勢いに支えられていて、そこにいきなり悪い意味でカットインしてくるような事態が発生すると、気持ち的に創作意欲が消滅してしまうのはよくある。

長く活動してきてファンも多いアルタさんに、そんなことにはなってほしくないし、そもそも私自身、アルタさんの本が読めなくなるのは許せん事態。

「正直、アルタさんが活動休止しても、何も解決にはならないと思うんだよね。アルタさんに非はないわけだから、むしろはっきりとした態度を示してもいいと思うし」

そうは言ってみたものの、コナツさんが「はっきりとした態度っていうけど、こういう人達相手にするのってとても消耗するし、争い事になるのも避けたいじゃない？」と言われて、私は思わず黙り込む。

結局その日は、コナツさんの「タツオさんの意見も聞いてみたい」という言葉で、話は終了した。

「粘着も盗作も珍しいことではないが、当事者にとってはかなり面倒で不愉快な事件だな」

タツオが眼鏡を拭きながら、Ｓｋｙｐｅの画面の向こうで言った。

「お前の言うとおり、そういう輩はこちらが何らかの対策を講じない限り、その行為をやめることはない。誹謗中傷をまかれるというタイプのものなら、無視していればいずれは沈静化するものだが、今回のような場合は、無視すれば増長するだけだ」

「こちらも行動を起こさないと、解決の道はないって事？」と尋ねた私に、タツオが「行動を起こすだけでは足りないな」と返す。

「相手にプレッシャーをかけて自分の意のままにしようとする事が目的だったり、ロックオンした相手を不愉快な気持ちにしてそれを楽しんだりする輩や、やってはならない事をやる、匿名性を利用して非常識な事をやってくる人間には、注意喚起はほとんど意味がない。そもそもそういう輩は、対象人物たちが反撃してこない事を前提に行動を起こしているからな」

あー、うん、それわかる……と、思わず小声で言ってしまう私。

それは本当に最近気がついた事なんだけれど、日本人は基本、争い事を避けようとする。

今回みたいに、明らかに相手に非があることでも、それが争いや揉め事に発展する可能性があると及び腰になってしまう。そういう行動を起こす事を、相手への攻撃と考えてしまう。

そういう種類の事態に対して、日本人の多くは対抗するのが苦手だ。

アメリカ人はそういう場合、はっきりとした態度を取る場合が多い。

自分の権利を主張する、守る、相手に明確に非がある場合、それをはっきりとさせる。はっきりとさせるけど、それを相手への攻撃とは考えないし、むしろ自分を守るための当然の行動と考える。

今回も、私はそれぞれの相手にはっきりとした態度を取り、公表すべきところはしてもいいと思うのだが、アルタさんもコナツさんも、それを口にする事すら避けようとしているのがわかる。

物事をはっきりさせ、どう解決するかというのを考えるのは、日本人、とくに女性には難しいことなんだというのを知った時は、かなりとまどった。たいていの場合、日本人女性は同意と共感を求めることが優先される。

もし、その部分を指摘し行動を促すと、たとえ親しい友人でも、ふたりと喧嘩になってしまう。過去、何度か仕事でもプライベートでもその違いで齟齬が生じた事があるので、今回はあえて言わずにおいた。

しかしタツオの言うとおり、そのままにしておいても、解決するようなことではない。

「どうしたもんかのぉ」とつぶやいた私に、タツオが「そこは、お前が得意なところなんじゃないのか？」と唐突に言った。

「え？　何言ってんの？」

するとタツオ、相変わらずの無表情で、腕組みしながら言った。

「その種の人間は、自分より強い相手、かなわない相手、正面切って対抗してくる相手には行動を起こさない。自分のフィールドに引き込めない人間とはそもそも戦うことはできないし、奴らの戦法はこちらがまっとうな常識で自分を縛っていることによって成立するやり方だからな。勝てない相手には、この種の輩は勝負を挑まん」

「なんで、そういう人の相手に、私が得意ってなるのよ？」

思わず聞くと、「だからこそ、だ」とタツオ。

「お前は一見、のほほんとしているように見えるが、アメリカで育っただけあって、こういう事態に対する耐性が高い。この種の輩にどう対抗するか、経験からわかっている。外資系企業に勤めて、そのロジカル思考に磨きがかかっているしな」

それがどう、おかしな奴らを叩くのに有効なのか、わからないんですけど。

「この種の輩を相手にした場合、お前は戦い方を知っているということだ」

えー、ありえなーい、あんな人たち、相手にしたことないよーと思わず言うと、それに対してタツオ、「これを仕事に譬(たと)えてみろ」と返してきたので、思わず私、無言になった。

「この種の輩は、ロジカル思考とはっきりとした態度には対抗できないし、してこない。なぜならそういう人間相手に、彼らの戦法はまったく通じないからな。たいていの場合、こういうことが起こると人は勝敗でものを考える。そうじゃない。この場合、喧嘩を売った相手を間違えたと思わせる、それだけでいい。相手が引っ込めば、それで解決だからな」

なるほど、そういう考え方ならわかる。

「相手は感情的に煽(あお)ってくるし、こちらの常識や罪悪感を引き出してくる。アメリカ的なロジカル思考のお前には、その戦法は通用しない」

きらりと、タツオの眼鏡が光る。

「似たようなケースは男性ジャンルでもあるが、男と女では感情的な部分が違う。よって、俺がアドバイスできるのはここまでだが」と、三次元リアルにはまったく興味のないタツオらしい言葉が発せられたが、そこでなんかとんでもないことを言った。

「お前に武器を与えてやる。最終兵器、必殺奥義(おうぎ)だ」

え？　何？　武器って、結局戦闘モード前提ってこと？

困惑する私の前で、タツオはにんまりと不敵な笑みを浮かべた。

週末のオンリーイベント、私とチカさんが売り子にはいることとなった。チカさんはこういう時戦える人なので、頼りになる。コナツさん、ミンミンさんは、一般入場で後からの合流。

この日、アルタさんの本をコピペ盗作しているサークルが、偶然にも隣に配置されていた。

アルタさんはそれもあって参加を断念しようとしていたわけだけれど、私とチカさんで「大丈夫、みんないるから」と励まして参加を勧めた。

Ｔｗｉｔｔｅｒで粘着してメッセージを送り続けてきた〞ここみ１８９〞に対しては、イベント前に、彼女から来たメッセージ文面のみをＴｗｉｔｔｅｒで公開した。

そういう粘着の嫌がらせが水面下であることをアルタさんの関係者やファンの人達に伝え、オンリーイベント当日に何か起きた場合も、それぞれが対応できるようにしてもらうためのものだが、予想通り、〞ここみ１８９〞は自分のアカウントで激怒のツイートをポストしていた。

『個人のメッセージ晒すとか、マナー違反じゃないですか！』って、いやいや、君にマナー違反とか言ってほしくないわぁ。

アルタさんのＴｗｉｔｔｅｒには、同情や励ましのコメントが大量についたが、同時に

「そこまでやることないんじゃないですか？」「ドヤ顔で壁サークルやってていい気になってるから、そういうことになるんですよ」という批判のコメントも残された。

私はすっかり消耗して疲弊(ひへい)しているアルタさんに、「気にしないでいいんだよ」と言った。

「世の中には、いろいろな人がいるから。アルタさんがどんなにきちんとしていても、嫌なことを言ってくる人はいる。それはどうすることも出来ないし、その人たちの考えや見方を変えることなんて無理だから。アルタさんは、アルタさんを好きでいてくれる人や、アルタさんの同人誌のファンの人達を見ていればいいんだよ」

私の言葉に弱々しくうなずいたアルタさんだけど、「ノブちゃん、強いよね」とぽつりと言った。

強いっていうのじゃなくてたぶんこれは慣れで、明らかに異なる人間が相手の時は、タツオのいうとおり耐性があると自覚はある。

なんたって私、異国育ちですよ。

宗教も人種も習慣も生活レベルも、日本とは比べ物にならないくらい多種多様で、そういう人たちがそれこそ自分の主義主張を通そうとしまくるし、自分の権利や立場を守ろうとがんばってるわけで、わけわかんない人や常識なんかそっちのけの人もいっぱいいて、そんな中に私、十三歳からいたんですよ。

日本にいると、そこまで明らかな違いがないからわかりにくいけれど、実際は本当にいろいろな価値観や考え方があって。そこから齟齬やトラブルが起きるのは自然のことだと思ってる。だから、ただそれを我慢したり、逃げてしまったりしてはいけないってのも、私にとっては自然のこと。

時にそれは、日本人の私、日本で生きる私に居心地の悪いことを引き起こすこともあるけれど、今回、タツオが言ったように、役に立つこともあるわけで、まさに今がその時。

搬入が始まり、私たちは両隣のサークルさんに、いつものように挨拶をした。

隣のＮＩＭＯのサークルには三人いて、笑顔で挨拶を返してきた。

Ｔｗｉｔｔｅｒで『絶対に謝罪してもらいます！　前にも言ったとおり、前回売り切れだった新刊とあわせて、今回の新刊もお詫びの品として渡してくださいね！』とメッセージを送ってきた〝ここみ１８９〟が果たして本当に来るかはわからない。

精神的に不安定になっているアルタさんにはテル花さんと裏に控えてもらい、売り子は私とチカさんがあたることにして、コナツさんとミンミンさんは買い物部隊にまわった。

開場とともに、壁側サークルにいっせいに人が押し掛ける。

アルタさんのサークルにも、いつものように列ができたが、隣のＮＩＭＯのところにはアルタさんのところの倍の人数が並んでいた。

実は、その列の中にミンミンさんがいる。

ＮＩＭＯの新刊を購入し、そこにコピペ盗作がないかどうかを確認するためだ。

早々にＮＩＭＯの新刊をゲットしたミンミンさん、自分はサークル内にはいらず、コナツさんを通してそれをアルタさんに渡し、アルタさんとテル花さんが裏でこっそりそれを確認する。

十一時少しすぎ、テル花さんに売り子を代わった私にアルタさんが、「あったよ。四年前の『さみだれ右京』の時の『俺たちの花道』って本、やられてた」と小声で言った。

アルタさん、そりゃもう長年の同人生活で大量の本を出しているが、自分が描いたものはさすがにわかる。物語もコマわりも構図も、時間をかけて練って考えて書き上げたもの、忘れるわけもない。

昼すぎて、ひと波収まったが、〝ここみ１８９〟が現れる気配はなかった。

午後一時、早いところだと撤収準備が始まる。

ＮＩＭＯのところも、テーブルの上に載った新刊があと数冊で、それが売れれば撤収にはいるだろう。

私はあせらず、状況を見ていた。

「アルタさん、いますか？」

突然大きな声がした。

サークルの前に、女性が立っている。

私の横で、かがんで段ボールをあけていたチカさんが立ち上がる。

後ろにいたアルタさんとテル花さんも、立ち上がったのがわかった。

「アルタさんはいますか？」

もう一度、その人が大きな声で言った。

どちらかといえば痩せていて、長い髪をうしろで一本にしばっている。茶色に濃い緑をあわせたかなり地味な服装で、化粧っ気もまったくない。肩には、同人誌が詰まったトートバッグをさげていた。見かけ年齢は三十前後。

〝ここみ189〟だ。

私とチカさんに、険のある視線を送る目の前の女性を見て、そう直感した。

オタクらしいところはないけれど、これ以上ないくらい地味ってのが、特徴といえば特徴。

アルタさんは私の後ろにいる。

それがアルタさんとわからないという事は、〝ここみ189〟は同人誌即売会参加経験はほとんどないとわかった。恐らく、ｐｉｘｉｖから同人誌にはいってきた人に違いない。

「アルタさんは今日は来ていません」

そう言った私を、チカさんが驚いた様子で見る。

咄嗟(とっさ)の嘘だけど、これでアルタさんが顔ばれ身ばれすることを回避できた。

〝ここみ189〟が私の前で、あからさまに不快な表情をする。

「私、アルタさんに約束しているものがあるんですけど」

ぶっきらぼうに〝ここみ189〟が私に言った。

「とくに預かっているものはありませんが。お名前は？」

「あなたに言わなきゃならない筋はないです」

〝ここみ189〟が怒りを露(あら)わに、私に怒鳴った。

「アルタさんに、前回の新刊と今日の新刊もらうって約束になってるんです。用意してないのはそっちのミスなんだから、もらっていきますよ」

そう言うなり、〝ここみ189〟が新刊に手をかけたのを、ばんっ！とチカさんが音をたてて阻止した。

さすがチカさん。

「今日、来るかもしれないって人の話は聞いてます。〝ここみ189〟というTwitter IDの人ですが、ご本人ですか？」

〝ここみ189〟が一瞬躊躇(ちゅうちょ)した。

なるほど、自分がやってることの意味、わかってるんだ。

じゃあ、遠慮なく反撃にでるよ。

「新刊二冊を無料で渡せと言ってきたり、リクエストの絵を描けと言ってきたり、アカウント変えておかしなメッセージ大量送信してきていた〝ここみ189〟さんですね？」

私の言葉に、両隣のサークルにいた人達、周辺にいた人達が、驚きの表情でこちらを見た。

そして、〝ここみ189〟本人も、目を見開いて驚きの表情を浮かべている。

ここまではっきりと反撃に出られたことなんてなかったんだろう、明らかに動揺しているのがわかった。

「何言ってるんですか、証拠もないのにそんな事……」

そう言いよどんだ〝ここみ189〟に、チカさんが「自分で新刊もらってくって、今、言ったじゃん」とツッコむ。

「あなたたち、関係ないですよね。私とアルタさんとの間のことで、とやかく口はさまないでください。アルタさんがくれるって言ったんだから、知らないのはそちらの勝手で、私はもらってく権利あります」

〝ここみ189〟が、また怒鳴る。

〝ここみ189〟が引きさがる気がないのが明らかなことがわかった私は、用意しておいた紙の束を、彼女の眼前につきつけた。

「こういうメッセージが送られてきていたのは知ってます。IDも、〝ここみ189〟から〝にゃん221〟、〝にゃんにゃん5858〟と変えてきてますよね」

〝ここみ189〟が顔色を変えた。

「もう、こういうの、やめませんか？　同人誌が欲しければ、普通にイベントにきて買えばいいし、アルタさんは委託通販もしてます。こんなことしなくても、普通に入手できますから」

〝ここみ189〟の全身から怒りのオーラが発散されまくって、彼女のまわりが真っ赤にみえるようだ。

「許さないから。絶対許さないから」

〝ここみ189〟が小声で言ったのを私はキャッチした。

「何か問題ありますか？　スズキリョウコさん」

その瞬間〝ここみ189〟が、文字通り、大きな口を開けて驚愕（きょうがく）の表情で私を見た。

同時に周辺の人達、両隣のサークル、そしてチカさんやアルタさんたちも、驚きのあまり呆然として私と〝ここみ189〟を見ている。

「神奈川県にお住まいで、大学でBL研究会に所属していた、現在、中央（ちゅうおう）区の会社にお勤めのスズキリョウコさん、ですよね？」

私の言葉に、目の前で〝ここみ189〟の身体が小刻（こきざ）みに震えだした。

怒りのあまりか、恐怖のあまりか、私にはわからないが、とにかく効果は確実にあった。

タツオ、ありがとう、あなたのくれた最終奥義、強烈な一撃になったよ。

「あなたの個人情報はすべてわれてます。アルタさんへの嫌がらせをやめなければ、しかるべき対応をする準備があります。こちらにとって、あなたはもう、どこの誰だかわからない人じゃないんですよ」

「そ、そんな、個人情報を調べるとかは、犯罪じゃないですか」

震え声で言った〝ここみ189〟に、「犯罪じゃないですよ？　全部、あなたが今までにインターネット上に残した足跡から抽出された情報です」と私は答える。

「これっきりにしてもらえすか？　そうすれば、お互い、穏便にここで終わるので」

私がそう言い終わるのを待たず、〝ここみ189〟はものすごい勢いで走り出し、人ごみの中に消えた。

その瞬間、わぁーっと周囲から声があがった。

しかし、ここで全部が片付いたわけじゃない。

私は、「よかったですねー」「すごいですねー」と声をかけてきたＮＩＭＯサークルの人達に向かって、「ＮＩＭＯさんってどなたですか？」と尋ねる。

一瞬三人が沈黙した後、「私です」と、左側にいた人が名乗り出た。

チカさんが、用意してあったコピペ盗作されたアルタさんの同人誌とＮＩＭＯの同人誌をセットでまとめて持ってくる。

〝ここみ189〟のすぐ後、タツオが言うところの〝相手にしたら自分がやばい〟ってのがはっきりとわかったところでの作戦だ。

「こちらでわかってる範囲でこれだけあったんですけどね」

私がそう言うと、ＮＩＭＯの顔色が変わった。

「リスペクトしてるんですとか、そういう事言うのはやめてくださいね。次はないってことにしてください」

売り子のふたりが、何がなんだかわからないという顔で、私とＮＩＭＯをかわるがわる見ている。

明らかな盗作だけやめてくれれば、それでいい。

それは、アルタさんの考えだ。

だから、同人作家として彼女が活動を止めてしまうことや、彼女の行為をファンや彼女の友人に晒すことはアルタさんの本意じゃない。

「わかってもらえます？」と言った私に、ＮＩＭＯが下を向いてうなずいた。

搬出にはいろうとした時、ＮＩＭＯと反対側のサークルさんが、「さっき来ていた人、別のジャンルで見たことがあります。やっぱりなんかサークル主にいちゃもんつけて、新刊、無料で提供させてました。常習犯なのかもしれないです」と言ったので、みんなで「そうだったのか！」ってなった。

アルタさんが、「ノブちゃん、ありがとう」と言ってから、「でも、あれで今度はノブちゃんに迷惑がかかったらどうしよう」と言うので、「大丈夫、私にはないよ」と答えた。

タツオも言ったけれど、ああいう人達は、自分と対抗してくる人、あるいは対抗できない人には絶対に行動を起こさない。

ＮＩＭＯもそうだ。

露見しない、しても何も言ってこないだろうという、至って甘えた考えのもとにやっている。

露見したうえに、はっきりとした態度を取ったからには、同じことはしてこないだろう。もしかしたら、露見してしまったことで、ジャンル変えをするかもしれない。

正直、〝ここみ１８９〟の個人情報をタツオから渡された時、躊躇した。

けれど、その私にタツオははっきりと言い放った。

「相手は、こちらが常識やマナーに縛られて、自分に対抗しないとわかっていてやってるんだ。しかも、〝ここみ１８９〟はネットという匿名性を利用している。だったら、こちらもそれを利用すればいいだけのことだ。違うのは、目には目を、歯には歯をというだけで、奴らがそれ以上、こちらに手を出してこなければ何もしないというのが前提だがな」

それをどう使うかは、お前次第だとタツオは言ったけど、たぶんうまく使えたと思う。

「ノブちゃんさぁ、自分のことにはからきしだめだけど、こと、友達のことになると、俄(が)然(ぜん)パワー発揮するよね」

突然コナツさんが言って笑った。

「会社では仕事、すごい出来るんだよってバイファロス上映会の時、ヒサコさんが言ってて、嘘だぁ！　とか思ったけど、今の見ていて、ほんとかも……って思ったわ」とチカさんが笑う。

「これで全面解決だね」とコナツさんが言い、アルタさんがちょっと涙ぐみながらうなずいた。

「これからも新刊だしてね、楽しみにしてる」

そう言った私に、アルタさんが大きくうなずいた。

6「人それぞれに萌えが違うように、人生もまた、人それぞれ違う」

いつものように、定時九時十分前に出社した私の顔をみるなり、サオリさんが「ノブコさん！　えらいことになりましたよ！」と叫んだ。

「え？」とか固まったら、ミナさんがすっとんできて、「ノブちゃん聞いて。来週ボードメンバーたちが来日することになったの」と言った。

私、一瞬ぽかん……五秒後に、「えええええええええええええええっっっ‼」と絶叫。

ヒサコさんが横で「わかる、私も同じ気持ちだったわ」と、ものすごく不機嫌な声で言った。

ボードメンバーというのは、つまりえらい人たち、トップの人たちのことで、うちの会社のボードメンバーたちっていうことは、アメリカ本社のえらい人たちに加え、ヨーロッパ、アジア、南アメリカ、中東の各エリアのトップも含む。

それがまとめて日本に来るというのは、クリスマスと盆と正月に加え、夏コミと冬コミがいっぺんに来るぐらいのとんでもない事態を意味するわけで。

「なんでいきなり来る？」

思わずタメ口で聞いちゃった私にミナさん、「もともと会議でＣＥＯが香港に行くことになってたんだけど、だったら日本も寄っていこうみたいな流れになって、そこからいきなり去年のボードミーティングで懸案事項になっていたものについてもまとめちゃえって話になったらしいの」と、ものすごい勢いで説明した。

なんだその、ディズニーランドに行くなら、ついでにコミケも見ていけばいいよね？みたいなノリは。冷静に考えて、いろいろ無理ありすぎだろうが。

「香港行くなら、香港でやればいいのに」と言うと、ミナさんが「来週、香港、ジュエリーショーがあるのよ！」と叫んだので、あちゃーってなっちゃった。

香港ジュエリーショーといえば世界最大といってもいいほどの規模の宝飾品のイベントで、香港中のホテルが関係者でいっぱいになる。

こっちはボードメンバー、そりゃもう素晴らしくラグジュアリーな高級ホテルの部屋や会議室、下手するとパーティ会場なんかも準備しなければならず、そんなでっかいショー真っ只中に、そもそもホテルに空きがあるわけがない。

「それにしても、なんでわざわざ日本……」

そうつぶやいた私に、「日本、今業績悪いから、テコ入れもあるんじゃないかってラモンは言ってた」とヒサコさんが言ったが、テコ入れってわりには、いきあたりばったりすぎるじゃないか。

とはいっても外資系企業、こういう〝いきなりえらい人がやってくる〟ってのは、わりとよくあるし、そのたびに訪問先のオフィスが地獄を見ることになるのも、悲しいかな、わりとよくある。

ボードメンバーがまとまってくるということは、我々にとってどういうことになるか。

それは、日本オフィスのエグゼクティブのスケジュールがその前後含めて、すべてきれいさっぱりリセットされることを意味する。

準備のための日程含め該当日程すべて、それまでいれていた予定全部初期化、真っ白にしてすべてやり直しになるんだが、これがとんでもなく大変な仕事。

なんたってエグゼクティブ、全員忙しい。

どんだけ忙しいかっていうと、忙しすぎて、自分でスケジュールなんて管理してられないくらい忙しい。

分刻みに忙しい。

会議の相手もエグゼクティブだから、相手も同じくらい忙しい。

四人いたら、その四人の日程と時間の調整するだけの事に、秘書全員がスケジュールとにらめっこしながら連絡しあって、予定をいろいろ入れ替えて、無理やりなんとかすることになるが、簡単に見えて、実はこれが脳みそが沸騰するくらい大変な仕事。ひとつの会議をリスケするだけで数日かかった……なんてことも普通にある。

そして今回はボードメンバーということで、当然、全員外国の人。

つまり、それぞれ秘書な皆様は現地在住なわけで、時差がある。

十二時間の時差とかだと、相手がよこしたメールを見るのが半日後になるので、緊急が緊急になりえない。

時間にまったく余裕がない状態で、各国の秘書な皆様も同じ憂(う)き目にあうことになるわけで、こうなると全世界オフィスの関係者や秘書、一丸となっての仕事になる。

それぞれの国では、飛行機やら何やらの手配。

こちらは、その飛行機降りたところから、ホテルや会社に到着するまでの交通手配、宿泊先、会議に召喚(しょうかん)された人たちの日程調整、ボードメンバー諸氏が日本で会いたいと希望してきた取引先やら企業やらの人たち(当然相手も全員とってもえらい人たち)への連絡と日程調整、会議の場所などなど、全部ここ数日の間にやらなければならない。

当然だけど、ケヴィンたちも来日するまでに提出する資料やら、会議で使うプレゼンやらを用意することになるわけで、こちらも戦争状態。

ちなみにこれ、会社全体がそういう状態になるので、さぁ大変。

大騒ぎしていたら、早速ミナさんに召喚がかかった。

法務ダイレクターは、いわゆる取締役レベルの人なので、ボードメンバーの会議には必ず召喚される。

大変なのは、そのレベルの秘書の人たち。

CEO、CFO、総務人事、他取締役レベルの秘書の人たちがまずミーティング。

一時間後、帰ってきたミナさんは、そこで渡されたアイテナリー（日程表）と来日メンバーのリストを私たち三人に転送してくれた。

「……あの、このアイテナリー、ほとんど真っ白ですけど……？」

サオリさんが、「よくわかんない」という顔してミナさんに聞いた。

その問いに、「これからはいってくるのよ、がんがんはいってくるの」とヒサコさん。

「私、これが終わるまでは、これにかかりっきりになるので、通常業務は申し訳ないけど、ヒサコさんとサオリさんにお願いするわ。私は会議のための準備でいっぱいになっちゃうので、ノブちゃん、サチコさんからの依頼の宿泊手配お願いしてもいいかしら？」

私たち、ミナさんを前にうなずく。

「メインの会議は、サチコさんとルミさんの方でやってくれることになってて、取引先関係は営業がメインだから、客先訪問と接待あわせて全部営業でやるそうよ」

サチコさんは、五十代の三ヶ国語堪能なCEO秘書。

ルミさんは、ミナさんと同輩のCFO秘書。

ふたりともベテラン中のベテランで、私の三倍くらい普段から仕事してる精鋭。

「社員全員集めてホールミーティングやるとか言い出してるから、人事はそれでいっぱい。なので、うちは全員のホテル関係の予約をやることになったから」

「アイテナリーはどこがまとめるんですか？」

私が聞くと、ミナさんが「ルミさんがまとめるそうよ」と言った。

今回の来日、本国から三人、ヨーロッパからはふたり、アジアは香港からひとり、中東はひとりで、本国のCFO他数名と南米からの来日はない。

それは、ひとつの場所に経営に関わる重要なポジションの人間が全員集まった際、テロや事故などの有事で、全員がそこで足止めくらったり、あるいは死亡したりするのを回避するため。

なので、来日するための飛行機の便も全員違う。

世界中に何十万人規模の社員を抱えるような企業のCEOだと、プライベートジェットで各国まわったりもするけれど、さすがにうちの会社にはそんなものはない。

なくてよかった。

もしあったら、羽田（はねだ）なり成田（なりた）なりにそれを離着陸させるための手配まで、やらなければならなくなる。

メールは、この件に関わる秘書全員でシェアすることになるので、すぐに専用メールアカウントが設定された。

早速一時間後、ルミさんから送られてきたメールには、現地で対応してくれるそれぞれの秘書の名前と連絡先がまとめられた書類とアイテナリーが保管されたフォルダーが記載されていた。

社内で共有できるフォルダーで、ルミさんの依頼で固定のメンバーしかアクセスできないようになってる。

一時間弱でここまでセッティングしてくるとは、さすがルミさん。

日程や宿泊先、空港送迎や接待などなど、決まり次第、そこにあるアイテナリーに追記、情報や詳細を別のシートにまとめてリンクを貼り、今回の来日準備に関わる秘書全員がそこからすぐにすべての情報が見れるようになっている。

担当者は随時アップデイトし、その日時でファイルを更新する。これ基本。

午前十一時、最初に香港の秘書ミシェル・ホーからメールがはいる。

そして午後四時過ぎて、イギリスのローレーン・ハドソン、ドイツのイングリット・クリスト、ドバイからはマーゴット・オルセンからメールがはいった。

さすがの彼女たち、すでに飛行機はおさえてあった。

しかし……。

「ひー、何これ」

思わず声出した私に、サオリさんが「どうかしましたか？」と声かけてきたので、画面をそちらに向けてメール見せたら、「何考えてんですかね、彼ら」と言って呆れた顔をした。

イギリスとドバイのえらい人、それぞれホテルを指定してきた。

イギリス人は恵比寿(えびす)のウェストン、ドバイは新宿(しんじゅく)のエラゴン東京。

どちらも外国人には超人気のホテルだけど、会社からけっこう遠いうえに、「お前ら、今から予約取れるとか、本気で思ってんのかよ」と思わず声がでる。

来週だぞ？　来週なんだぞ？

エラゴン東京とか、部屋数、少ないんだぞ？

しかし「取れるわけねーだろ！　ばーか！」とか、絶対に言えない。

秘書たるもの、何もしないで「できません」ということを決して言ってはいけない。

とりあえず全力であたり、それでも無理なら、相手が納得する代案を出さなければならない。

私はとりあえず、ウェストンホテルの担当者に連絡をいれる。

「ハセガワ様、いつもありがとうございます」といつも丁寧な営業の中村(なかむら)さんだったが、私の話に一瞬無言になった。

「今の時点では、ご希望のタイプのお部屋は全部ふさがっておりますが、少しお時間いただけますか？」

そしてその後かけたエラゴン東京の営業・野宮(のみや)さんも、まったく同じ返事だった。

いやもう本当に申し訳ない。

そこへ、ルミさんから電話がはいった。

「ノブコさん、アメリカ人四人はシーズンズで、そこがだめだったら、オリエンタルアイダかラゴス、モートンホテルであたってみてください。全員同じホテルである必要はないですよ」

私はざっとメモした後、イギリスとドバイからのリクエストの事を伝えると、ルミさんは即座に「彼らはいつもそこに泊まりたがるから、とりあえず先方からの回答待って。だめだったら、取れるところはここですってリストアップして、送ってあげて。文句言ってきたら、私が対応するので連絡くださいね」と言った。

あっという間の采配（さいはい）、さすがとしか言いようがない。

恐らくサチコさんもルミさんも、今日から連日大残業だろうと思う。

こういうことは、エグゼクティブの秘書にはよくある。

だから、彼女たちの日常は当然、仕事優先。

プライベートで予定があろうと、今回みたいなことがあれば、その予定は全部吹っ飛ぶし、仕事の内容が高度な分、体調悪いからお休みしますなんて言っていられないことも多い。

彼女たちがいなければ回らない仕事は山ほどある。

電話を切る直前、ルミさんがぽろりと「私、今週末の夜、楽しみにしていたライブがあったのよね～」と言った。

ルミさんは音楽が趣味で、まださほどに名の知られていないバンドの音楽を発掘するのが好きなのは聞いていた。

「アラン・アンカが来日だったのよぉ～。初来日で、日本ではほとんど無名だから、もう二度と来ないと思うの、どうしてくれようって感じで泣きたいわ」

エッジ切れまくりの仕事ぶり同様、さっぱりした口調のルミさん。

アラン・アンカがどこのどなたなのかさっぱりわからないが、とりあえず、ルミさんにとっては今、もっとも萌えなアーティストなんだと思う。

そのチケットをゲットするのがどれだけ大変なことかは、私にも理解できる。

そこまでしてチケット入手したライブをあきらめるって、普通でも大暴れしたくなるところ、ルミさんは笑って私に話してる。

仕事をするって、そういうことだと思う。

そしてルミさんはプロ中のプロ、トップレベルの秘書だ。

「じゃ、ノブコさん、ホテルの件よろしくね。何かあったら、私でもサチコさんでも大丈夫なので、連絡ください」

そう言って、ルミさんは電話を切った。

とりあえずアメリカの秘書の人たちにもメールいれた後、少し休憩取ろうとリフレッシュルームに行くと、エリちゃんと人事の人たちが、やっぱり疲れた顔をしてコーヒーをいれているところだった。

「今日一日、うちの部の秘書全員、戦争状態だった」

エリちゃんがそう言うと、総務人事の人たちが「うちなんて全員パニックで、今週みんなもう何時に帰れるかわからないですよ」と言った。

「いきなり来てちょっとしかいないくせに、なんであんなにいろいろやろうとするのか、意味わからない」

確かにその通り。

でも、それはいわゆる〝上の人達の仕事〟だということは、みんなわかっている。

以前契約で働いた会社で、やっぱり取締役レベルの人が数名、緊急会議で日本に来たことがある。

重要取引先との契約にトラブルが発生しての、緊急対応だった。

他の人たちは前日入りできたけれど、ひとり、南米から駆けつけることになってしまったドイツ人は、当日の朝成田着で、会議開始一時間前会社着という過酷な状態になっていた。

迎えのハイヤーから到着連絡をもらった私がビルのエントランスまで行くと、その人はやたら怖い顔をして私をにらみ、不機嫌そうな様子でそわそわしていた。ところが、彼をオフィスに案内したところで、その人が突然、大きな背をかがめて私の耳もとでささやいた。

「トイレ、どこかな?」

ハイヤーの運転手さんを待たせては悪いと、ゲートに出て、トイレに行きたいことを告げられないまま到着まできてしまって我慢の限界だったと、トイレから戻ったその人が恥ずかしそうに私に言った。

トイレから戻ったその人は、持ってきた小さなスーツケースからワイシャツを出すと、陰でそれに着替え、そして出て行った。出て行く前に、私に手を振って「ありがとうね」と言って。

そのドイツ人は、ドイツからアメリカ、アメリカから南米へ飛び、その後日本で会議をして、ドイツに帰ることになっていた。

滞在は、どの国でも一日か二日。

その日程で重要な会議にいくつも出席し、飛行機の中で資料に目を通し、過密なスケジュールの合間にメールを読み、そして接待もこなす。

ジェットセッターといえばかっこよく聞こえるけれど、いわゆる〝えらくなる人〟の仕事がどういうものか、見たような気がした。

る。

どこの会社でも、それなりの立場になった人たちは、他の人の倍以上の仕事をしてい
秘書でも、サチコさんやルミさんのレベルになれば、同じだ。
今回も、恐らくふたりはPCを自宅に持って帰り、深夜も対応にあたるだろう。
そこまでやらずに済む私たちは、そういう意味ではまだまだなのかもしれない。
エリちゃんが、「うちの方ではいりそうな予定は、アイテナリーに仮でいれておくって
サトミさんが言ってたから、ミナさんに伝えてね。ノブちゃんの方は、ホテルはどんな感
じ?」と聞いてきたので、「まだ、空きを確認中」と答えると、「そりゃそうだよね、こん
なぎりぎりだしね」とため息をついた。
ヨーさんとお別れしてから、エリちゃんは変わった。
以前は何があってもゆったりとして鷹揚で、笑顔を絶やさない人だったけれど、今は笑
顔の時の方が少ない。
考え方やものの見方もネガティブになった。
あんなことがあれば、そりゃそうなってしまうのもやむをえないだろうと、私とヒサコ
さんは思っている。
でも、私たちが何か言って、その傷が癒されるわけでもない。
「エリちゃんが話したくなった時はいつでも話聞くし、気分転換したい時はいつでもつき

あうから」と私とヒサコさんが言うと、エリちゃんは「ありがとう」と言ってちょっと笑った。

ヒサコさんが、「エリちゃんにはまだ言えないけど」と前置きして、あの後私だけに言った。

「本当に繋がるべき人間なら何があっても繋がるし、いつかはまた会うこともあるはず。そうじゃない人なら、ヨーさんはエリちゃんにとって、そこまでのご縁だったって事だと思う。とてもよい人だったし、たぶんエリちゃんとすごした時間は、ヨーさんにとっても幸せな時間だったと思うんだ。だから、無駄だったとか意味がないとか、そういうものじゃないはず。エリちゃんがそれをあらためて思い出せる時がくるまで、私たちもこの件には触れないでいましょう」

エリちゃんも、今回のこのボードメンバー来日に、残業続きの超多忙な状態になる。忙しすぎて、恐らくヨーさんとのことを考えている余裕はなくなるだろうし、帰れば疲れて、そのまま寝てしまう日が続くだろう。

それは今のエリちゃんにとって、たぶんよいことなんだと思う。

「エリちゃんも大変だと思うけど、がんばってね」

そう言った私にエリちゃんが、「ノブちゃんもね」と言って、手を振りながらデスクへ戻っていった。

ホテル予約完了、全員の了解済みというメールを、関係者全員にいれた私。

よっしゃー！　とデスクでちょっと伸びをしたら、最終アップデイトされたアイテナリーを確認したらしいヒサコさんが「CEOがシーズンズ、あとはラゴスね。ラゴス、よくまとまった数で部屋取れたわね」と言った。

偶然、大型のキャンセルがはいった直後だったという話で、営業の人が即座に対応してくれたおかげでこちらはそう手間はかからなかったけれど、ウェストンとエラゴン東京はやっぱりだめだった。

イギリスのエグゼクティブは結局、二番目にお気に入りだというオーサキ東京で予約が取れて問題なく完了。

いちばん気難しいドバイの人は、なんだかんだで六本木のカールトンに決まった。

秘書のマーゴットが、「カールトンだったら彼、メンバーだから、たぶん大丈夫」と連絡くれたおかげでなんとかなったが、そうでなければゴネられて大変なことになっていたと思う。

会社から距離があるのは、「自分でそこがいいって言ったんだから、タクシー使ってもらえばいいわ」とマーゴットが言ってくれた。

どこもやたらと高いホテルばかりだけれど、都内のホテルの多くは利用者の多い企業と契約していて、コーポレートレートと呼ばれる特別価格を出している。

年間の利用者数によって割引価格が設定されていて、とくに海外からの宿泊利用が多いうちのような外資系企業は必ず担当者がつく。その担当者が今回のような事態にも対応にあたってくれることになるし、細かいリクエストなどにも出来る限り応じてくれる。状況や宗教、文化によるこみいったリクエストもあるので、都内の大きなホテルではその対応やサービスも完璧だ。

急遽決まった日程だけど、あちらこちらでそういうサポートや協力もあって、二日後の昼過ぎには、アイテナリーの半分以上が埋まっていた。

メンバーの日程はまず、火曜日早朝から成田や羽田に到着する時刻と航空会社、フライトナンバーが記載されている。

とりあえずいったんホテルに行く人、そのまま会社に来る人もいて、それにあわせて、迎えのハイヤーが用意されており、手配されたタクシー会社とドライバーさんの名前、携帯電話の番号が記載されている。

到着時刻がみな違うので、火曜日は、東京オフィスのエグゼクティブとの夜の会食会までそれぞれ違う予定で動く。

水曜日は、十時から十四時までボードメンバーと東京オフィスメンバーの会議。

十五時から社員全員が隣のビルにあるレンタルホールに集まり、いわゆるホールミーテイングというのが行われる。ぶっちゃけ、ＣＥＯの挨拶聞く、みたいな感じのもの。

十七時、ＣＥＯとボードメンバーの一部、重要取引先との会議、その後、会食。

木曜日、一部のメンバーは帰国もしくは移動、残った人たちは取引先や顧客とそれぞれ会議、あるいは社内の会議で終わる。

深夜便で発つ人がひとり、あとは次の日の金曜日にそれぞれ帰国、または別の国に移動。

この間、外来用会議室の三分の二が、当初はいっていた予約はすべて強制的にキャンセルされ、今回のボードメンバーのためにブロックされた。

「うわー、会食、櫂山ですか。すごいですね」

自分のデスクでアイテナリー見ていたらしいサオリさんが、声をあげた。

櫂山は、千代田区の高級住宅街の中にある由緒正しき料亭で、一般庶民には縁もゆかりもない超高級店。

ニーナの家の近くにあるので、たまにその前を通ることがあるけれど、そりゃもう立派な木の門がどーん！　とあって、その先にあるであろう入り口はまったく見えない、我々庶民には近寄ることすらかなわない場所。

アメリカ本社のＣＥＯはそこがとても好きで、彼が来日した際は必ず会食をそこで行う。

とはいえ、今回のようなぎりぎりの日程で、よくあの人数がはいれる個室が取れたなぁと思うが、そこはサチコさんの手腕だろう。

「もうね、都内の老舗(しにせ)や高級店、名前出せば『いつもありがとうございます』って言われちゃうけど、私、ほとんどの店、自分は食べに行ったことないのよねぇ」って、以前笑いながら言ってたことがあるけれど、サチコさんの名前はそれくらい知れ渡ってるし顔もきく。

とりあえず予定されていた日程や予定は着々と決定となっていき、金曜日の午後、サチコさんの名前で対応する秘書と関係者に、最終の情報とアイテナリーがまとめて配布された。

あとは、当日を迎えるばかり……だったはずだが、そこで予測してない事態が発生した。

火曜日の朝、いつもより早い八時半に出勤したら、私を見るなり、ミナさんが叫んだ。

「ノブちゃん、ニューヨーク、すごい嵐でフライトが軒並み遅延、キャンセルになってるってメール来てる」

「え！」

驚いて速攻ＰＣを立ち上げてメールを確認すると、アメリカのエリック・ガスの秘書アリスからメールが来ていた。

アイテナリーがすべてセットアップされ、Ｆｉｎａｌと書かれたものが送付された後、外国勢の窓口は私、日本側の窓口は営業部のサトミさんになっている。

月曜日朝からサチコさんとルミさんは現場の対応で身動き取れなくなるので、私とサトミさんがゲートキーパー。

よって、これは我々で対応しなければならない。

ニューヨークは今、月曜日午後七時半をすぎたあたり、アリスはまだオフィスにいるはずだ。

私は受話器をとると、すぐさま電話をかけた。

「ハイ、ノブ、連絡待ってたわ」

電話を取るなり、アリスが言った。

「朝のＪＡＬはキャンセルになった。午後の全日空とＪＡＬが三時間遅れで飛んでる。エリックは十八時の全日空に振り替えたけど、すべてのフライトが遅延してるから、予定時刻の二十一時に到着するかわからない。まだ飛んでないし」

私はアリスの話を聞きながら、成田空港のフライト情報をネットでチェックする。

「とりあえずエリックの便が飛んだら、また連絡する」

そういってアリスが電話を切ったので、私はすぐさま、営業のサトミさんに電話をして、状況を話す。

「わかった。すぐに迎えのハイヤーのドライバーさんたちに連絡します。遅延の方のふたりは、タクシー会社でも到着時間確認して対応してくれるから大丈夫と思います。問題はエリックですよね？　どうします？」

「とりあえず、ホールドしておいてください。サチコさんにこれから連絡して確認しますので」

そして私はサチコさんに電話をかけた。

「アリスからのメール見てます。とりあえず、先に飛んでるリチャードとジョーンは今日中には到着できるわね。問題はエリックね」

サチコさんがそこで、一瞬黙り込んだ。

CEOのジャック・デフォーは香港から来るので問題ない。

この状況だと、エリックの到着は当日中は無理、他のふたりも三時間遅れなので、夜の会食には間に合わない。

「櫂山の方は、人数変更の連絡をしておきます」

サチコさんが言ったので、「ホテルには私が連絡いれておきますね」と私。

サトミさんの方では、到着直後にはいっていた取引先との会議の調整の依頼を各担当者に出すのと同時に、迎えのハイヤーとホテルの方も対応済という連絡を、リチャードとショーン本人、そしてそれぞれの秘書にメールしているはず。

リチャードとショーンの成田到着は、恐らく十九時から二十時の間になるだろう。

その時、成田空港の発着情報に、エリックが振り替えたフライトがキャンセルになったという情報が出た。

これで、今日の到着は完全になくなった。

そこでまた、電話がなる。

サチコさんだ。

「ノブコさん、今、エリックのフライトキャンセルの情報見たわ。恐らく明日の飛行機になると思うけれど、ホールミーティングには必ず出席してもらわないとならないの。たぶん、エリックの到着にあわせて、開始時間を遅らせる可能性が出てくる。香港とシンガポールのオフィスにもネットで配信されることになってるので、ＩＴと調整にはいらないと。なので、エリックの対応お願いします。状況、逐次連絡ください」

エリックは今回の会議でメインの人じゃない。

なのに、やたらと緊張感ただようサチコさんの言葉に妙な感じがしたけれど、そこでヒサコさんが受話器をおさえながら、「ノブちゃん、アリスから電話！」と叫んだので、私はサチコさんとの電話を切って、アリスの電話に出た。

「飛ばなかった」

いきなりそう言ったアリスも、相当緊迫感ただよってる。

「明日の朝いちばんの飛行機に空きがあったので、そっちに振り替えたわ。成田に十三時十分到着予定。JAL003便、AAとの共同運航便で行かせるからよろしく」

アリスからの情報をメモした私、するとそこでアリスが、「かわいそうにエリック、空きがなかったから、エコノミーよ」と言った。

何かが違う。

そこで私、微妙な違和感をもった。

エリックはボードメンバーのひとりではあるけれど、人事のトップでビジネスとは直接関わりはない。

今回も接待関係の予定はなく、社内の会議だけがみっちりはいってるだけだ。

それを、ここまでしてエリックの来日が重要視されているというのは、何か意味がある。

もしかしたらこれ、ホールミーティングで人事関係の何か大きな発表があるのかもしれない。

私は振り返り、後ろの席にいるヒサコさんに小さな声でそれを話すと、ヒサコさんは眉をひそめた。

「シンガポールと香港のオフィスにも配信されることになってたんだ。それ、私たちにも知らされていなかったもんね。そのうえでエリックが重要な話をするってことは、CEOのジャックが先に重大発表するって前提だよね」

ヒサコさんの言葉に、私はうなずく。

「その流れで出てくるってことは、買収か、業務縮小かによる、大がかりなレイオフの可能性、あるよね」

思わず私たちは黙りこんだ。

突然のボードメンバーの来日、エリックの到着の遅れに対するサチコさんやアリスの慌てぶりなどなど、通常ではありえない。

私は窓際の個室で、私とは別に今回のボードメンバー来日対応関係の仕事をしているケヴィンを見た。

彼は何かを知ってるだろうか。

一瞬、聞いてみようかという考えが頭をよぎったけれど、私はそれを振り払った。

上司のケヴィンが自分から私に言わない限り、この種の話題を私から持ち出すのはルール違反だ。

ガラスの壁の向こう側で、ケヴィンが私の視線に気が付き、ちょっと笑って親指をたてる。

それを見て私は一瞬躊躇したけれど、笑顔で手を振りかえした。

昼すぎて、サトミさんからメールで、次々メンバーの到着が知らされる。

ショーンとリチャードの到着は二十時過ぎとなったので、迎えのハイヤーのドライバーの方から直接、サトミさんに電話がはいることになっていた。

当然だけれど我々準備関係者は全員大残業、サチコさん、ルミさん、サトミさんは、深夜近くまで仕事になる。

先に到着したメンバーが櫂山にはいったとサチコさんから連絡があった時点で、我々全員、とりあえず一息ついた。

「何か買ってきましょうか」

サオリさんが声をかけてくれた。

彼女はボードメンバー対応しているミナさんと私の仕事の一部を請け負っているけれど、通常業務だから定時で帰れる。

そんな中、そういう気配りをしてくれるのは、本当にありがたいし、彼女の人柄が出るなぁと思った。

サオリさんの声に反応して、ミナさんがパーテーションからぴょんと顔をだし、「サオリちゃん、私、エマのエクレア食べたい。買って来て」と言ったので、私とヒサコさん、思わず笑ってしまった。

ミナさんの「エマのエクレア食べたい」は、「限界超えたから、甘いものでも食べて休まないとやってられないわよ」という意味があって、そのうえに「私がお金出すから、みんなも食べて」の意味もある。

ミナさんがお財布を出してサオリさんにお金を渡していたら、ケヴィンがもそっと部屋から出てきた。

「エマに行くんだったら、僕がお金出すから、みんなの好きなケーキ買うといいよ。二個までOKね」

わー！っとみんなが声をあげた。

ヒサコさんと私が、みんなのコーヒーを用意するためにリフレッシュルームにはいると、そこにはすでにサトミさんとエリちゃんがコーヒーを飲みながらソファで休憩を取っていた。

「無事、会食始まってよかったわね」

ヒサコさんが声をかけるとサトミさんが、「あとは、ショーンとリチャードの到着確認の電話がきたら、今日はもう帰れるわ」と、ちょっと疲れた様子で言った。

そこで突然、サトミさんが声をひそめた。

「今、エリさんとも話してたんだけど、ホールミーティングでエリックから何か重大発表あるみたいだけど、何か聞いてる？」

やっぱり気がついていたんだ、と一瞬緊張が走る。

「私たちもそれ、さっき話してたとこ」

私がそう言うとサトミさん、「たぶんこれ、他では気づいている人いないと思うの。エリックの到着が遅れて、なんか上が相当あせってて、それ、おかしいよね？」と言う。

「気づいていても、今の時点ではそれが何か、はっきりわからないし」

エリちゃんが付け加えた。

「ヘッドカウントも減らされて、いなくなった人の補充もされていない部署もあるでしょ？　レイオフとかも噂あるけど、普通は部門ごとに対応だと思うし、わざわざ社員集めてそこで何かって、買収とかかな？」

うーん……とみんな、一瞬黙る。

「さすがに、サチコさんとルミさんは知ってるだろうけれどね」

サトミさんの言葉に、私、思わずうなずく。

「とりあえず、エリックの到着は明日のお昼くらいだから、ぎりぎりホールミーティングには間に合うけど、さっき、サチコさんからのメールで、エリックの到着後、短いミーティングいれるってあったよ」

「つまり、ホールミーティングも遅れての開始ってことね」

「まぁ、何があっても、もう驚かないわ」

サトミさんがさらりと言った。

「外資系長いし、今までもいろいろあったし、何か起きたらそこでどうするか、考えるしかないものね」

「そうね」とエリちゃんがサトミさんの言葉を受ける。

「考えたら不安になるだけだし、不安になったところで、いい事何ひとつないしね。今、私たちは、ボードメンバーの来日が無事終わることだけに集中すればいい」

私とヒサコさんは、エリちゃんの言葉にうなずく。

「そうそう、うちの部、ケヴィンがエマのケーキ、買ってきていいってお金出してくれて、今、サオリさんが買いにいってくれてるんだよ」

私がそう言うと、サトミさんとエリちゃんがそろって「えー！　いいなー！」と声をあげた。

「うちは世知辛(せちがら)いから、そういうの全然ないわー。ケヴィン、本当に良い人だよねぇ」

サトミさんは、ケヴィンが日本駐在になってからずっとケヴィンファン。

自他ともに認めるイケメン外人好き、本人は「仕事の合間の癒し」とか言っている。

「二個買っていいって言ったから、おすそ分けするよ。あとでこっそりおいでよ」

私が言うと、ふたりとも大喜びした。

何かがある。

それは確かだ。

そしてそれは恐らく、私たちにとってはうれしい話ではない気がする。

でも今は、その不安を感じている時じゃない。

私たちは今、やるべきことをやり、自分に与えられた仕事に、成すべきことに全力を注ぐ。

それがプロというものだし、仕事だということ、私たちはみな、わかっていた。

次の日の午後、エリックが成田から会社に到着した。

来客用のミーティングエリアに直行で、そのまま先に来ているボードメンバーと合流して日本のエグゼクティブたちとミーティングにはいるので、私たちと顔をあわせることはない。

エリックの到着は、ルミさんからのメールで完了事項という形で知らされた。

そして予定より一時間遅れて十六時、派遣社員の人たちと、一部電話対応にあたる人を残して、私たちは全員、隣のビルにあるレンタルホールへ移動した。

正社員、契約社員全員が、ホールに集まる。

壇上に人事部のマネージャー、タドコロさんがあがり、ボードメンバーをひとりひとり紹介する。

ちなみに全部英語。

社員の半分以上は日本人だし、普段の社内公用語は日本語だけれど、こういう時は英語になる。通訳はいない。

このホールミーティングで行われる内容を英語で理解できない人間は、会社内にはいないという前提だ。

ただし、重要な発表があった場合は、間違いや勘違いがあっては困るからという理由で、後で英語と日本語で、発表された内容がメールで全社員に配信される。

CEOのジャック・デフォーがマイクを持つと、場内に緊張感が走った。

「東京オフィスのみなさん、そしてネット配信でこれを聞いているシンガポールと香港のみなさん、CEOのジャック・デフォーです」

がっしりした体格のジャックが、よく通る声で挨拶を始める。

最初はみんなへの感謝の言葉、そして簡単なビジネスレポートが続いた。

簡潔かつ、明瞭（めいりょう）な、とてもアメリカ的にまとめられた内容だ。

けれど、大方の予想通り、やはりそれだけでは終わらなかった。

「そして今日、このような形で集まっていただいたのは、別の理由があります」

その言葉に、会場内の空気が変わる。

「今、お話しした通り、リーマンショック以後、金融業界はどこも大きなダメージを受け、未だにその大きな痛手から完全に回復したとは言えない状況にあります。その中でわが社の業績は昨年から今年にかけて、大きく下がり続けています。残念ながら現時点では、これを乗り越えるすべはない。よって、我々は苦渋の決断をせざるをえなくなりました。エリックから詳細をお伝えします」

エリックが立ち上がり、マイクを受け取る。

私の隣の席で、ヒサコさんが身体を固めたのがわかった。

「我々は、グローバルなスリムダウンをはかります。それと同時に組織の見直しと業務の縮小も一部行うこととなりました。最初にアジア、つまり香港、シンガポール、日本のオフィスにおいて、全社員の一五％、レイオフを行います。現在、各国オフィスの人事と準備中です。はっきりとした日程は、今はまだお伝えできませんが、今月末には、何らかの形で今後のことをきちんとお知らせできると思います」

ホール全体、静寂につつまれている。

恐らくは、みんなが予想していた内容だった。

そして、それと同時に、みんなが聞きたくない内容でもあった。

ついに、はじまった。

みんながそう思っていた。

四十分で、ホールミーティングは終了した。

みんな、何も言わずに、何も起こらなかったかのように、静かにホールを出て、オフィスに戻る。

辞めた後の人の補充がはいらない、ディーリングルームで成績が落ちていたディーラーたちがいなくなるといった事態に加え、ひとり、またひとりと削られるように人がいなくなっていた。

誰も何も言わなかったし、あえてそれを言う人もいなかっただけで、社内ではすでに個人レベルでのレイオフが行われていたのは、みな気づいてた。

今回の発表は、それだけではもうどうしようもないところまできたという事で、大がかりに公式に行われることになったということだ。

つまり、そうしなければ立ち行かないところまで会社が追い詰められているという意味でもある。

我々外資系企業に勤める人間はみな、過去のどこかで同じようなことを経験している。

買収、部門縮小、部門売却、部門閉鎖、あるいは本当に会社そのものが消滅してしまうケースもある。

だから、今の発表で大騒ぎするような人間はいない。

外資系企業で働くということは、そういった事態がある事も含めての覚悟が必要だから。

けれど、だからといってダメージやショックがないわけじゃない。

その証拠に、オフィスに戻ってもほとんどの人が押し黙り、この件を話すことをあえて避けている。

今回のレイオフは、その人の能力やスキル、業績に関係なく行われる。

つまり、誰もが対象者となりうる。

今までは、パフォーマンスが悪かったり、個人成績が悪い人が対象だった。

だからこそ公にされることはなかったけれど、今回は違う。

組織を縮小し、人件費を削ることが目的だ。

もちろん、入社したばかりのサオリさんとて、例外じゃない。

デスクに戻った私たちは、そのまま何も言わずに仕事に戻った。

今はできるだけ、この話題に触れたくなかった。

金曜日。

ボードメンバー全員が空港に向かった時点で、私は海外オフィスの各秘書の人たちと、国内で準備にあたった人たち全員に、メールを送信した。

『突然決まったボードメンバーミーティングでしたが、みなさんの協力のおかげで、無事終了することができました。ありがとう。みなさんのサポートと尽力に感謝します』

各国の秘書、社内の人たちから返信がくる。

『こちらこそ、ありがとう』

『気持ちよく仕事できました』

『無事終了してよかったです』

みんなもう、グローバルで大掛かりなレイオフが始まることを知っている。

最初に発表になったとおり、アジアから始まり、それは全世界で行われる。

けれど、それに触れる人は誰もいない。

心に暗く重くのしかかるものを、私は無理やり押しのけて、そしてあらためてみんなから来たメールを見て、それから気持ちを仕事に戻した。

週末、ニューヨークにいるオーレとSkypeで話した。

「最初の発表がアジア圏だったからそっちの衝撃も大きかったと思うけど、こっちはもっとシビアだよ」

仕事関係の話になると、人が変わったように〝デキる人〟っぽくなるオーレ、厳しい口調でそう言った。

「一番社員が多いのはアメリカだよ。つまり、一番人が減るのもアメリカだ。オフィスによっては、閉鎖されるところもあるかもしれない。メインシティなニューヨーク、シカゴ、ロス以外のオフィスの奴らは、戦々恐々だと思うよ」

そんなことを言いながらも、落ち込んでいる私とは違って、オーレはいつものオーレのままで、今回のことにさほどにダメージくらった様子もない。

けど、それを言ったら「ダメージくらってるよ、一応」と言われてしまった。

「でも、ネガティブな方ばかり考えてても意味ないし、これはチャンスでもあるんだよ、ノブ。こういうことになると、自分の将来や自分のキャリアプランを考えるし、結果的に仕事探すことになったとしても、もっと大きなチャンスを摑む機会なのかもしれないだろう？」

いやぁ、さすがアメリカ人、生まれも育ちも遺伝子もアメリカ人ならではのスーパーポジティブ。

「それはそうかもしれないけれど、私は今までの状況で満足していたし、大きなチャンスとかも望んでいないのよ。今のままでよかったのよ」

思わずそう言った私にオーレ、「ノブ、何言ってるんだよ」と厳しい声で反論してきた。

「人間、このままでいいってなったら終わりだよ。ずっと同じ場所にいると、慣れて居心地もよくなるかもしれないけれど、いつかは土地も枯れるし、水も濁る。空気だって淀むだろう？　現状維持も悪いことじゃないけれど、今回のことは、個人レベルでどうこう決められることじゃないんだから、対応するしかないだろう?」

「そうかもしれないけど」

思わず私も声を荒らげる。

「進歩や成長が必ずしも必要な人ばかりじゃないと思う。私、自分の人生に多くを望んでるわけじゃない。オタクでいられればそれでいいし、今の会社は好きだし、みんなのことも好きなんだもの。それがなくなってしまうかもしれないって考えたら、そりゃ落ち込むのは仕方ないでしょ?」

オーレが両手を広げ、わーお! と、わかりやすいほどのアメリカ人的な反応を見せた。

「ノブがそんなことを言うなんてびっくりだ。僕に、コミケという新しい世界を教えてくれた君が、自分は、変化も新しい世界も許容しかねるって言うんだ」

アメリカ人の多くは、この種の話し合いが大好きで、徹底的に突き詰める。

とことん、話す。

考えてみれば私、日本に帰ってきてから、こういう展開の会話をすることはほとんどなくなっていた。

言い換えれば、そこまで自分を突き詰めて考える必要もなくなっていたし、あえて避けていた部分でもある。

「同じ所にいることはよくないって言ってるけど、ずっと同じ会社で働く人だっているでしょ？　その中で進歩していくってことだってありじゃないの？」

私が反論すると、オーレは「論点を掏り替えるなよ」と冷たく言った。

「それは、その会社がきちんと利益を生み、企業としての発展が見込めるのが前提のことで、オークリーはすでに経営陣が『この船は沈みかかっている』って言ったんだぜ。それがどういうことだか、もちろん君はわかっているよね？」

もちろん、わかっている。

人件費を減らし、そこで浮いた予算を会社の立て直しにまわす。

会社がそこまで追い込まれてるということ。

人員を削っても、会社が勢いを取り戻せるかどうかはわからない。

このまま、会社としてもだめになってしまう可能性も十分ある。

当然だけど、そういう事態になると、いわゆる仕事が出来る人、あるいは実績をあげている人ほど、自分から会社を離れていくケースが多い。

そういう人たちは自分の売り時をきちんと見極めるし、自分の価値もわかっているから転職に不安も躊躇もない。そういう彼らを目指して、ヘッドハンターたちも動き出す。

ただ、そういう人ばかりじゃないわけで、多くの人はそのまま会社の発表と対応を待つ身となる。そして、人が減れば個人にかかる負担は当然大きくなるし、社内の空気もぎすぎすしたものになる。

これから会社はどうなるんだろうという不安の中、レイオフされずに残った人たちがラッキーだったとは安易にいえない状況になるのは当然で、中には引継ぎなんかせずにいなくなる人や、会社に対する負のオーラを撒き散らして去っていく人も出てきて、結果、社内はカオスとなる。

いずれにしても、すべてが変わってしまうことは間違いなく事実だ。

無言になった私にオーレが、「沈みかかった船に、とりあえず残るってのも選択のひとつだけど」と、ちょっと皮肉っぽく言った。

「その船が持ちなおしたとしても、もう、前とは違う船なんだぜ？　エンジンも、スタッフも、内装も全部違うんだ。同じ船じゃないんだよ。それでもノブは納得できるの？」

「そんなこと、今、答えられるわけないじゃない！」

私、思わず怒鳴った。

けれど、オーレはまったくひるまない。

「だろ？　いいかい、ノブ。今回のレイオフは、君だけに起きたことじゃない、オークリーにいる全員に起きていることで、しかもこれは、君が選んだことでもなければ、君が起こしたことでもない。そして、君が自分でコントロール出来ることでもないんだ」

私は沈黙した。

オーレに言われるまでもなく、すべてがその通りで、そして私はそれを全部理解している。

けれど、理解しているのと、それを受け入れるのとは違う。

「ボートに乗っている者が、川の流れを変えることは出来ないんだよ。出来るのは、そのボートをどう動かすかだけなんだ。オークリーの社員みんな、今、考えているはずだ。自分にとって何が大事か、何をやるべきか、そして何が出来るか」

「じゃあ、あなたもそれを考えているの？」

思わずそう聞いた私にオーレが、「当たり前だろ？」と笑って答えた。

「僕は一生オークリーで働くなんて、もともと考えていないし、自分にとってプラスになることならば、どんなことにも挑戦していくつもりだしね。今回の発表そのものには、もちろんけっこうショック受けたけど、そういうことが起こる前兆もだいぶ前からあったし、その頃から僕自身、いろいろ考えてるよ」

びっくりした。

会社に不穏な流れが出てきていたことは、私も気がついていた。

気がついていて、でも見て見ぬふりをしていた。

自分がどうこうすることではないし、出来ることでもないと思っていたから。

それ、オーレの考え方と似ているようで、根本から全然違う。

オーレはその中で、自分はどうするか、どうしていくかを考えていたけれど、私はあえて何もせず、何も考えないでいることを選んでいた。

でも、何もしなくても、ものごとは動いていく。

それがオーレの言う、川の流れなんだろう。

オタク活動が自分の人生にとっていちばん大事なのは変わらないし、変えたくない不動のものだけれど、でも、それを支えるためには仕事はとても重要なものだ。

仕事があるからこそ、好きなことを好きに出来るという生活が保たれている。

でも私、もしかしたら、あまりにも守りにはいりすぎて、大事なことを見失っていたかもしれない。

「……私、レイオフになるかもしれないって、ちょっとパニックになってたかもしれない。冷静に考えなければならないことだよね」

不穏な空気に呑まれて、不安ばかりが先走ってしまっていたけれど、現実にはまだ何も始まってない。

まだ告知があっただけで、どういう形でどのように行われるかは、何もわかっていない。

そしてこれはオーレの言う通り、私個人がどうこう出来ることじゃない。

私に今、出来ることは、起きた事に対して自分は何を選択し、どう動くかだけ。

「考える時間はまだあるから、自分の中でいろいろ整理してみる。オークリーでずっとハッピーに働いてきたから、それがなくなってしまうのが嫌過ぎて、ちょっと自分を見失いかけてたわ」

私がそう言うと、オーレが「よかったよ、ノブがカズコみたいにならなくて」と、いきなりわけのわからないことを言った。

「カズコって誰？」

思わず聞いた私に、「カズコだよ、スワップションにいるカズコ」とオーレ。

申し訳ないが、仕事で関わりのない人は、同じ会社にいても知らない私、カズコさんも、もちろん誰だかわからない。

「僕の後にニューヨークに戻ってきたリック、スワップションのカズコとつきあってたんだよ。日本で発表があったその日のうちに、カズコがリックに電話してきて大泣きした後、結婚してって言ったんだってさ」

「は？」

思わず私、大声出しちゃった。

いや、なんでレイオフ告知が、「私と結婚して」になるの？

全然、話違わないか？

「私ももう三十歳になるし、子供だって欲しい、これでまた転職活動とか嫌だって泣き出して、あなたが結婚してくれれば何も問題ない、不安だってない、つきあって二年になるんだし、結婚してって、電話口で大騒ぎしたんだって」

まぁ、気持ち、わからなくもないけど、いきなりそこで結婚ってところにいっちゃうのは、なんかもう星間ワープくらい、ぶっ飛んだ話になってるような気がする。

「で、リック、どうしたの？」

「こっちだってレイオフされるかもしれないのに、何言ってんの？ってなったって言ってた。日本人はレイオフがプロポーズの理由になるのか？って、ノブはどうだったか知りたかったらしい。何も言ってこないけどって答えたら、『ノブは例にならないかもな、アメリカ育ちで、いわゆる普通の日本人じゃないし』って言ってた」

それ、違う。

普通の日本人じゃないのは認めるが、それはアメリカ育ちだからじゃなくて、オタクだから。

仕事がなくなっての不安は、我々オタクには生活云々（うんぬん）より先に、オタク生活の維持が難しくなる方が重要なわけで。

だがしかし、それを世間に知らせるとかは、絶対にしてほしくない。

「それであなた、なんて答えたの？」

なんだか嫌な予感がして、思わず詰問調で聞いたら、オーレ、のんびりした口調でとんでもないことを言った。

「ノブ、とっくに三十歳超えてるからじゃない？　って答えておいた」

「そこじゃないっっっ‼」

オーレはげらげら笑ってる。

「日本人の女性はそういうものなのか？　って、リックは驚いたみたいだよ。なんで、身近で日本人とつきあってる僕に聞いてみたかったらしいけどね」

そこで突然、オーレが真顔になった。

「僕は、ノブがそういう事を言わない人だから好きになった。君は、誰かに依存したり、甘えたりしない。オタクライフのためなのは知ってるけど、それを誰かに承認してもらおうともしてないし、理解を求めてもいない。つまり、自分自身のやりたいことのために、しっかりと自立してる。無謀な野心ももっていないし、きちんと身の丈にあった生き方をしてるでしょ？　それって、人としてとても立派なことだと、僕は思ってる」

え……と。

今、なんか、思いっきり誉められましたでしょうか？

尻の穴がこそばゆくなるほどに、思いっきり、誉めまくられたような気がするんですが、ただ、なんていうか、女性としてどうこうという部分はまったく存在しなくて、あくまでも〝人として〟というところで、誉められたような気がしますが……喜んでいいのでしょうか？

「誉めた？」

思わず聞いた私に、「うん、誉めた」とオーレ。

「だからさ、今回のことも、僕としてはノブに前向きでいてほしいわけよ。大騒ぎして、メソメソするんじゃなくてさ。悩んだり不安に思うのは当然だし、愚痴もそりゃ出るだろうけど、そこもノブだったら、バイファロス見てエナジー充塡するくらいの気合で臨んでほしいわけ」

やられた。

こいつ、完全に私のことを理解してる。

掌握してる。

読みまくってる。

「ありがとうございます」

思わずお礼言っちゃった自分、なんか負け感あるんだが、仕方ない。

ここはたぶん、お礼言うところだと思う。

「ところで、前からいろいろ考えてるって言ったけど、オーレはどうするつもりなの？」

ふと疑問に思って聞いてみた。

するとオーレ、「うーん」とかちょっと迷ってから、「いろいろ考えてて動いてはいるけど、まだ人に話せるような段階じゃないから、話せるようになったら話す」とか言った。

「何それ。えらそうに言ってて何？　っていうか、私にも話せないってこと？」

するとオーレ、おやまぁ……という顔をした。

「ガールフレンドらしいお言葉をありがとう。でもね、これは僕の人生のことで、僕自身が考えることなので、はっきりしないうちは、親兄弟にも話しませんよ」

くっそ、このアメリカ人め！

ちょっとムカついたけれど、気持ちがだいぶ晴れてすっきりした。

むやみな慰（なぐさ）めも、優しい言葉も何もない。

でも、オーレは私のことをよくわかっていて、人として信頼しているのがわかった。

弱気になっていた私の尻を叩いてくれた。

今すぐに何か起きるということではない。

とりあえず出来ることは、集中して仕事に向かうこと。

そして、むやみやたらに不安になってしまうことなく、きちんと事態を見て、そして自分にとって何がよい形か、よい方向かを考えること。

私はもういちどオーレに向かって、「ありがとう」と言った。

オーレが画面の向こうで、にやっと笑って手を振った。

7

「大丈夫だ。
人生がどれほどにつらくても、
アニメの続きは
来週放映される」

ケヴィンもラモンも外出した日の午後、ヒサコさんが「ノブちゃん、スギムラさんとお母様、昨日、義父に会ったのよ」と言った。

以前、その話は聞いていたけれど、そうか、昨日だったんだ。

「どんな感じだったか、聞いた？」

病気のことでもあるので、いろいろ尋ねるのもためらわれるが、正直気になる。

「細かいことはわからないけれど、義父の知り合いに、スギムラさんのお母様と同じ病気の方を多く入院させている病院があって、そちらを紹介することになったそうよ。そこだったら必要に応じて入院も可能だし、スギムラさんがひとりで全部背負うようなこともなくなるし、お母様もほっとされたみたい」

よかった。

思わずそう言った私に、ヒサコさんもにっこりと笑い、「本当によかったよね」と言った。

介護しながら仕事をするのはどれほどの覚悟があっても大変な事で、入院出来るところがある、相談出来る人がいるというのは、いろいろな部分でスギムラ君の大きな助けになると思う。

「アサヌマが車出したんだよね？」と聞いたら、「会社休んで、往復送迎したのよ。お兄さんからファミリータイプのバン借りて。ものすごく疲れたみたいで、私が帰ったらもう寝てたわ」とヒサコさんが声出して笑った。

結婚してからのアサヌマの印象は、大きく変わったように思う。

それまでは顔だけはイケメンな、ただのうっとうしいオタクだったアサヌマ。でも、ヒサコさんを通じて語られるアサヌマは、不器用だけど、誠実で優しいひとりの男性だ。

ヒサコさんも変わった。

なんとなく、やわらかくなった感じがする。

それこそ、冗談みたいな出会いからたった二週間とかで結婚を決めちゃった、何から何まで無茶苦茶な感じのふたりだけれど、楽しそうに結婚生活を送っている。

みんながあこがれるような恋愛ドラマもなければ、素敵なデートも、ロマンスたっぷりの愛のささやきもなかったけれど、ふたりはとてもよい夫婦になった。

マンガやドラマにあるような誰もがうらやむような恋愛ってのは、そこには欠片(かけら)も存在していない。

でも、なんというか、アサヌマとヒサコさんを見ていると、みんながあこがれるような恋愛の形なんて、けっこうどうでもいいものなんだなって感じる。

お母さんの介護のために、恋愛も結婚もすっぱりあきらめていたスギムラ君。

みかけは見事なオタクテイストで、モテ度数なんて一ミリもない感じだけど、表からはわからない男らしさでスギムラ君を好きになったアケミちゃんがいる。

スギムラ君の事情も、アケミちゃんの気持ちも、私が首をつっこみ、余計なことをしてはいけない領域のことだ。

でも、今回のことで、ふたりの関わりにも、もしかしたら新しい何かが始まるかもしれないなと、心の隅でちょっとだけ思った。


その日、仕事中にコナツさんからＬＩＮＥにメッセージがはいった。

——今日電話してもいいですか？


退職の話があってからは、たびたびコナツさんから電話がかかってくるようになっていた。

会社の話をすることもあるけれど、なんてことないたわいないオタ話だけの時もあって、不安と悲しみでいっぱいになってしまっている時、気分転換になるのならどれだけでもおしゃべりにつきあうって気持ちでいた私。

そんな中で、あらたまって「話したい」って言ってくるのは、ちょっと珍しい。

帰宅して夕食をとった後、私はコナツさんに電話をかけた。

「ノブちゃん、水野さんって覚えてる？　水野セリさん」

水野さん？　誰だっけ。

一瞬考えた私に、コナツさんが「岡田さんのパーティのご飯作った時に、名刺くれた人だよ」と言ったので、ああ！　あのむちゃくちゃきれいな人！　って思いだした。

「あのパーティの後、私、セリさんのやってる代官山のカフェに時々ご飯食べに行ってたのね。雰囲気もいいし、ご飯とってもおいしいんだ、セリさんの店」

料理上手なコナツさんが言うんだから、たぶん本当にとってもおいしいんだろう。

「セリさん、あんな感じだから、私みたいなオタクとは縁ないよなぁって思ってたけど、すごいさばけた人で、映画の好みとか同じで、店が混んでいない時とかカウンターでおしゃべりしたりするようになってたんだよね」

へぇーそうだったんだーと聞いていた私だけれど、そこから話は思わぬ方向へ進んだ。

「最近元気ないねって言われて、うっかり会社のこと話しちゃったんだよ。知り合って間もない人にそんな話するとか、あんまり誉められたことじゃないんだけど、誰かに聞いてほしかったのかもしれない。そしたらね、セリさん、すごい真剣に話聞いてくれて、突然

『うちの会社、人、募集してるから受けてみたら？』って言ったの」

セリさんのカフェは、セリさんのお兄さんの先輩がやってる会社がプロデュース、経営しているという話。

「セリさん、前はモデルやってたんだって。でも性格あわなくてやめて、どうしていいかわからなくて途方に暮れてたら、お兄さんを通して社長から声かけられたんだって。どこでご縁があるかなんてわからないよって言われてさ。楽な仕事ではないし、大きな会社でもないけれど、興味あるんだったら紹介するから、社長に会うだけでも会ってみたらって言われたの」

私はコナツさんの話を聞きながら、ネットでセリさんのカフェを検索し、そこから経営会社のサイトをたどった。

経営しているのは株式会社サージというところで、社員四十人の小さな会社だけど、代官山や恵比寿に、カフェやデリ、雑貨店やアンティーク家具ショップをプロデュース、経営しているとある。

サイトには、お洒落（しゃれ）な男性向け雑誌や高級住宅関係の雑誌に掲載されたという、店や社長のインタビューなどの記事が出ていた。

派手な宣伝文句とかはいっさいなく、会社説明や仕事についての紹介文も、洗練されているうえに、とてもビジネスマインドの高いものだった。

「サイト見つけたけど、いい感じだね、この会社。うわついた感じがない」

私がそう言うと、「実は、社長にはもう会ったの」とコナツさんが言ったので、びっくりした。

展開が早い。

「セリさんが、岡田さんのパーティの料理を写真に撮って、社長に送ってたんだって。で、今回の私の話をしたら、とりあえず会ってみませんかって話が進んで、そのまま、なんか勢いで行っちゃったんだ」

黙って聞いている私に、コナツさんは「そしたらね」と話を続けた。

「募集してる仕事って、料理の仕事じゃなかったの。今その会社にいる事務職の方がひとり、定年で辞めるんだって。小さな会社だから、総務も営業事務もなんでもかんでもやらなければならないから大変ではあるけれど、会社としては長く働ける、経験がきちんとある人を探しているって言われてさ。食べ物も扱ってる会社だから、そちらに興味や知識がある人だったら、なおいいって話だったんだ」

すごい。

なんかもう、いきなり来たこれ！　って感じだけれど、話を聞いてて悪い感じがしない。

こういう時、その〝悪い感じがしない〟ってのがけっこう大事ってこと、何度かの転職で私は信じてる。

「いい話じゃない！　流れができてる感じがするよ。するすると話が動いてる。そういう時は、いい流れにのってるって思う」

私がそう言うと、コナツさんも「私もそんな感じしてる」と言った。

「雇用条件とかお給料の話は、そこできちんと聞いてきた。社保とかもあるし、会社としての組織もきちんとしてるみたい。小さな会社だから、お休みだけ、今までみたいに簡単には取れなくなるとは思うけど、社員の中に自転車や登山趣味にしている人もいるってセリさん言ってたから、まったく取れないとかはないと思う。辞める日までまだ少しあるし、返事は急がなくていいって言われたから、今、考えてる」

確かにいきなりの展開で、よく考えることは必要だと思う。でも本当に、悪い話ではない。

そういえば、会社を辞めなければならなくなった友達のその後について、ミナさんも言っていた。

「みんなショック受けてすさまじく落ち込んで、実家に帰っちゃった人もいる。でも中には、それを機に人生を思いっきり変えた人もいる。人生いろいろ起きることは予測つかないけれど、考え方ひとつ、見方ひとつでいかようにもなる可能性はあるし、そういう時こそ、それまでがんばったものが活きる時かもしれないと思うの」

ミナさんのお友達の中には、あきらめずに就職活動して仕事が見つかった人ももちろんいるけれど、起業したり独立した人や、ヨガのインストラクターになった人とかもいると言っていた。

コナツさんがこれからどうなるかは、誰もわからない。

セリさんに紹介されたその仕事が、実際にどういうものかわからないし、会社がコナツさんにとって良い会社かどうかはもっとわからない。

でも少なくとも、〝まだ大丈夫〟ってサインがそこにはあると思う。

そんなことを考えていたら、コナツさんがぽろりと言った。

「仕事なくなっちゃったら、同人もできなくなっちゃうし、オタクでいることも難しいって思ったんだけど、それだけは絶対に嫌だ！　ってなってさぁ。なんかいきなり、がんばらなきゃ！　って思ったんだよねぇ、私」

恥ずかしそうに言うコナツさんに、私、大笑いした。

「いや、コナツさん、そこ大事！　それは私たちの生命の源だから!!　生きる糧だから！」

するとコナツさんも笑いながら、「だよねぇ」と言った。

オタクであること、それが私たちをいつも支えてる。

動機不純って言われるかもしれないけど、他人が何を言おうと関係ない。

オタクであることが、私たちを支えてるんだ。

オーレが日本に来ると、真っ先にハセ君に会うのが慣例になったのは、かの灼熱地獄の夏コミから。

いっそのこと、君たちつきあっちゃいなヨとか冗談で言った時の、ハセ君の身も凍るような冷たい視線は、ヒサコさんのそれを上回っていたって言えば、どれだけ恐ろしいものだったか理解してもらえるはず。

ハセ君はチームタツオのメンバーとはいっても、毎週末アキバに出向くとか、イベントのたびに結集するとか、実はほとんどない。

定例になってるカラオケ（と称してしゃべくって終わることもよくある）会には比較的参加してくるものの、頻度としては他のメンバーよりは少ない。

結婚して田町のマンションに住むようになったアサヌマを除いたふたり、スギムラ、クニタチペアは以前と同じく、大きなイベントの時はタツオもいっしょに前日、我が家に泊まることはまだたまにあるけれど、ハセ君はそういうこともない。

考えてみると、ハセ君について私が知ってることって、とっても少なかった。

オーストラリア生活が長かった帰国子女、今どっかの会社の企業弁護士、身長一七〇センチ弱、美少年系の女性受けする顔、そして、その気になったら、オタクでもない外国人を巨乳キャラ萌えにすっころばす、フランシスコ・ザビエルの再来とも言われる愛の伝道師。

まばたきもせずに、ハセ君から布教された『ガル戦』というPCゲームしながら、キーボード叩きまくってるオーレに、「ハセ君のこと、なんか知ってる?」と聞いてみたが、「僕のソウルブラザー」と、画面から一瞬も視線離さずに答えてきやがったので、オーレもたいして知ってるとは思えない。

そんなハセ君だけど、チームタツオの中では、みんな一目置いている感じがある。

コミュ力低いうえにへんな女にだまされてトラブル起こしてたりしてる、チームタツオきっての面倒くさいキャラ認定のマミヤ君ですら、ハセ君をどやしているところは見たことがない。

「ハセ君、オーストラリアにいつまでいたの?」

同じ帰国子女としては興味あるので、そこんとこ、オーレにガル戦のグッズもってうちにやってきたハセ君に率直に聞いてみた。

ハセ君、一瞬怪訝な顔で私を見た。

「いきなり、どうしたんすか?」

「いや、自分と似たような境遇の人、身近にあんまりいないから興味あって」と正直に答えると、ハセ君、すすんと鼻を鳴らしてから、「俺、小学五年の時にオーストラリアに行って、大学からアメリカ移って法学院でました」とさらっと言った。

「すごいだろー、ハセは優秀なんだぞー」

横でオーレが鼻の穴広げながらえらそうに言うので、お前、何、人のことで自慢してんの？　と、思わずじっと顔を見ちゃった。

「言っておきますけど、俺、いわゆる普通の帰国子女とかいうのとは違いますからね」

「何、それ、会話的に誘い受け？」

思わずそう言った私に、ハセ君がしまったー！　って顔になる。

「ノブさんとは、普通の会話できないから嫌なんだよなぁー」とか、大変失礼なことをヌカしたハセ君、「俺は、ノブさんみたいに父親の転勤でとかいうのでオーストラリア行ったんじゃないんです、そういう意味では帰国子女とかいうのとは、全然違います」と続けた。

「俺んちは山形の田舎で、親は今もそこにいますけど、俺、見かけも性格もこんなだから、小学校はいってから死ぬほどいじめられて学校行くのやめたんです。そしたらオーストラリア人と結婚した叔母が、オーストラリアに来いって言ってくれたんです」

いやなにそれ、ちょっとかなりすごい話じゃないか？

オーレも真面目な顔になって、ハセ君を見てる。

「いじめって、そんなにひどかったの？」

ハセ君はちょっと嫌な顔をした後、「俺んち、もともと東京にいたのを、親父がリターンなんとかってんで、地元に帰って仕事するようになったんで、俺、言葉も習慣も東京オリジナルで、向こうになじめなかったのもあるんですけどね。いじめっこに目つけられて、ぼこぼこでしたよ」と言った。

「俺の田舎、そもそも住んでる人間の数が多いわけじゃないから、小学校から高校まで顔ぶれ変わるなんてことはないし、だとしたらいじめはずっと続くと思って、子供心に人生詰んだ感ありありで。叔母さんの申し出さっさと受けて、あっち行っちゃいました」

小学生でいきなり親元離れて外国暮らし決めちゃうのってすごいと思うんだが、そこまで追い詰められてたってことなのかもしれない。

外国行ったのがそんな子供の時って、どれだけ大変だったろうかと想像がつく。

私がそう言うと、「まぁ、言葉とかは現実問題いろいろ大変でしたけど、それより、いろいろなところで思いっきり楽になったことのほうが、俺には大きかったですよ」とハセ君。

「日本で、いじめの原因になっていたり、否定されまくっていたこと全部、オーストラリアに行ったらきれいさっぱりなくなりましたからね。言葉できないとか、慣れない外国生活とか、そんなのわかりきったことですから、あんまり腹たたなかったし」

「ノブさんはどうだったかわからないけど」とハセ君は前置きして、「俺は日本離れられて、せいせいしました。だから、今は日本にいるけど、ずっと日本にいるつもりもないです」と言ったので、私もオーレもびっくり。

「え!!　日本からいなくなっちゃうの！」

ふたりそろって大声で叫んだら、ハセ君、「なんで、そういう、どうでもいいところで相性いいんすかね？」と呆れた顔をした。

「ハセ、僕をおいて、どっか行っちゃうの？」

オーレがまた叫んだので、今度は私が「お前は何を言ってる？」と思わずツッコんだが、ハセ君は私たちの前で冷静だった。

「親が、お前は日本人なんだから、一度はきちんと日本で暮らせって言ったんでこっちで就職しましたけど、もともとあまり執着ないんで、自分の気持ちがそっちに向いたら、別の国に行きます」

うわー、同じ帰国子女とはいっても、私とは全然違うんだ。

私はアメリカ行きたくなかったし、日本が大好きだし、これからもずっと日本にいたい。

「他の国に行ったら、オタク活動厳しいじゃん」

思わず小声で言っちゃった私だけど、そこ、人生において、かなり重要なポイントだと思うんだ。正直、それがなければ、どこの国で生活してもかまわないってのはわかるし、私もそう思う。

だがしかし。

雑誌もコミックも発売日に買えない、やっと入手できても割高、アニメもオリジナルな声優で見れないし、へたするとおかしな編集されていたりする海外放映。

私が今、チケット争奪戦に全精力かけてるイベントもすべてない。

当然、コミケもない。

さらに、ネット通販でも、ＤＶＤやゲームソフトとかは、外国から日本のものが買えない状況がある。規制やリージョンコードの違いが理由。

しかしハセ君、これまたシビアに「別に、他の国行ってもオタクはオタクですよ。俺、もともとイベントとかグッズとかにそれほど執着ないし」とさらりと言ってのける。

「今は、ネット繋がればどこでもアニメ見れるし、電子書籍でマンガも読めますからね」

そうだけどさー。

なんかそれ、寂しいよ。

そう思って思わず下向いちゃった私の横で、いきなりオーレが「ハセ、ぼっち、好きなのか？」とか、これまたいきなり、どこで覚えたかわからない単語使ってハセ君にツッコんだ。

オーレのしょーもない言葉に、ハセ君、また呆れた顔になる。

「友達だからって、しょっちゅう会わないとだめとか、ないっしょ。俺はどこに行っても変わらないし、つきあいも変わらないと思いますけど」

まぁ、私もアメリカ時代の友達とは離れても今も変わらず友達だし、そこはわかるんだけど。

でもだからって、親しい人がよその国に行ってしまうのは、やっぱり寂しいものなわけでさ。

気軽に会うことができなくなるのはもちろんのこと、こうやって話す機会だって減る。

結局、疎遠になっちゃう人だっている。

「ノブさんは違うんですか？　そういうの関係ない相手と、友達してるんじゃないんですか？」

いきなりハセ君が痛いところを突いてきた。

「学校が同じとか、同じ会社に勤めてるとかで、安易に友達ってする人間も多いし、別にそれを否定する気もないけど、俺はそういうのを友達とは思わないですよ。そんなんしたら、子供の頃に、トイレに閉じ込めて俺のパンツ脱がして尻蹴ってきた奴らとか、田んぼに頭つっこんで泥水飲ませまくった奴らとかまで、友達って言わなくちゃならなくなる。そのテの人間と関わらないために日本離れたんですから、俺はもう、仕事以外では自分のつきあう人間は選ぶし、場所も関係も選びます」

びっくりした。

びっくりして、ハセ君の顔をガン見した。

そんなことがあったの？

それでオーストラリア行くことになったの？

「そんな顔して、ふたりそろって俺のこと、見ないでくださいよ」

ハセ君が言ったので、え！ってなって隣にいるオーレ見たら、ものすごーく悲しそうな顔してハセ君のこと見つめてる。

「ハセに何かしてくる奴がいたら、僕とクニタチでやっつけてやるから」

いきなり言ったオーレ、人選的には間違ってないけど、別な部分でいろいろ間違ってる。今現在の話じゃないからな、ハセ君が話してるのは。

「オーストラリア人の叔父さんが、あ、俺の叔母さんの結婚相手ですけど、あっち行ってすぐ、まだチビだった俺に言ったんですよ。『気持ちよく幸せに生きる場所は、自分で見つければいい。どんな人にも、そういう場所はあるからな。別の国だろうが、別の世界だろうが、どこだっていいんだぞ』って。だから俺は、自分の居場所は自分で決めますよ」

私、ハセ君の紅顔美少年系の顔を見つめた。

今、ここにいるハセ君、チームタツオにいるハセ君は、ハセ君自身が選んで、そしてそこに居るってことなんだね。

自分が楽しくいられる人たち、自分が幸せを感じられる場所、そして居心地のいい世界。

オタクであることも、きっとハセ君にとって、大事なことのひとつになってるんだろう。

言葉も通じないアメリカに行って、オタクな自分を死守することで、自分を見失わずにいられた私とは全然違うけど、でもなんだかどこかで同じものがあるような気がする。

「お父さんやお母さんには会ってるの?」

思わず聞いた私に、「そりゃ会ってますよ。時々帰省してるし」とハセ君。

「今は俺も突き抜けちゃったし、地元の知り合いとかも遠目に見てる感じですよ。俺のこといじめまくってた奴らも、マイルドヤンキーになってたり、どっかの会社員になったとか聞いたけど、はっきりいってどーでもいいです。今の俺には関係ないし」

子供の頃のつらい経験、すっかり脱却した今だからそう言えるんだろうなと思った。

自分の居場所は自分で選ぶ。

確かにそれはそうだけれど、小学生の時にそれを考えて、選択しなければならない状態になるのは、本当に厳しい経験だったろう。

親の都合でアメリカに行くことにはなったけれど、概ね、のほほんと生きてきた自分を省みると、ハセ君の大変さ、すごさがわかる……気がする。

その時、真剣に考えこんだ私の横から、能天気な言葉が飛び出した。

「ってことは、ハセは僕といっしょにいたいから、いっしょにいるってことだよね!!」

「お前はいったい何を言うておる?」と、思わず持ってた弾丸マカオさんの『ダンク！ダンク！ダンク！』二次創作同人誌総集編百二十ページをごつんと頭におみまいしたら、

「痛い……」って小声で言って、オーレが頭をおさえた。

私たちの前でハセ君が、「お前らバカか」という表情をしてから、「司令やスギムラさんたちは、俺とは全然違う考え方だと思いますけどね」と続けた。

確かに、タツオもスギムラ君も、あそこに集まる人たちも、概ね来る者は拒まず、去る者は追わずの姿勢で、よほどのことがない限りは人を選ぶようなことはしない。

きちんとした良識的な人が多いのは確かだけれど、癖のある人も中にはいる。

でも、チームタツオは、どんな人にも基本、おおらかだ。

「だからこそ、みんな司令のもとに集まってくるんだと思いますけど、でもね、大勢の人間が集まれば、いろいろな奴もはいってきます。うまい汁吸いたいだけの奴とか、腹に一物ある奴とかね」

いきなり投入された不穏なネタに、私、一瞬ひるんだ。

「クニタチ、呼ぶか?」とかいきなりオーレが言ったので、「何を言うておる」と思わず

見ると、オーレ、瞬時に両手で頭を覆う。

コミケ以後、オーレはジョブチェンジしたくらい、キャラが変換されたような気がする。

以前はもっとなんかこう、仕事出来る！　って感じの人だったと思うんだけどなぁ。

「なんかそれ、怖いよ」

ハセ君に向き合って、私、あらためてそう言った。

「あれだけ大勢人がいるから、そりゃいろんな人がいるだろうけど、そんなあからさまに悪しき輩なんて、思い当たらないけどな」

「まぁね」とハセ君が応じる。

「でもね、ノブさん。大事な場所は、ちゃんと手入れしていないとだめなんですよ。人間関係はナマモノで、どんどん変化する。腐ってしまうことだってある。場って、そこにいる人間が作るもので、異物が混入すればあっという間に壊れるし、逆にそこに違和感覚えて離れる人間だって出てきます」

一瞬、アヤちゃんのことが頭に浮かんだ。

何か思い当たる部分があるから、ハセ君はそんなことを言ったに違いないんだけど、私が何を聞いても、ハセ君はそれ以上その話をしなかった。

ただひとつだけ、「今まで何も起こらなかったのは、みんなの良識が、司令のフェアな考え方に支えられてきたからですよ」とハセ君は言った。

確かに、タツオの存在は大きいと思う。

存在、というよりは、存在感とか態度とかの方かもしれないけれど。

そこで、オーレとハセ君がガル戦の話を始めてしまったので、その話題はそこで終わった。

盛り上がるふたりの横で、私はしばらくの間、ハセ君の言葉を繰り返し考えていた。


その日、定例カラオケに集まったメンバーを見て、何かあったのか？　と思った私。

いつも参加してくる人たちが、ごそっといなかった。

もちろん、メンバーは固定じゃないし、今回はタツオとクニタチ君も仕事の都合で来ていない。

ただ、そういうことを抜いても、なんだかいつもと違う空気が流れているのは確か。

すると隣でミンミンさんも、「なんかいつもとちょっと違う感じだよね」と小声で言った。

私は反対側に座っているハタケヤマ君に、「今日、なんか別にイベントとかあるの？」と聞いてみる。

ハタケヤマ君は一年前、人生を賭けて収集した魔法少女の変身アイテムグッズを奥さんにすべて処分され、ショックで行方不明になったのを、チームタツオ総力戦で捜し出したという事件があった。その後離婚して独身に戻ったハタケヤマ君は、チームタツオの集まりにはわりと参加するようになった。

「さぁ……なんですかね。なんか最近、集まりが悪いのは確かですけど」

ハタケヤマ君も理由を知らない。

まぁ、みんな大人だし仕事持ってるし、中には結婚してる人もいるし、そうしょっちゅう集まって遊んでる場合じゃないのもわかるけれど、今までは都合つく人が来るという中、それなりに人が集まっていたわけで、こんなふうに集まりが悪くなったのはなんというか唐突な感じがする。

こういう時はたいていい顔を出していた、ニキ君やテンカス君をはじめとする何人かも来ていない。

女性の場合、そういう事にはけっこう敏感に反応するけれど、男性の場合は違うようで、今日参加してきた面々も、さほどに気にした様子はなかった。

定例会はいつものように楽しく終了し、男子部はみな、その後アニメイトや同人ショップなどに行くということで、そこで解散となった。

私とミンミンさんはそのまま駅に向かおうとしたら、モチベイさんが「今日は僕も帰宅部です」と言ったので、いっしょに駅に向かって歩き出す。

「ノブさん、最近集まり悪いって、ハタケヤマに言ってた件ですけど」

歩きながら、突然、モチベイさんが言った。

「カラオケだけじゃなくて、イベントとか飲み会とかでも同じような感じになってます。変わらないのは、僕みたいな歳のいったメンバーと、あとはスギムラ君たちみたいな、司令と個人的に親しい人たちくらいで、掲示板のほうでも、最近発言しなくなったメンバーがいます」

モチベイさんのいう掲示板というのは、タツオが自サーバーで運営しているチームタツオ専用のSNSみたいなもので、話題ごとにスレが立てられている。

地方在住者も多いチームタツオのメンバーは、そこでいろいろ語り合うのが実はメインで、連絡や情報交換、打ち合わせなんかもそこで行われている。

私もバイファロス上映会の時は使わせてもらっていたけれど、チームタツオ的には部外者だし、男性陣の楽しい秘密の花園にいつまでもいるのもお邪魔だろうと、上映会終了後はまったく見ていない。

あそこは、チームタツオの楽しい遊び場であり、みんなの心のよりどころであり、そして基地みたいなもの、と思ってる。

だから、そこに書き込みをしなくなるというのは、ものすごく違和感がある。

たぶん、モチベイさんも同じことを感じているからこそ、私とミンミンさんにそれを話したんだろう。

「何かありました？」

ミンミンさんが尋ねると、モチベイさんは首を振り、「僕はまぁ、あそこのメンバーでも年上すぎて、若手とは個人的に親しいとかはあまりないですから、何かあったかわかるほどの情報はないです」とつぶやくように言った。

「ただなんかあるんじゃないかって気は、してます」

うん、それ、まさにそれ。

私もそれを感じてる。

「でも、今日来てた人たちの中で、それ、気にかけてるのはモチベイさんくらいですよね」

ミンミンさんが言うと、モチベイさん、ちょっと遠くを見るようにして、もそりと言った。

「僕は歳いってる分、オタク歴長いですから言えるんですが、あそこは特別です。年齢や職業に関係なく親しく、楽しくできる。オタクの集まりなんて世の中いくらでもあるけれど、人間集まれば争い事や齟齬なんていくらでも出てきます。でも、あそこはほとんどそういうのがない。あんなふうに、みんなが良識ある言動で、誰に対してもフェアで楽しくあるようにって意識がある、長く活動を続けられているところはとても少ないです。そういうの、僕より若い世代はわかっていないと思うし、あまり気にもしていないんじゃないかなって思いますが」

私とミンミンさんは、モチベイさんの言葉にうなずいた。

それなりに長いオタク人生の中で、そういう人間関係の難しさをいろいろ見てきたからこそ、モチベイさんの言うことがよくわかる。

私たちよりもさらに長いオタクヒストリーを持つモチベイさんは、もっともっとたくさんの事をものを経験してきただろう、その分、言葉の重みも違う。

「タツオ君は、たぶんこういうことは気にしないでしょうね。もともと彼は、自分がリーダーになりたいとかっていう人じゃない。だからこそ、こういうことが起こってくると、自分はちょっと不安になります」

具体的に何かがあったわけじゃない。

でも、明らかにいつもと違う何かが、チームタツオにあるのは確か。

それが何かは、モチベイさんもミンミンさんも私も、見当もつかなかった。

モチベイさんと別れた後、私とミンミンさんは黙ったまま、電車に乗った。

いつもだったら心地よい疲れにひたる帰り道が、その日はふたりとも、心に暗いものを残したまま電車に揺られていた。

「ああ、それ、奴ら今、別のグループの方で活動してますからね」

唐突に真相を教えてくれたのはマミヤ君だった。

オーレが大はまりしてる『ガル戦』のイラスト集先行販売に、わざわざニューヨークから電話してきて「ハセも出張でいないって言うから、ノブ買ってきて！」と言ってきて、お前はバカか！と思ったけど、気持ち理解できて余りありすぎたので、週末わざわざアニメイトまで来た。

そこでたまたま遭遇したマミヤ君、ふと話したチームタツオの不穏な雰囲気に、あっさりと答えをくれちゃった。

「別のグループ？　別のグループって何？　どういうこと？」

思わず聞いた私にマミヤ君、「そのまんまですよ。イベントで知り合ったとからしいですけど、今はそっちにみんな行ってるんだと思いますけど」

「みんな？　みんなって……誰？」

マミヤ君は興味なさそうな表情で、「テンカスとかニキとか、アラマタとか、そのあたりの若手メンバーですかね。なんでそんなこと、気になるんですか？」と、私に尋ねた。

四〇〇〇円もするやたらと重い『ガル戦』のイラスト集を持ったまま、私とマミヤ君はアキバの路上ど真ん中で立ち止まった。

私はオーレとハセ君の分二冊だけど、マミヤ君は十冊くらい持ってる。

チームタツオの地方在住のメンバーの分だ。

マミヤ君、相手の気持ちとか場の雰囲気とか状況を読むってのがてんでだめで、自分のことでいっぱいいっぱいになっちゃう人だから誤解されたり失敗しちゃったりしてるけど、そういう優しいところがある。奥さんに愛蔵コレクション捨てられたハタケヤマ君が失踪した時も、いちはやく駆けつけて、彼の行方を都内あちこち走り回って捜してくれたのもマミヤ君だった。

チームタツオのメンバーとして会わなかったら、私はたぶん、彼のそういう良い部分、知らずに終わってしまっていたと思う。

「モチベイさんとかも気にしてたけど……何かあったの？」

「何もありませんよ。ノリとかあったんじゃないですかね？　年齢も近いとかで、盛り上がってるんじゃないですか？　俺はよく知らないですけど」

マミヤ君が言ったことは、ごく普通にあることで、ごく当たり前なことで、そして問題になるようなことでもない。

でも、今までのチームタツオでのみんなのことを知る身としては、笑って済んでしまうようなことじゃなかった。

思わず無言になった私に、マミヤ君が怪訝な表情で言った。

「会員制とかじゃないし、集まりも出なきゃいけないって規則があるわけじゃないから、顔ださなくなっても、それはそれで個人の自由なんじゃないんですか?」

夜、チカさんとミンミンさんとでグループ通話をした。

私には直接関わりのないことだし、普段はその種のことに自分から首をつっこむことはない。

でも今回は、自分の中でどうしてもそのままにしておけない何かがそこにあった。

「気持ちはわかるよ。アヤちゃんのことがあったばっかりだしね」

ミンミンさんが言った。

「タツオさんところは、メインのメンバーの年齢高いし、ニキ君たちみたいな若い世代には、ちょっと合わない部分もあるのかもしれないね。ディープな人が集まってるわりに、派手なことはほとんど関わりないし」

そう言った後、ミンミンさんはちょっと間をあけた。

「あとはね、私の推測だけれど、チームタツオ、バイファロスの上映会で世間で知られる存在になってから、たぶんいろいろでてきてるんじゃないかと思うのよね」

え? どういうこと? と思わず言ったが、正直、意味がわからなかった。

「お取り巻きみたいなのが、現れてるみたいよ。SNSとかでも、『すごいですね！　チームタツオのメンバーなんですか！』とか『リスペクトしてます！』とか言い出す人が現れてるから」

はぁ？？？　何それ！　と叫んだ私にチカさんが、「最近は、そういうの大勢いるんだよ。ネットや何かでちょっと名前が知られるようになった人に、そういうふうにすりよる輩（やから）」と言う。

思わず「だって別に何か特別なことやったとか、そういうのじゃないよね？　有名人でもないし」と言うと、「そうだけど、最近はSNSとかネットとかで名前が知れる存在になる人もけっこういて、また、それをむやみに持ち上げる、あこがれる人もいるんだよ」と返された。

「ゲーム界隈（かいわい）でも、そういうのあるよ」とチカさん。

「最近はYouTube（ユーチューブ）とかで動画配信する人もたくさんいて、そこで有名人みたいになる人もけっこういるんだよ。人気配信者や猛者（もさ）プレイヤーに近づきたいとか、個人的に親しくなりたいとかいうお取り巻き系の人がけっこういるんだ」

「チームタツオのメンバーにも、それが現れてるの？」

「前からちらちらいたけれど、バイファロス上映会以降、けっこう現れてるみたいよ」

ミンミンさんが言うと、チカさんが「ニキたち、最近私たちとはいっしょにゲームプレイしていないんだ」と言った。

「最近はニキとあらまっちゃん中心に作られた別のチームでプレイしてるんだ。なんか、バイファロスの上映会にいましたよねって声かけてきた人たちと、別チーム作ったらしいんだよね。ニキもあらまっちゃんも、Ｔｗｉｔｔｅｒのアカウントにわざわざチームタツオの名前いれて、それとわかるようにしてフォロワー増やしてる」

……何それ。

思わず黙り込んだ私とミンミンさんに、チカさんがため息まじりに言った。

「あいつら、まだ青いからさぁ。すごいとか言われてちやほやされて、いい気分になってるんだと思うんだ。まぁ、気持ちわからないでもないけれど、それは違うよね。全然違うよね」

「なんでそういうことになっちゃうの？　意味わかんない。バイファロスの上映会だって、そういう意図があったわけじゃないし、あれやったからすごいとかでもないでしょう？　そもそもあれは、みんなで企画して、みんなでやったことなんだし」

私がそう言うと、ミンミンさんが「ノブちゃんはわかってないと思うよ」と、厳しい声で言った。

「〝特別〟な人になりたいって人は多いんだよ。有名でも人気者でもなんでもいいけど、注目を浴びて、ちやほやされたり、特別扱いされたいってどこかで願ってる。そういう人は多いんだよ。同人でも、そういうのまったく気にしないで好きでやってますって人もたくさんいるけれど、人気サークル目指すとか、壁サークルになるためにやってるって人もいるし、声優ファンとかでも、声優個人に一歩でも近い存在になって、他のファンとは別の存在になりたい人もいる。そして、特別になりたい人たちと、彼らにくっつくことで自分もまたちょっと特別になれるって思う人たちで、新しいヒエラルキーができるんだよ。バイファロス上映会には、岡田さんとか進藤さんとか、有名な人も参加していたでしょ？　そういう人たちと直に関わったってことで『すごいですね！』ってなる人たちもいるんだよ」

ものすごく、ものすごく、嫌な気持ちになった。

バイファロス上映会は、押田監督の追悼のために開催されたものだ。

オガタ君が発起人となり、ファンのみんなでバイファロスの素晴らしさをあらためて確認し、押田監督の死を悼む会だったはず。進藤さんや岡田さんを始めとする製作関係者も、それに賛同して出演してくれていて、お金のやり取りはいっさいないし、それがきっかけで特別な関わりができたということもない。

あくまでもあれはファンとしての想いから発したものが実現できたことで、上映会を開催した側だから、主催したチームタツオのメンバーだからって、特別な存在になったとかはありえない。あるわけがない。

でも、そうじゃないって事が起きている。

あの時の感動や喜び、集まった人たちの拍手や涙に、泥を投げつけられたような、そんな気持ちになった。

「メンバーのほとんどは、もともとそういう考えのない人たちだし、発起人のオガタ君は純粋にバイファロス愛してる人だから、そういうものはまったく縁がないと思うけどね」

そう言ったミンミンさんに、チカさんが冷静な言葉を放つ。

「でもね、前にも言ったけど、チームタツオは決まったメンバーがいるわけじゃなく、縛りや規約もないでしょ？　だから、他で関わりを持つのも自由だし、何かしちゃいけないってこともないんだよね。そもそもリーダーなタツオさんが何も言わないのだったら、私たちが何か言う立場にもないんだよ」

チカさんの言葉に、私はうなだれる。

この種のことに、私が首をつっこむのは、タツオがもっとも嫌うことのひとつだ。

そうじゃなくても、メンバーでもない私が余計なことを言うべきじゃない。

でも、私もミンミンさんもチカさんも、どうしようもない気持ちになっていた。

タツオはこの事を知っているのだろうか。

そう思ったけれど、それを直接尋ねる気持ちにはならなかった。

「人との関わりって、難しいね」

ぽろりとミンミンさんが言った。
苦い気持ちのまま、私は「うん」と一言だけ、返した。

8 「誇りをもって、オタクとして生きていく」

CEO秘書のサチコさんがレイオフされるのを知ったのは、重役来日からちょうど一ヶ月経った日だった。

そういう話題に敏い営業部にいるエリちゃんからメールが送られてきて驚いた私は、ミナさんの所に素っ飛んで行った。

「もう知れ渡っているのね」

顔色変えた私の前で、ミナさんが悲しそうに言った。

「なんでサチコさんが？　だって、CEO秘書なのに！」

そう聞いた私にミナさんが、「だからよ」と言った。

「五十五歳以上の事務職全員、最初のレイオフグループにはいってるそうよ。秘書といったって事務職なわけだし、サチコさんくらいになれば年収も高いから、当然レイオフの対象者になるわ」

私は言葉を失った。

サチコさんは生え抜きの人で、歴代CEOの秘書を務めている。

そのサチコさんが、最初のレイオフグループにはいっているなんて……。

私はそのショックから、しばらく抜け出せなかった。

サチコさんにはとてもお世話になった。

彼女の会社への貢献は大きいものだし、長い間多くのCEOを支えて激務に励んできた人だ。

そんな人でも、あっさりとレイオフされてしまう。

鬱々(うつうつ)とした気持ちで会議室エリアに行くと、なんとそのサチコさんが受付にいた。

「あら、ノブコさん」

いつもと変わらない、笑顔のサチコさんだ。

けれど、明らかに暗い表情で彼女を見た私を、サチコさんはすぐに察して手招きし、会議室エリアの奥にある小さなテーブルにふたりで座った。

「ノブコさんも聞いちゃったのね」

うなずいた私にサチコさん、「みんなが暗い顔で私のこと見るから、すぐにわかっちゃう」と笑った。

その明るい様子に、私はちょっと面食らった。

今までいろいろな会社でレイオフされた人を見たし、自分も経験あるけれど、たいていはみんなショックを受け、動揺を隠せず、そして不安でいっぱいだった。

今、私の目の前にいるサチコさんには、その片鱗(へんりん)、欠片すらもない。

「ごめんなさい、露骨に顔に出してしまって……私、ショックだったんです」

私が頭を下げると、「そういうふうに、伝えるべきところをきちんと伝えるのが、ノブコさんの良いところね」とサチコさんが言った。

「もしかしてサチコさん、ボードメンバー来日の時には、すでにこの事、知っていらしたんですか？」

CEOの秘書ともなれば、それくらいの情報は耳にはいっていてもおかしくない。

サチコさんは微笑んだまま私を見つめ、「そうね、知ってたというよりは、わかってたって感じかな」と、さらりと言った。

脳天に、がつん！　とブロックが当たったみたいに衝撃を受けた。

自分がレイオフされるのを知っていて、それでもなお、サチコさんは笑顔であの激務をこなしていたということだ。

一瞬、血の気を失って表情を固めた私に、サチコさんはうふふっと笑って、「そうね、ノブコさんにはこっそりお話ししちゃおうかしら」と声を潜めた。

「私、今回レイオフ決まって、実はほっとしてるの」

「えっっ!!」

思わず大声出しちゃった私に、サチコさんが「しぃーっ」って人差し指を立てる。

「私、この会社に来て二十五年になるのよ。少し疲れを感じてきていて、でも、自分から辞める理由はないし、仕事も好きだから、がんばれるところまでがんばるかぁなんて思っていたところだったの。だから、今回のこと、辞めるよいきっかけになったかなって思ってる」

サチコさんはそこでまた、うふふっと笑った。

「私、五十八歳だし、今から仕事探そうったって、そうないだろうから、少し早い定年になるわね」

あっさりとした表情のサチコさんに、私、「でも、引退するには早すぎます。それに、こんな形でサチコさんが会社を辞めるというのは、私は納得がいきません……」と思わず自分の気持ちを吐露してしまった。

それに、仕事を辞めて、サチコさんはこれからどうするのだろうかという気持ちもある。仕事がなくなるということは、収入もなくなるということだ。

するとサチコさんは、思いもかけなかったことを言った。

「先のことは、何も心配していないわ」

「え？」

驚いた私にサチコさん、「お金あるもの」とさらりと笑った。

「私、たいした趣味もないし、贅沢もしてないし、マンションのローンはとっくに終わってるうえに、仕事一辺倒でお金使うこともなかったから、どんどん貯金増えちゃったのよね。主だった銀行あっちこっちに定期預金あるの」

主だった銀行あっちこっちって……って、一瞬総額いくら？　とか、しょうもないことが頭をかすめた。

「会社都合退職だから、失業保険もすぐに出るでしょ？　今回のパッケージはかなり条件良いし、私、独身だから、他にお金出て行くところもない。贅沢しなければ、普通に生活していかれるくらいはあるのよ」

意表をつかれた……という表現がいちばんぴったりかもしれない。

サチコさんは本当に、今回のレイオフを喜んでいる。

「こういうことも想定して、先のこととか、考えていたんですか？」

思わず聞いた私にサチコさん、「まさか」と言ってまた笑った。

「でも、うちは外資系で、定年退職する人がそもそも少ないしね。いろいろ考えてはいたわよ。私の世代は、結婚しないってことに世間の風当たりも強かったし、ひとりでどう生きていくか、何度も考えたし悩んだ時もあるわ」

さらりとサチコさんは言ったけれど、その中にあるいろいろな事、なんとなくだけどわかる気がした。

女性がひとりで生きることの厳しさを、恐らく一番体験している世代が、サチコさんの世代だから。

かつて、ハツネさんが私に語り、ミナさんが私に諭し、タマコさんが悩み、エツコさんが決断を迫られたその道のずっと先を、サチコさんは歩いていた。

私が知っているのは、いつも落ち着いていて、どんな時も笑顔で、けれど断固たる態度と采配でプロの仕事をしてきたサチコさんだけれど、それまでに至る長い道のりは、若輩者の私が知る由もない。

そしてたぶんサチコさんも、それを私たちに語ることはないだろうと思う。

「私ね、ノブコさんみたいに、好きなことのために働いてます！　って生き方、素敵だと思って見てた。私はそういうもの、なかったけど、仕事、楽しかったんだと思うわ。だから、ここまでやってこれたんだと思ってる」

私の目の前でそう言ったサチコさんは、本当にうれしそうだ。

直接関わることは、そうは多くはなかったけれど、ＣＥＯの秘書のポジションが激務だったことは知っている。

休みも自分の都合で取るなんてことはなかなか出来ないし、体調が悪くても状況によっては無理をおして出勤するのは当たり前、お昼ご飯も満足に取れないなんてことだってよくある。残業なんて当たり前だ。

歴代のCEOは、そういうサチコさんに支えられて、ずっと仕事をしてきた。財界や政府の関係組織、各国大使館、大手企業の重役諸氏と、サチコさんがどれほどに信頼を置かれて仕事をしてきたか、電話一本、メール一通で即座に連絡が取れる今の状況を見ればわかる。

そして、それがどういう意味を持つのか、秘書の端くれの私にはよくわかる。

真似しようったって、出来る事じゃない。

「退職した後の事とか、何か考えているんですか？」

そう尋ねた私にサチコさんは、「とりあえず、しばらくゆっくりするつもり」と答えた。

「前のCEOで、去年定年になったマーク・シュライバーが、今、奥さんとマジョルカ島の別荘にいるから来ないか？　って言ってくれたの。そこに遊びにいってこようかと思ってる。次は何をしようかゆっくり考えるのも、ちょっとワクワクするでしょ？」

笑顔のサチコさんを前にして、私は先走ってた自分を恥じた。

レイオフそのものはネガティブだけど、でも、サチコさんみたいな形もあるんだ。

レイオフの話が出てからずっと心に重くのしかかっていたものが、いきなりさぁっと晴れた。

「サチコさん、なんかごめんなさい。私、ひとり合点してました。なんていうか、サチコさんの話聞いて、ポジティブになりました。私、レイオフの話聞いてからずっと、根暗なことしか考えられなくなってたみたいです。ここでいろいろうかがえて、本当によかった」

「そお？　ならよかったわ」

サチコさんは立ち上がって、にっこりと微笑んだ。

「ノブコさん。生きていると、本当にいろいろなことがあるわよ。嫌なこともつらいことも、たくさんある。心が折れてしまうことも、もちろんある。それを支えてきてくれたのが、私の場合は仕事だったの。私、仕事が好きだった。仕事を続けること、仕事に打ち込むことでがんばってこれたんだと思う。ノブコさんの場合は、それがきっとオタクな趣味なんだと思うわ。大事にしなさい。それがずっとあなたを支えてくれるわよ」

そう言うと、サチコさんは手を振りながら、トレードマークの七センチヒールをかつかつと音をさせて、颯爽と会議室エリアを出て行った。

私はそのかっこいい後ろ姿に、静かに頭を下げた。

偉大なる先輩に、心からの感謝の想いと敬意を込めて。

レイオフの最初のリストにはいった人達が、次々と会社を去っていく。

サチコさんも最終日を笑顔で終えて、軽やかに去っていった。

サチコさんの後任は、別の部署でエグゼクティブダイレクターの秘書だったマユミさんが異動という形ではいった。

新しい人の雇用はないということだ。

サチコさんのようにさらりと辞めていく人はもちろん少なくて、重苦しい空気の中、苦い表情で去っていく人のほうが多い。

彼らがいなくなった後のデスクを見て、キャリアってなんなんだろうって思った。

積み上げた実績、作り上げた関係、努力の末に出した結果、そのすべての価値や意義が一瞬に消えて、〝会社の決定〟という一言ですべてが終わる。

恐らくどの人も、今まで自分ががんばってきた事はなんだったんだろうという想いを抱えていることだろう。

いくら条件のよいパッケージを用意されたところで、これからどうなってしまうんだろうかという先への不安がのしかかってくるのは変わらない。

しかし、大変なのは去っていく人たちだけじゃない。

残された人々には、人数が減った分、業務の量や責任が増える。

殺伐(さつばつ)とした空気の中、次は自分が切られる番かもしれないという不安や、会社はどうなるのだろうかという恐れを抱えながら仕事をするのは、想像を超えたストレスになる。

結果、尖(とが)った空気が社内に満ちて、普段は見られないような厳しい口調や態度が出てきてしまうこともあちらこちらで見られた。

「入社早々にこんなことになるなんて、なんか本当に残念ね」

そう声をかけたヒサコさんを、サオリさんは飄々とした表情でデスクから見上げた。

「まぁ、運が悪いって見方もあるかもしれないですが、何事も経験ですし、退職金なんて当分もらえない身分の私でも、レイオフなら条件のよいパッケージが出ますから、考えようによっては悪くないです」

思ってもみなかった答えに、さすがにヒサコさんも一瞬ぽかんとしたが、すぐに声をあげて笑い出した。

「サオリさんって、すごいタフ！」

「そんなことないです」と言いながら、サオリさん、恥ずかしそうに下を向く。

この人もすごいな、と私はサオリさんを見ながら思った。

決して良いとはいえない状況の中でも、自分の立ち位置をしっかりと把握して冷静に見つめ、メリットとデメリットをきちんと判断している。

たぶん、オーレが言っていた『激しい川の流れの中で、自分はボートをどう動かすか』ということを自然と考えられているんだろう。

――ノブ！　ついに、日本に出張が決まったよ！

突然送られてきたメール見て、私、思わず「やったーっ！」って声あげて、ガッツポーズとってしまった。

日本に来たくて来たくてたまらなかったセドリックが、エンダーといっしょに出張で日本にやってくることになったという知らせ。

そんなに来たいならプライベートで来ればいいじゃん！　とか思ったんだけど、その言葉にセドリックが、「忙しくて、日本に行く日数の休暇なんて、僕、当分取れないよ。家族だっていっしょに来たがるし」と悲しそうに下向いちゃったのが、昨日のことのよう。

バイファロスのゲームが日本でも発売されることから、彼らの日本出張も決まったという流れらしいので日本でもイベントでもやるのかな？　なんて思ったら、あくまでも技術的な部分においての会議やら調整やらだそうで、滞在中はガチでオフィスで仕事とのこと。

とはいえ、週末をはさむので、待望のアキバ訪問含むオタクツアーを決行できる。

こちらも迎撃せねば！　と、早速チームタツオのSNSに久しぶりにスレを立てると、バイファロス大好き！　なオガタ君が速攻反応してくれて、その後、次々参加表明がだされた。

そして最終的に、チームタツオからは一二名、こちらはゲーマーのチカさんと私の参加とあいなった。

ところが木曜日の夜、エンダーからメールがはいった。

――トラブルが発生して、このままだと僕たち、土日も仕事になっちゃう。セドリックがアキバに行きたいがあまりに、食事もしないで死ぬ気で仕事してる。

なんて悲しみに満ちたメールなんだ……っていうか、なんかいろいろ間違ってる気がしなくもない。いや、オタク的には正しいのか？

そんなこといろいろ考えながら、大丈夫だろうか？　と思っていたら、金曜日の夕方、またエンダーからメールがはいった。

――ノブ！　予定どおり、明日アキバに行きます！

セドリック、死ぬ気でがんばった甲斐があったらしい。

そういうわけで私たちはアキバに結集した。

大勢でぞろぞろアキバめぐりするのもなんなので、全員集まるのは夜の部のカラオケからということで、昼すぎに合流したのは、タツオ、スギムラ君、ハセ君、オガタ君、チカさんと私だった。

アメリカだと普通に見えるセドリック、あらためて日本で見ると、でかい。

縦にも横にも、でかい。

そしてやっぱり、エロゲーのTシャツを着ている。

さらにいえば、長い金髪をうしろでくくってポニーテールにしている。

そんなセドリック、我々を見て最初に出た言葉に我々全員、「は?」ってなった。

「おおー！　それは『ヴァージンパラダイス・ローズ』!!」

ところがそれに反応した人がいた。

「そういうあなたは『ドールプレイ リンリン』！」

これまた全員「は?」ってなって声のほうを見たら、キラキラしたスギムラ君が、セドリックのTシャツを指差している。

ぽかーんとした私とチカさんに、オガタ君が「エロゲーのタイトルですよ、エロゲーの！　お互いのTシャツのイラストのタイトルですって！」って小声で言った。

げ――――。

お前ら、初対面で会うなり、エロゲータイトルで挨拶かよ！

よもや会っていきなり日米エロゲー対決とか、そんな事がこの世にあっていいの?

しかしふたりは、見てる我々の困惑をよそに、がっちりと握手を交わし合い、肩を叩き合ってる。

そのふたりの姿が世間様が考えるオタク像まんま、アメリカヴァージョンと日本ヴァージョンの双璧を成している。

濃い。

オタク濃度濃すぎて、オタクな私でも眩暈（めまい）しそうなレベル。

ひとりだったら笑えるレベルがふたりになると、こんなにも絵的にきついとは思わなかった。

まぁ、日本でもアメリカでも、エロゲーTシャツ愛用してる人なんてそう滅多にいたもんじゃないから、国境越えて似た者同士に出会うなんてのは奇跡なのは理解するけど、理解したいわけではない、決して。

「仕事終わってよかったね」とセドリックに言うと、セドリックが「んー、終わってない」と苦笑いしたのでびっくりしたら、横からエンダーが「アキバに行かれなくなるってなった途端に、セドリックが空気抜けた風船みたいになったんで、リーダーのヤマモトさんが、『明日、休んでアキバ行ってきなよ』って言ってくれたんだよ」と言うのでみんなでびっくりした。

アキバ行かれないってがっくりしすぎて仕事に影響しまくるのもすごいが、それでアキバ行っていいよって言ってくれる上司もすごいぞ。

エンダーが「いやもう、見るに耐えない悲しみっぷりだったからさ」と笑ってる。

仕事は明日の日曜日、アキバでエネルギー充填しまくった後がんばってねってことになったらしい。

そんなわけで、我々はまず、まんだらけに向かった。

オタクコレクターの牙城でもあるまんだらけ、はいるなり、エンダーが絶叫した。

「ここ!! 何ここ!! ちょっとこれっ!! ちょっと待って!! いやっこれっうわっっ!」

エンダー、完全に脳みそのネジとタガが吹っ飛んでる。

歓喜の声をあげながらおもちゃケースを覗き、覗いてはわーわー叫んでる。

「ノブっノブっ!! お願い!! 店の人に聞いて! ゴリのソフビとかあるか、聞いてほしい!!」

「ゴリ? ゴリって、『スラムダンク』のゴリ?」

そう尋ねた私の前に、いきなりエンダー、ものすごく恐ろしい顔で仁王立ちした。

「ノブ、何言ってるの? ゴリといえば、『宇宙猿人ゴリ』でしょ?」

「……え?」

何のことを言われているかわからず、エンダーの顔を見つめる私に、「ゴリを知らないのか! 『宇宙猿人ゴリ』も『スペクトルマン』も知らないっていうの! 日本人なのにっっ！」とエンダーが天を仰いで絶叫した。

スペクトルマンって何？　と思わず振り返って他のみんなを見た私、全員いっせいにあさっての方を向く……お前ら、何！　誰も知らないの!!　だったら私が知るわけないじゃん！

恐ろしい顔で私を見るエンダーを前に、突然、横にいた男性がそばにやってきて、「スペクトルマンって、特撮ですよ。ゴリって『宇宙猿人ゴリ』のことですよね？　それも特撮で、スペクトルマンの悪役にもなってるキャラの名前です」とていねいに教えてくれた。

特撮か!!

しまった！　今日は特撮畑な人間がいない。

特撮にはモチベイさんがいちばん詳しいけど、今日は参加してないんだよ！

思わず舌打ちした私の前で、エンダーが「あなた！　ゴリを知ってるんですね！」と、叫んだ。

その男性の日本語の中に、愛するゴリの名前をキャッチしたらしい。

そこだけは日本語がわかるオタクスピリッツ。オタクな単語は世界共通。

突然英語で言われて（しかも叫ばれて）、その男性、ものすごく驚いたのがわかる。

「ゴリ、知ってるんですねって言ってます」

私が通訳すると、男性が「はぁ……小学生の時に見てましたから」とおどおどした声で言った。

それを訳して伝えると、エンダーがその男性の両手を握りしめ、「ゴリは僕のヒーローです！　子供の頃に見てから、今までずっと僕のヒーローなんです。聖地日本で、ゴリを知っている方にお目にかかれて光栄です!!」と、これまた叫ぶ。

見知らぬでかい外人男に両手握り締められて、きらきらした目でゴリゴリ叫ばれたその男性、びっくりしすぎて硬直しているが、申し訳ないがどうすることもできない。

その後、頭のタガがはずれたエンダーは、ショーウィンドウ見ながら叫び続けた。

「見て！　すごい！　レッドキングだ!!　こっちは、『アクマイザー3』!!　こっちはレッドバロン!!　え――――！　『スターウルフ』の宇宙船の模型が箱で!!　僕、これ欲しい!!　ああー、なんて値段なんだぁー！　うあああああっ!!　え！　こっちは『大鉄人(だいてつじん)１７(ワンセブン)』じゃないか!!　ちょっと待って、これ、変形するバージョンだよ!!　なんてこった！」

我々全員、茫然。

単語が呪文すぎて、全然わからない。

オタクと言ってもジャンルがいろいろあるわけで、基本アニオタ、ゲームオタな今日のメンバー、特撮オタがいない。

しかもエンダー、どうやら昭和世代な特撮が好きらしく、彼についていかれるオタクは限定されている。

そもそも日本語で聞いても意味がわからない言葉を通訳するのは不可能で、びっくりしたままエンダーを見るしかなかった私、ハセ君もそこまでは知らないとみえて、やっぱりびっくり目でエンダーを見てるだけ。

するとそこでタツオがそそっと寄って来て、私に小声で言った。

「今、モチベイ氏にスクランブルをかけた。ちょうど別件でアキバに来ているそうだ。すぐにこっちに向かうと言っていた」

スクランブルとは、チームタツオ用語で、「今すぐ、命懸けで来い！」という緊急招集のこと。

かっきりきっちり七分後にやってきたモチベイさん、本気で走ってきたらしく大汗かいてる。

「大丈夫、いけます。まかせてください」

そう言うと、モチベイさん、ショーウィンドウにへばりついているエンダーに、『『宇宙猿人ゴリ』、ソフビはないが、先週ミニチュアフィギュアなら見かけたから、スタッフに聞いてみよう」と声をかけた。

なんですかね。

オタクの歓喜の表情ってのは、世界共通っていうか、好きなキャラに対する愛ってのは世代も国境も越えるんですね。

エンダー、たどたどしい英語で話しかけたモチベイさんに、感極まったキラキラした目を向けて、祈りのポーズになってる。

まんだらけ常連なモチベイさん、そのスキルを遺憾なく発揮して、エンダーの欲しい特撮アイテムをスタッフさんに伝えて、次々と出させる。

エンダー、もう、興奮しすぎて、幸せすぎて、脳の血管切れちゃうんじゃねーの？　くらいすごい状態になってるが、ここぞとばかりに買いこむ量もハンパない。

私のように、同人誌やＤＶＤとか買うのもけっこうお金かかるが、それは普通に店やイベントで入手できる。

でも、エンダーの好きな特撮ジャンルは、年代的にもマニアックなコレクターアイテムと化していて、こういう特別な店でしか入手できないし、しかもどれも値段が高い。

『宇宙猿人ゴリ』の人形とか、昔のものだから、私の目から見ると本当に子供のおもちゃみたいな感じに見えるけど、お値段数万円するもので、それを両手に握りしめて見つめるエンダーの目には涙がいっぱいだ。

「ああ、生きていてよかった!!　僕、これ、ガラスケースにいれて大事に家に飾る!!　家宝にする！」

スタッフさんにも持ってもらいながら、エンダーが大量の特撮グッズをレジで精算している間、モチベイさんがぼそっと私たちに言った。

「彼、ハンパないですよ。『アイアンキング』と『スペクトルマン』と『猿の軍団』の録画テープ、持ってるって言ってます。日本でも持っている人が少ない希少品ですよ。『猿の軍団』なんて、そもそも知ってる人、日本人でもほとんどいません。ガチな特撮オタクです」

どのタイトルも知らないけど、モチベイさんの真剣な表情で、とてつもないものであることはわかる。

エンダー、見た目にオタクっぽくないし、アメリカで会った時もオタク臭まったく感じなかったが、ただ扉が開いてなかっただけだったのね。

我々全員、レジの前でキラキラしてるエンダー見つめながら、オタクワールドのあらたなる深淵を見た想いでいっぱいになった。

次に向かったのは、私も知らない、なんかPC関係の店の大きなビル。

私がエンダーとモチベイさんの通訳やってる間、カタコト英語でセドリックと話していたスギムラ君が、「次はここで」と指定した店だった。

そのビルの四階にあがって、私とチカさん、驚愕。

「こ、ここは……」

すさまじいばかりのエロピンクパラダイス。

見渡す限り、エロゲーの山、山、山。

棚もPOPも、平積みになっているものも、すべてエロゲー、ワンフロア全部エロゲー。

この世に、こんなにたくさんのエロゲーが存在していたなんて、ノブコ、知らなかったし、知りたくなかった。

私の横でチカさんが、「こ、こんなにたくさんの巨乳見たの、生まれて初めて」とか、わけわかんないことを空ろ(うつ)につぶやいたが、それくらい衝撃的な場所です、ここ。

男性陣の方でも、オガタ君が口あけて驚いている。

ところがそのエロピンクパラダイスに、スギムラ君、我々を置き去りにして、セドリックといっしょにものすごい勢いでわけいった。

そして奥の棚のところで上の方を指差すと、セドリックが「うわーお!!」と歓喜の声をあげる。

その後ろにいるスギムラ君、まるでアマゾンのジャングルを熟知したベテランガイドみたいな風格があって、いつもの穏やかなスギムラ君とはまったく違ってる。

そばにいくと、セドリックが箱を手に、満面の笑顔を浮かべていた。

「これ、もう入手できないと思っていたゲームなんだよ！　声優に、真奈真理子が出てる唯一の作品なんだ!!」

するとそこでスギムラ君が、「あっちには、さっき君が言ってたスタジオ天元のゲームがあるよ」と指差した。

セドリック、箱をもったまま、ものすごい勢いでそっちへ向かう。

「あと、あっちに君にお勧めのゲームがある。物語が君好みだ」

「そっちにあるのはインディーズのゲームで、ここ以外は手にはいらないものばかりだよ」

「キャラデザインに、本庄彰人が参加してるゲームはこっちにある」

セドリック、スギムラ君の指差す方へ走っていっては、どんどん箱を増やしていく。

スギムラ君、そうですか、そんなにエロゲー好きでしたか……ってくらいの知識量と情報量が炸裂してる……独壇場になってる。

セドリック、スギムラ君がいてよかったね。

この世界、スギムラ君以外で君にここまでガイドできる人、たぶん他にはいないと思うヨ。

セドリックがレジに向かったので、エレベーターホールのところに一個小隊で固まってるメンバーのところに戻ると、オガタ君が「ノブさんって、マジ、勇者っすね」とぼつり。

「え？　なんで？」と真顔で言ったら、ハセ君が「男の俺らでも引くこのフロアに平然とツッコむ女なんて、ノブさんくらいしかいないっしょ」と言ってきやがった。

するとそこでタツオがおもむろに、「ノブコに恥じらいを求めるのは、間違っているぞ。家にあるBLのCDとゲームの数は、恐らくセドリックのエロゲーコレクションの数を上回ってるはずだからな」とか、言わなくていいことを言うと、みんながいっせいに拍手する。

なんで私が、この男性向けピンクパラダイスフロアで、いらぬ恥をかかなければならないのか!!

「チカさんまで、いっしょに拍手しないでよっっっ!!」

思わず叫んだ私に、チカさんが笑いをこらえながら言った。

「さっさと奥はいっていったノブちゃんの後ろ姿見ながら、さすが！　って思ったんだよー。知ってた？　あそこ、緊縛触手コーナーって札下がってたんだよ」

なんですと！　って振り返ってみたら、本当に書いてある……それ見て、一瞬、膝から崩れ落ちそうになった。

乙女としての人生が、見事にここで終わりを告げた感、ありあり。

「そこまでショックを受けることか？　お前のBLゲームコレクションにある『瓦礫の街のディバイン』には、触手シーンがあっただろう」

「なんであんたがそんなこと知ってるの!!」

思わず大声出しちゃった私に、タツオは相変わらずの無表情で、「俺がオーレとポール・アレンのその後について語り合っていた時、お前、隣でプレイしていたじゃないか。ヘッドフォンして夢中でプレイしていたから気づかなかったようだが、画面が丸見えだったから、よく覚えているぞ」とか言ったので、ひ――――ってなっちゃった。

タツオ、頭良すぎて、一度見たもの、聞いたものはほとんど忘れない。

無意識にタツオの前でプレイしていたBLゲームとか読んでいたBLコミックとか、タイトル丸ごと全部、タツオの脳内ライブラリーに保管されちゃってる！

やーめーてー。

私が頭かかえてうずくまりかけたその時、セドリックがスギムラ君と戻ってきた。

「見て！　ノブ！　こんなにエロゲー買えた！　欲しかったもの、ほとんど手にはいった！」

うれしいのはわかる。

わかるがセドリック、私は一応これでも女性なんだ。

その私に、エロゲーのパッケージをいちいち見せるのはやめろ。

ろ。
　セドリックの横で、いっしょにうれしそうににかにかしているスギムラ君も、誰か止め
　止めてくれ。

アニメイトの前に立った時の、エンダーとセドリックの喜びようは、恐らく彼らの歴史の一ページを大きく飾るレベルのものだろうと思う。

　ふたりはビルを見上げて、「おおおおおおっっっ」と声をあげてそのまま、アニメイトの中に吸い込まれるように消えていった。

　ここはとくに通訳はいらんだろうと、私たちはビル前でしゃべっていたが、ふたりとも、いっこうに出てくる気配がない。

　心配になって電話してみたが、出ない。

　ハセ君が、「喜びすぎて遭難しちゃってるとかじゃないすか？」とか言い出し、チカさんはふたりが私たちに預けていった大量の戦利品見ながら、「よもやまた、頭のタガはずれまくって大量買いとかしてるのかな」とか言うので、本気で大丈夫か？　という気持ちになってきた。

「俺、ちょっと見てきます」

　ハセ君がそう言って、夕方で混雑してきたアニメイトに凸（とつ）ったが、十分くらいして、真

っ赤な顔で戻ってきた。

「これ、ちょっと見てくださいよ」

そう言って私たちに向けたスマホ画面に、セドリックとエンダーが写ってる。

ポスター見上げてわーわー叫んでるっぽいのや、缶バッチ手にしてきょろきょろしてる姿のやら、CDコーナーでなんか言い合ってるのやら、ハセ君、私たちに見せながら、げらげら笑って「当分出てきやしませんよ、これ」と言った。

一時間近くすぎて、ようやっと出てきたふたり、両手に紙袋持ってる。

「日本の人、すごく優しい。いろいろ見てると、身振り手振りで、こっちにもあるよとか教えてくれたり、ここでしか買えないものだって教えてくれたよ!!」

興奮して言ったセドリックの横で、エンダーが「僕もうこれ、全部オフィスに貼りまくる！」と見せたのは、アニメイト限定品『ほのぼの日和（びより）』のタペストリー全種類。

今、男性アニメファンに絶大な人気を誇ってる、ほのぼの女子校ライフなアニメ。

そこにいた全員、「壁面全部にこれ貼ったオフィスとか、考えたくねー！」って顔をしたのがわかる。

するとそこで突然、見知らぬ外国人三人連れが、セドリックに声をかけてきた。

「あの、このビル、なんなんですか？　何をそんなに買われたんですか？」

英語のガイドブックを持ってるところからみると、旅行者だと思う。

そりゃアニメイトなんて、普通のガイドブックに掲載されてるわけもないから、そこから大量に買い物して出てきた人見たら「何？」って思うのもわかる。

しかし、一般市民が聖地巡礼に来ているオタクに声をかけてはいけない、決して。

セドリックは彼らに、「ここは素晴らしい場所だよ！　宝の山だ‼」って大声で叫んじゃったものだから私、思わずそれを押しとどめ、「ここは日本のアニメ関係の製品を売る専門店です」とか慌てて説明した。

外人三人、一瞬驚いた顔をしたが、あぁ〜みたいな表情になり、「そんな店があるなんてすごい。僕らも見てみます」とか言って、我々が止める間もなく、アニメイトにはいっていっちゃった。

どうすんだよ！

ここはアニオタにとっては宝の山な店だけど、そうじゃない人にとっては狂気すら感じるほどの異世界だぞ！

人生最大に後悔しちゃうかもしれないぞ！

そして我々は、本日最終イベント、カラオケに結集した。

残りの参加者も、ここで合流する。

場所は、オタク関係の楽曲すべて（しかもバージョン違い、配信違いも含めて）そろえているオタク御用達のいつもの店。

ここは料理もおいしいので、みんなで歌いながら、しゃべりながら、夕食も取る。

私は知っている。

セドリックは歌いたいアニソンの歌詞すべてをローマ字にして、スマホにいれてきているることを。

とくに歌いたい歌が、『魔法少女マジカルマドリガル』と『ほのぼの日和』と『戦闘歌劇団スミレ』だということを。

よかろう、はるばるアメリカからやってきた君らを称えて、歌わせてやろうじゃないか。

「好きに歌っていいんだよ」と言った我々に、セドリックが早速、『魔法少女マジカルマドリガル』のオープニングをいれ、そしてスマホの画面で歌詞を用意した。

『魔法少女マジカルマドリガル』のOPは、タッキーこと鈴村貴子さんが歌っている。

チームタツオのメンバー、カラオケに集まると毎回必ず歌われるこの歌のバックコーラスを、全員完璧に歌いこなす。

よってセドリック、人生初のアニカラを、素晴らしい男性バックコーラス付きで歌えるというギガハッピー体験設定。

チームタツオ、このために集まってもらったと言っても過言じゃない。

テンポのよい前奏が流れ、画面には、アニメ放映の時に使われている映像が映し出される。

このあたりもぬかりない。

セドリックが紅潮した顔で、マイクを持って立ち上がった。

♪　この空いっぱい　夢を飛ばして　羽をひろげ　飛び立つ

……え……えっと……。

びっくり目でセドリックを見つめる私。

っていうか、室内全員、「は？」みたいな顔して、みんなセドリック見てる。

あの、セドリック、それ、歌？

歌じゃないよね？　歌ってないよね？

あれだよ、なんていうか、ほらあれ、お経？

お経っていうか、呪文？

いや、それ、呪文のように歌詞を唱えてるだけっていうか、歌じゃないっていうかさ、リズムも音程も抑揚もないよ、君のそれ……。

みんなでびっくりしていたら、コーラス部分にはいってきちゃった。

えー！　これでコーラスつけるの？　どーするの？

……と思ってみんなを見たら、いきなりマミヤ君が立ち上がり、大声で歌い始めた。

♪　ハッピーハッピーマドリガル　マドリガル　マジック　マジック　マドリガル

チベット仏教の経典読んでるみたいなセドリックの歌もどきをガン無視して、朗々とコーラス部分を歌い始めた。

つられて、他のメンバーも歌いだす。

♪　ハッピーハッピーマドリガル　マドリガル　愛と夢の魔法　マジックマドリガル

マイク持ったまま、セドリックがものすごくうれしそうな顔になる。

♪　いっぱいの愛を翼にのせて　みんなの願い翼にのせて　大きく羽ばたけ　空へ

男性陣のコーラスにのせて、セドリックがチベット仏教の経典もどきを唱える。

とってもうれしそうに、振り付きで踊りながら。

チカさんが私の隣で「音痴(おんち)って、こういうのを言うんだね」って笑いながら言ったが、
まぁ、本人が楽しければいいんだよね。

そうしているうちに、歌ってる全員が振り付きになり、最後にはものすごい盛り上がって歌もどきが終了した。

「アリガトー!! アリガトー!! サイコー!! ミンナ、スキー!」

セドリックがマイクに向かって叫ぶ。

我々全員、歓声をあげながら大拍手した。

そこで、次の曲がかかる。

我らが押田監督の作品『疾風(しっぷう)のガンナー』のオープニングだ。

腹の底に響き渡るような重低音のかっこいいベースが流れ、そのままいっきに歌の部分に突入する。

立ち上がったエンダーが、ものすごい気合こめて、歌いだした。

………………え?

全員完全フリーズ状態。

呪文、再び!

エンダー、お前もか!!

お前も、歌じゃなくて呪文派か‼

びっくりして完全フリーズした全員、次の瞬間、室内大爆笑。

みんな、腹かかえて笑ってる。

エンダー、それを見て、「ウケた‼」と勘違いしたらしく、さらに声を大きくした。

みんなで拍手して、歓声をあげて、そして大笑いしていた。


その後、カラオケはみんなで熱唱し、チームタツオのメンバーが吠えまくり、タッキーの歌を振り付きで踊り、おおいに盛り上がった。

そして終了後、店を出て駅まできて、セドリックとエンダーがみんなに言った。

「僕たちのために、いろいろありがとう。とても楽しかった」

ふたりは、今日集まってくれた人みんなと、ひとりひとり握手をして「ありがとう」とお礼を言った。

セドリックはスギムラ君に「僕のソウルメイト！」と叫んでハグする。

そしてエンダーは、ハセ君に「通訳して」と頼むと、私たちにあらためて言った。

「最初はポールとノブが、アニメを通して友達になった。十年以上経ってふたりが再会した時、僕らはポールに紹介されて、ノブと友達になった。その数ヶ月後、今度はノブを通じて、みんなと知り合った。すごいよね、すごいことだよね」

「今日初めて会ったチカは、僕たちが作った『バトルグランド』をプレイしているって話を聞いて、とってもうれしかった。バイファロスの自主上映会の発起人だったオガタとも会うことが出来て、光栄です。バイファロスが日本で発売されたら、ぜひみんなにプレイしてほしい。バイファロスを愛する日本のファンの人にも喜んでもらえるように、心をこめて作ったゲームなんだ」

セドリックがそう言うと、そして背中にしょっていた大きなリュックから何かを取り出した。

「これは、僕らからのささやかなお礼」

ひとつひとつ、ふたりが手渡してくれたのは、販促用に新しく作られたバイファロスのステッカーだった。

「また、会える日を楽しみにしているよ」

そう言って、手を振りながら、エンダーとセドリックは改札の向こう側に消えていった。

「すごいですよね。バイファロスが、また新しい縁を作ってくれました」

オガタ君がそう言って、ごしごしと腕で目をこする。

「自分、本当に、オタクでよかったって思います。涙出るくらい、そう思う時があります」

涙ぐむオガタ君を、チームタツオのメンバーがそれぞれ、笑いながら肩を叩いた。

オタクでよかった。

私もそう思う。

アメリカで過ごした日々が、今こうやって別の形につながっている。

そう思ったら、なんだか私まで涙がでてきそうになった。

平日の夜、タツオが私の家にいるのはけっこう珍しい。

さらに言えば、イベントじゃなくて、仕事絡みでうちに泊まるのは、もっと珍しい。

普段は自宅で仕事しているタツオだけれど、会議だのセミナーだのワークショップだので都心部に出てくることもある。

普段は遅くなってもきちんと帰宅していたんだけど、今日は次の日、別の打ち合わせが早朝からあるというので、うちに泊まると事前に連絡があった。

イベントでうちに泊まる時は、みんなでアニメ見たりしゃべってたりしてるけど、さすがに仕事で来てるだけあって、タツオは夕食の後、ずっとリビングテーブルでPCを前に仕事している。

リビングのイスに正座してキーボードをマシンガンのように叩きまくってる様子は、えらく異様な光景なんだが、どうやら気合がはいると無意識にそうなるらしい。

おかしなところで、サムライ魂(だましい)発動してる感があり。

正直、タツオのやってる仕事方面には著(いちじる)しく知識が疎(うと)い私、奴が何やってるんだかさっぱりわからないが、ただでさえモアイな顔で表情読めなくて雰囲気怖いのに、真剣に仕事してるタツオの顔は、眉間(みけん)に皺を寄せて仁王様のようで、近寄ると雷に打たれそうなので、私はテレビの前に寝転がり、静かにアニメを見ていた。

静かとは、文字どおり〝静か〟にという意味で、タツオにうるさくないようにヘッドフォンしてのアニメ視聴。

大人気大萌え中の『腹筋家族』を見たいところなんだけど、声出して爆笑してしまうこと必至なので、今日は静かに『あこがれ時代(じだい)』という高校生のピュア恋愛ものを見ている。

正直、面白いアニメじゃないんだが、主人公の声が『ダンク！　ダンク！　ダンク！』にも出ている、ミンミンさんが今一押しの田中テンさんなので、がんばって見てる。テンさんのはにかみ声が聞ける、貴重なアニメだからな。

そのテンさんが海辺の道を自転車こぎながら鼻歌を歌うという、貴重かつ重要なシーンに見入っていたら、突然背後で、「ノブコっ！」と叫ぶ声がした。

「え？」と思ってヘッドフォンを耳から離して振り返ると、タツオが立ち上がって、まさに仁王様な顔でこちらを見ている。

こわっっっと一瞬ひるんだ私だけど、タツオはそれをガン無視して叫んだ。

「カワムラさんが死んだ。今、マミヤから連絡がはいった」

「え？」

私、意味がわからなくて、ぽかんとしたままタツオを見る。

「今朝、突然倒れて救急搬送されて、そのまま意識が戻らず、少し前に亡くなったそうだ」

「……え？」

私はまだ、よくわからなかった。

カワムラさんがどうしたって？


死因は、心筋梗塞だった。

カワムラさんは、チームタツオのメンバーのひとりで、三十代後半の巨漢だった。

そもそもオタクに巨漢は多いが、カワムラさんはでっぷりと太った方の巨漢。

カワムラさんは定職にはつかず、ずっとコンビニのアルバイトをしていた。全国で行われるタッキーのライブやイベントに行くためだ。

真面目な働きぶりで、何度も正社員の話があったそうだが、カワムラさんはその申し出をずっと断ってきていると聞いたことがある。

「正社員になったら責任や義務も生じるし、イベントやライブに行ったりするのに、迷惑をかけることになるから、そういうものがない身軽なアルバイトのままでいい」と言っていたと、タツオが教えてくれた。

それだけ聞くと、なんかちょっとどうかと思うぞ？　みたいな感じがしてしまうけれど、カワムラさんはいつも大人で穏やかだったし、タッキー王国民の間でも慕われる存在だった。

「毎年、健康診断に思いっきりひっかかってたのは知ってたけど、よもやこんなに早く死んでしまうなんて」

スギムラ君がそう言うと、ハタケヤマ君が「俺、先週末、タッキーのサイン会で会ってるんですよ。その時、すごく元気だったのに」と返す。

カワムラさんの死は、すぐさまチームタツオの面々に知らされ、とりあえず行かれるメンバーで葬儀に参列することになった。

そこにミンミンさんがいるのは、声優イベントチケット争奪戦でカワムラさんと情報交換したり、サポートしあっていたご縁があったから。

カワムラさんの突然の死に、電話口でミンミンさんも一瞬息を呑み、「あんなに良い人がこんなに早く死んでしまうなんて」と泣いた。

オタクな人々は普段から黒い服着てることが多くてただでさえ黒いところに、今日は全員喪服でそろって真っ黒。

ポニーテールの男がいたり、熊みたいにでかい男がいたりで、ただでさえ異様なチームタツオの面々、それが全身黒ずくめでごそっと一五人も電車に乗ってるもんだから、一般乗客な方々、ものすごい勢いでドン引きしているのがわかる。

普段だったら笑っちゃうところだけれど、今日はさすがに笑う気持ちにはなれない。

「医者に、食べ物に気をつけて運動しろって毎回指導受けてたらしいけど、カワムラさん、長生きする気はないし、好きな物食べて好きなことして生きるって、笑い飛ばしてたんですよね」

ハタケヤマ君がそう言うと、「あの人、マジ、豚の脂身とか大好きだったから」とスギムラ君。

「豚だけじゃないよ。鶏唐だって焼肉だって、どこでも大盛りにして食ってたし」

マミヤ君がうつむきながら付け加えた。

「二郎巡りとかして増し増し平然と食うし、自分で背脂マスターとか言っちゃって、脂身に命賭けてるくらいの勢いだったよなぁ」

「揚げ物に関しても、かなりうるさかったよね、カワムラさん」

亡くなった人を偲ぶ会話がやたらと脂ぎっしゅになっちゃってるが、結局その脂ぎっしゅライフが、カワムラさんの命を縮めてしまった。

「でも、カワムラさん、すごく大人な人だったよね。気持ちのよい人だった」

ミンミンさんがそう言うと、みんな、静かにうなずく。

私自身、とても親しいというわけじゃなかったけれど、声優イベント関係ではカワムラさんに何度もお世話になった。

仲間といっしょに楽しい時間をすごすのが大好きだったけれど、深酒もしないし煙草も吸わず、イベントのために休みを取った分、ちゃんと仕事しないとっていつも笑って言ってた。店では、他のスタッフの急な休みとかにも、笑顔でシフトをかわってあげていたりしていたと聞いてる。

「俺、カワムラさんがイラついてるところとか、見たことなかったです」

ハタケヤマ君がそう言うと、「あの人、そもそもムカついたり、怒ったりなんて、全然なかったもんな」とアサヌマがうつむく。

「三十八歳だったそうだ。早すぎる」

タツオがぼそりとそう言うと、みんな、いっせいにうなだれた。

早すぎる死だった。

駅から十分ほど歩いたところに、告別式会場となっているお寺があった。

いきなり大量の得体の知れない集団がやってきたためか、受付の人たちがぎょっとした顔でこちらを見たのがわかった。

その前に立ったタツオが丁重に頭を下げ、「カワムラさんの友人一同です。大勢で押しかけて申し訳ありません。全員、カワムラさんには大変お世話になりました」と言って記帳した。

そしてそろって式場内にはいって、今度は私がぎょっとして、思わず立ち止まった。

すごい人数の人たちが、声をあげて泣いている。

全員、でかくて黒い。

いや、葬儀なんだから黒くて当然なんだけど、全員男性で、黒いスーツの下になんか黄色いTシャツ着てたりしてる。

腰にじゃらじゃらキャラグッズみたいなものを束で下げている人もいるし、首にタオルひっかけてる人もいる。

そういう人たちが、三十人くらいいて、そして全員、ごうごう、おうおう、声を出して泣いていた。

「タッキーファンクラブのメンツです」

立ち止まった私の後ろで、ハタケヤマ君が小声で言った。

同じタッキー王国民のハタケヤマ君は、結婚して一時イベント参加をやめていたが、離婚後復帰して、カワムラさんともよくいっしょにイベントに参加していた。

「カワムラさん、ファンクラブでは司令みたいな立場な感じで、みんなから頼りにされてました。SNSで訃報を知った仲間が、あっちこっちから来てます。あっちの奴は北海道、その手前は確か四国です」

そう言われてよく見ると、その人たちが着ている黄色いTシャツ、タッキーファンクラブのものだ。首にかけられているタオルにも、ファンクラブのロゴマークがはいってる。

読経が響く中、男たちの泣き声もいっしょに響き渡る。

みんな、男泣きに泣いている。

肩をふるわせ、タオルで顔をぬぐいながら、号泣している。

私とミンミンさんは、その中でお焼香を済ませ、そして外に出た。

「ファンクラブの人たちだったんだ。黒のジャケット着てるとはいっても、いきなり黄色いシャツだったからびっくりしたけど、イベントの時にみんなで着てるものだから、あれは彼らとしては、カワムラさんを見送るための正装だったんだね」

ミンミンさんがそう言うと、突然、背後から「そうだったんですか」と声がした。

私とミンミンさん、びっくりして振り返った。

そこには、長い髪の品のよい、私たちと同世代くらいの女性が立っていた。

「私、亡くなったカワムラの義理の妹です。カワムラの弟の妻です」

そう言って彼女は私たちに頭を下げた。

「思っていた以上にすごい数の方が来てくださって、家族全員びっくりしてたんですが……」と言いよどんだ彼女に、「わかります。ちょっと得たいの知れない感じの人たちばっかりで、びっくりされたんですよね」と私が言うと、義妹さんは少し恥ずかしそうに笑ってうなずいた。

「私たち、義兄の趣味のこと、ほとんど知らなかったので。オタクで、好きな声優の追っかけするために、仕事はずっとバイトでいたというのは知ってましたが、仲間の人たちがいるのは全然知りませんでした。こんなにたくさん来てくださるなんて、思ってもいなくて」

「全国から来てくださってるそうですよ」と言うと、「記帳された住所見て、みんなでびっくりしました」と義妹さんが答える。

「私、オタクってよくわからないし、義兄の生き方も全然理解できてなかったんです。でも、義兄はいつも穏やかできちんとしていたから、嫌な感じとか悪い印象とか全然ありませんでした。お正月やお盆で夫の実家に帰ってみんなで食事していても、食べ終わると義兄は『じゃ、俺、用があるんで』って感じで、さらっと部屋にいっちゃうんです。でもなんかそれ、本当に大事な用があるって感じで、ちょっと不思議な人だなぁって思って見てました」

なんだか、彼女が見ていたカワムラさんの姿が目に浮かぶ。

私たち女性と話す時もちょっと恥ずかしそうだったカワムラさん、オタクなんて全然知らないこの義妹さんと話す時は、もっともっと恥ずかしそうにしてたんだろう。

少し照れくさそうにして、話す前にちょっとうふって笑う癖、義妹さんにも見せていたんだろう。

「義兄、こんなにたくさんの方に慕われていたんですね」

義妹さんが、振り返って、花に囲まれたカワムラさんの笑顔の写真見ながら言った。

「みなさんの姿を拝見して、私、もっと義兄といろいろ話しておけばよかったって思いました。今さらですけど、こんなにたくさんの方が遠方から来てくださって、みなさんあんなに泣いていて、義兄の思い出話をしてくださっていて。それを見て、義兄ってどんな人だったんだろうって、今になって思ってます。生きている時に、もっと義兄といろいろ話しておけばよかったって、後悔してます」

そこで義妹さんが、ぽろっと涙を落とした。

私たちは三人で、祭壇に置かれたカワムラさんの写真を見た。

そこにいるカワムラさんは、いつものように、少し恥ずかしそうに笑っていた。

出棺（しゅっかん）となった。

親族の方が、カワムラさんの写真を持って挨拶をし、そして頭を下げる。

その時突然、ファンクラブのメンバーたちが、大声で歌いだした。

♪　あなたがここにいなくても　遠い過去になってしまっても
あなたを愛した時間はフォーエバー
それが私のジャスティス　私のパッション　私の勇気
何があっても負けないわ
心のフラッグを振り続けるの　♪

カラオケでいつもカワムラさんが歌ってた曲だ。

タッキーの歌の中で、いちばん好きだと言ってた。

そして、ぱぁぁぁぁぁっとクラクションが鳴り、カワムラさんの棺（ひつぎ）を乗せた車が動き出した時、男たちがファンクラブメンバー用のサイリウムの棒を振りながら踊り始めた。

「へいへいへい！　へいへいへい！　Ｇｏ！　たっきーＧｏ！」

タッキーコールだ。

みんな、泣いてる。

だーだー涙をこぼしながらタッキーコールして踊っている。

何も知らない人が見たら、驚くだろう。

あいつら、何者なんだよって思うだろう。

でも今ここに集まっている人たちはみんな知ってる。

カワムラさんは思いっきりタッキーを愛していて、大事にしていて、ファンクラブの人たちや私たちと、熱い萌えと愛を共有しながら生きていた。

そういう人生を愛して、生き抜いた。

出棺前に、カワムラさんの弟さんが私たちのところにきて、「これ、焼き場で兄の棺にいれようと思っています」と見せてくれたもの。

タッキーの写真とファンクラブの会員証。

それは、カワムラさんが愛してやまなかったもの。

カワムラさんの人生そのものだ。

走り去る車を見送りながら、私の横で、タツオがぼそりと言った。

「カワムラさんは、好きなもののために生きて本望だったかもしれないが、もっともっと長生きしてほしかったな」

カワムラさんの棺を乗せた車が見えなくなるまで、ファンクラブの人たちはずっとタッキーの歌を歌い続けた。

私の隣でミンミンさんが、ぽつりと言った。

「遺影のカワムラさん、いい笑顔だったね」

うん、と私はうなずいて、涙を拭いた。

昼休み、おにぎり食べながら、オタク関係ニュース専門サイト、オタネットニュースを見ていると、はしっこに出ているヘッドラインに一瞬固まった。

『バイファロス、スピンオフ映像化、断念か？』

慌ててそのページを開いて、ニュース内容を読む。

『過日、不慮の死を遂げた押田監督が生前企画していた装甲騎兵団バイファロスのスピンオフの実現を目指していた小橋監督だが、資金調達の困難を理由に断念せざるをえない状況にあることを、このたび内部発表したと伝えられた』

おにぎり、落としそうになった。

バイファロスのスピンオフ？

知らないよ!!

知らなかったよ!!

私、そこでおにぎり机に置き去りにして、全力で検索をかけまくった。

ところが、検索にはまったくひっかかってこない。

となれば、オガタ君しかいない。

バイファロスを愛してやまない男、上映会の発起人、そして恐らく、今一番バイファロス関係のネットワークを持つ男。

ニュースのURLをリンクに貼って、『オガタ君、このニュース知ってる？　スピンオフ関係情報、知ってた？』とメールしてみた。

すると、オガタ君も昼休みだったらしく、速攻返事がきた。

『キャラデザの羽風呂さんからちらっと話聞いた程度ですが。押田監督、バイファロスの続編とかスピンオフとかいろいろ考えていたらしいです。それを、演出やった小橋さんが映像化しようとしているって話は聞いてました』

つまり、押田監督の生前からの企画で、それを演出の小橋さんがなんとか実現化しようとしたがスポンサーがつかず、映像化を断念せざるをえないという状況になったって事だ。

私、画面から目を離して、窓から空を見た。

バイファロスは、熱狂的な支持層はあるものの、上映時に興行成績が著しく悪かったことで、商業的には失敗して、それを今もって引きずっている作品だ。呪いを背負ってると言ってもいい。キャラグッズなんて到底売れない地味さだったのでほとんど出ていないし、アーマーのフィギュアは限定で販売されただけ。DVDの販売も遅くて、タイミング的にも商業ベースにのりきれなかったことで失敗している。

今回のゲーム化はいいタイミングだけど、制作も販売もアメリカの会社だし、ゲームはあくまでもＦＰＳだから、明らかに一般大衆向けではない。

とはいえ。

私たちが企画したバイファロス上映会の反響や、アメリカで見たアメリカのファンの熱狂ぶりを考えたら、ニッチな市場ではあるものの、その支持層はそうとうな厚さだと思う。

私の耳に、アメリカで聞いたファンのバイファロスコールが蘇（よみがえ）った。

私は、もう一度キーボードに向かった。


「で、どうやって金を集めるというんだ？」

タツオがいきなり本題にはいる。

いつものカラオケルームに集まったのは、チームタツオのメンバーでバイファロス上映会運営を手伝った人たち、総勢二十二名。

とりあえず来れる人たちでこの人数はすごいと思う。

私はみんなを前にｉＰａｄ（アイパッド）を置いて、「これを使うの」と見せた。

「これ、クラウドファンディングですよね？」

さすが！　と私が言うと、「いや、前に、これに出たゲームに資金出したことがあるんで」と、スギムラ君、ちょっと照れる。

「え？　何、資金集めるサイトなの？」と驚くコナツさんに、私は画面でいろいろ見せながら説明する。

「最近、こういうので資金を募って、自分が考えたものを製品化したり、制作したりするのが増えてるんだよ。さっきスギムラ君が言ってたようなゲームもあるし、映画とかもあるの。資金を提供してくれた人には、金額によってリターンがあるの。例えばその製品や本がもらえるとか、特別なイベントに招待してもらえるとか」

私の横に座ったオガタ君がそれに続ける。

「バイファロスのスピンオフ企画には、ゲーム化のこともあって、何社かスポンサーについてくれた会社もあるらしいですが、資金的にはまだ足りないんだそうです。二の足踏まれる理由は、バイファロスがアニメとしては昔の作品であること、バイファロスそのものが大きな利益を生まなかったアニメだったからだそうです」

「私たち、バイファロスの上映会であれだけの人を集めることができたわけでしょ？　だったら、そのネットワークを中心に、クラウドファンディングで資金を集めることができるんじゃないかと思うの」

みんなの熱が、があっと上がったその瞬間、「そんな簡単なことじゃないと思いますよ」という声が部屋に響いた。

全員がアサヌマを見た。

「上映会は確かに大成功でしたが、あれはあくまでもファンによるファンのイベントで、商業的な成功や利益を考える必要はなかったし、必要経費以外の金も動いていない。今回は違います。そういうものを考えないといけない。それに、日本はまだこういう形のものに定着した文化がないし、これだと、資金提供してもらったリターンは、映画視聴が最大公約ですよね。映画見るのに千八百円、ＤＶＤに七千円です。それ考えたら、今ここにないものに、果たしてどれだけの人が金を出してくれるかって、それにそこまで期待できるかどうか、わかりません」

熱くなりかけたみんなの気持ちが、一瞬にして冷えたのがわかった。

けれど、アサヌマの言ったことは、ひとりのビジネスマンとしては当然の言葉だと思う。

「この話をプロダクションに持ちかけるのはいいですが、生半可（なまはんか）な気持ちとやり方なら、忙しい制作側の時間を無駄に奪うだけで、熱くなりすぎたファンの迷惑な行為でしかなくなる。熱意と情熱だけで、やっていいって領域じゃありません」

アサヌマの言葉に、全員がそろってうなだれた。

ところがそこで、あの、間の抜けたような声が響いた。

「オタク、ナメてますよ、アサヌマさん」

いっせいに、みんなの視線がハセ君に向く。

「それは、アサヌマさんの〝いたってまっとうな社会人〟としての言葉で、オタクなアサヌマさんの言葉じゃないっすよね？　俺ら、オタクライフにどんだけ金使ってるか、わかってんじゃないですか。コミケ一回にボーナス全額つぎこんでる奴だって普通にいます。初音(はつね)ミクとか、イベントのために世界中めぐってるファンだっているくらいです。ＤＶＤ買うために、メシなんて抜くの気にしない連中ですよ。バイファロスの上映会の申し込み、全国から千五百通超えてましたよね。中には外国からの応募もあった。少なくともそいつら全員、小額でもなんでも、バイファロスのためなら金出すってことですよ」

「そういうファンはアメリカにもいる。私、イベントで見たからわかる！」

私、思わず勢いにのって叫んだ。

「上映会の話は外国にも伝わっていて、あの後、中国やフランスからもメールきました」

オガタ君が言った。

「私ね、信じてるんだ」

私は、今まで見たことないような真面目な表情をしているアサヌマに言った。

「アサヌマの言うように、もしかしたら、必要な金額を集めることは出来ないかもしれない。でも、上映会であれだけの応募があった。アメリカのイベントでも、すごい人数が集まってるのを見た。アニメ見ることに対して私たちは受身で、自分たちから何かを起こすことは難しいけれど、機会があれば、きっかけがあれば、声を出す人もいるし、行動する人だってたくさんいると思うの。はっきり言って、これは制作側にとってはただの余計なお世話かもしれない。でも、こういうことも出来るし、協力することも惜しみませんって伝えることは無駄じゃないと思う。そして、金額そのものはともかくとして、世界中のファンは協力を惜しまないってことを、制作の人たちや世間にはっきりとした数字で知らしめることになると思うんだ」

甘いと言われるかもしれない。

それは覚悟の上だった。

でも、オガタ君と私の意見は一致していた。

この機会を逸したら、バイファロスのスピンオフ制作の企画は永遠に失われる。

押田監督が遺してくれた企画は、完全に消滅してしまうに違いない。

プロダクションが制作しようとがんばっている今この時しか、チャンスはない。

そこでタツオが初めて口を開いた。

「海外のファンには、どうやって協力をあおぐつもりだ？　ゲーム開発中で、エンダーたちの会社との契約に関わる部分もあるかもしれない。そういう部分をどうするか、具体的に提案はあるのか？」

私とオガタ君は一瞬、お互いを見つめ、そしてうなずく。

「そこ、もうまとめてきました。キックオフスタートという、アメリカ最大大手のクラウドファンディングを使うのがいいと思ってるんだ」

私はみんなの前に置いたiPadに、別の画面を映し出した。

「クラウドファンディングですか……」

プロダクションの小さな会議室で、小橋さんが私とオガタ君を前に、つぶやくように言った。

チームタツオの会合の後、私とオガタ君はプロダクションを訪ねた。上映会にも参加してくれた羽風呂さんを通し、監督の小橋さんに会ってクラウドファンディングの説明と承諾を得るためだ。

小橋さんの隣には広報の立川さんと、バイファロスでキャラデザインした羽風呂さんが座っている。

「確かに、それで成功した例もありますが」

小橋さんの表情は暗い。

「制作に必要な金額は少なくありません。少なく見積もっても数千万単位になります。外国にも募るということですが、海外にもファンがいるのは知ってはいますけれど、アメリカでは限定公開で一般上映されていないし、中国やヨーロッパではそもそも上映されていない」

「スピンオフの映像化は、押田監督が生きていればこういう形にはならなかったものなんです。亡くなる直前、押田さんが小橋さんに見せて、ふたりでいろいろ話し、形になりかけていたもので、押田さんがいなくなってしまった事で、彼の名前がまだ人々の記憶にあるうちに映像化しなければ、この話の実現はほぼ不可能になるということで、ゲーム化のこの時と我々は考えました。しかし原作があるわけでもなく、ゲームもアメリカ主導のFPSで、ユーザーは基本アニメ側の人間ではないし、正直、成功の可能性は低いんじゃないかとしか……」

立川さんが渋い表情で語る。

「私、見てきました、アメリカで、バイファロスのファンを」

そう言った私の声に、小橋さんと立川さんがはっとしたように顔をあげた。

「熱狂的なバイファロスコールでした。日本のファンに負けないくらい、熱かったです。日本で私たちが行った上映会も同じでした。沖縄や北海道からの参加もありました。私たちファンは、DVDを買うとかイベントに参加するとかグッズ買うとか、そういうことでしか作品を応援できません。バイファロスが初めて上映された時は、まだそういう商業経路も確立されていなかったし、SNSもなかった時代で、ファンはその素晴らしさを伝える術(すべ)を持たなかったんです。でも、今は違います。私たちはネットワークをもっているし、拡散力ももっています。大人になったファンたちは資金力もあります」

オガタ君がそれに続く。

「先だっての上映会に応募してくれた人たちが千五百人以上います。その後連絡取っている人たちも少なくないし、専用のSNSもあります。彼らは必ず協力してくれます」

「アメリカは、私がやります。バイファロスのゲームを作っているプロダクションには友人が複数いますし、アニメファン関係での人脈は私がもっています。必要な英訳は私がやり、中国語の翻訳は私たちの知人が出来ます。日本のクラウドファンディングを使うのではなく、アメリカ最大手のクラウドファンディングを使うというのは、そこに意味がありきます。ゲーム化のこの時期が大きなチャンスとおっしゃった通り、今なら出来ます。押田監督が作ろうとしていたものを実現する、最初で最後のチャンスです」

三人は、私とオガタ君を前に、沈黙する。

ひとりの会社員としての私は、その沈黙の意味がわかる。

ゲーム化、押田監督の最後の作品という看板を掲げても、スポンサーがつかなかった企画だ。

実現できる可能性は、限りなく低い。

でも、オタクな私は、それを真っ向から否定する。

ファンの多くは、必ず資金提供に名乗りをあげる。

DVDも発売されず、映画館上映もほとんどされなかった不遇のアニメ『装甲騎兵団バイファロス』の新作、ましてや不慮の事故で亡くなった押田監督が遺した企画と聞けば、おそらくは予想を超えた数のファンが立ち上がるだろう。

確証はない。

でも、自信はあった。

なぜなら、私自身が、バイファロスのファンだから。

「僕は、やってみる価値はあると思います」

小橋さんと立川さんが、羽風呂さんを見た。

「上映会に集まったファンの人たちのことを思い出すと、やれるかもしれないって思えます。失敗すれば、バイファロスはまた新しい傷を負うことになる。でも、やらなければ、この企画を実現する機会も永遠に失われます。一分の可能性でもあるのなら、やってみる価値はあると思います」

羽風呂さんの言葉に、立川さんの厳しい視線が私とオガタ君に向けられた。

「ハセガワさんの考えてくださった提案の通りにやるならば、ハセガワさんやオガタさん、他の方たちの協力が前提のクラウドファンディングの立ち上げになります。成功しても失敗しても、責任を問うことはありませんが、その代わり、報酬(ほうしゅう)もありません。それでもご協力いただけるんでしょうか」

「そんなものは、最初から考えていません。バイファロスを、押田監督と小橋さんの考えた新しいバイファロスを見ることが出来るのなら、それが最高の報酬です」

三人を前に私ははっきりと言った。

「お願いします。新しいバイファロスを、自分らに見せてください。お願いします」

オガタ君が頭を下げた。

立川さんが、まだとまどっている様子の小橋さんを見た。

「小橋さん、やってみませんか。少なくとも日本のアニメーションで、こういう事をやったケースはほとんどないし、注目を浴びることは確実です。それでまた、新しい何かが生まれるかもしれない。成功すれば、我々はバイファロスの新作を作る事ができる」

「僕もそう思います」と羽風呂さんが同意する。

小橋さんはふたりを見て、そして私たちを見た。

ひとりのクリエイターとして、バイファロスを一番作りたいと思っているのは小橋さんに違いない。

しかし、責任者としての小橋さんは、多くのものを背負っている。

決断するには、とてつもない責任と義務を背負うことになる。

長い、長い沈黙が私たちのあいだに流れた。

「……わかりました」

小橋さんが、少しうつむきながら、小さな、でもはっきりとした声で言った。

「ハセガワさん、オガタさん、具体的な話を聞かせてください」

私はうなずき、そして持ってきたｉＰａｄを開いた。

スギムラ君が、「シイナから連絡がきました。中国語サイドはまかせておけということです」と、チームタツオの掲示板に書き込みした。

チームタツオのメンバーのひとりシイナ君は日本人と中国人のミックスで、今、仕事で香港にいる。

中国では外国のネットにアクセスすることはできない。

中国語翻訳は、フリーエリアの香港とマカオ、他国に住む中国人を考えた。

アメリカのクラウドファンディングを使う以上、メイン言語は英語になるが、そこに日本語と中国語もあわせて掲載することで、出来るだけ多くの人に協力をあおぐという意図は果たされる。

ベースとなる日本語の文言は立川さんのほうで用意してくれるので、私たちがそれを翻訳する形。

リターンについては、小橋さん、立川さんを中心とした人たちが集まって会議をし、そこで出たアイディアをチームタツオの面々で討議することになった。

小橋さんと立川さんは、今回の映像化において、はっきりとした姿勢を打ち出した。

「スポンサーや広告代理店の意見に左右されることなく、あくまでも制作側が主導をとり、資金調達に協力してくれたファンの人たちの気持ちに沿えるものを、きちんと形にして返す」

その結果、協力してくれた人たちのリターンから、視聴権がなくなった。

オガタ君の「そんなもんはいりません。金出して観にいって、動員数増やさなかったら意味ないです」の一言で決まったことだ。

ファンディングの最低金額は三千円からとなった。学生でも出せる額だ。リターンは、今回もメカデザインを担当する真野(まの)さんの新作ボディアーマーのイラストカード。

最高額は百万。

エンドロールへの名前のクレジット、クラウドファンディング高額協力者用に作られたブックレットと、関係者のサイン入り、メカデザイン真野さんの特別イラストポスターの送付がリターンとされた。通常は制作発表パーティへの招待とかになるところだが、海外からの支援者だとそれは難しいので、そういった状況にも対応出来るものが考慮された結果だ。

私は事前に、アメリカのポールたちに連絡を取った。

アメリカで話を広めてもらうには、ポールたちの力は絶対に必要だ。

すると、ポールがとんでもない返事をしてきた。

──ダイレクターと広報にクラウドファンディングの件を話したら、スポンサーになるという話が出て、今、上にあがってる。ゲーム発売に際して、新作の企画とクラウドファンディングはとてもいい宣伝材料にもなるし、会社としても今後に期待できる企画だという判断だよ。

そして、その後に書かれた言葉に、私はうっかり涙をこぼした。

──ノブ。これは絶対に成功させるべき企画だと思うよ。アニメを愛する人たちすべてが、今まで望んでかなわなかった事を、ついにやり遂げようとしているんだからね。アメリカ中にいるバイファロスファンに拡散するから！

タツオは、チームタツオの掲示板に情報ページを作り、全国各地にいるメンバーにクラウドファンディングへの協力を仰いだ。

オガタ君は、バイファロス上映会に応募してくれた人たちをメインにしたファンのＳＮＳで、賛同者を募った。

そして、クラウドファンディング立ち上げの日がきた。

私は会社の自分のデスクで、その時間を迎えた。

スマホでブックマークしておいたキックオフスタートのサイトを見る。

〝装甲騎兵団バイファロス、新作映像化〟の文字が、英語、日本語、中国語で現れる。

『急逝した押田辰巳監督が遺した最後の企画、装甲騎兵団バイファロスのスピンオフの物語をアニメ映画化するための支援者を募集いたします。監督は、前作で演出を務めた小橋洋一、キャラデザインは羽風呂明、メカデザインは真野信一郎で、新しいバイファロスを作り上げます』

私は金額を選び、思いのたけをこめて、クリックした。

入金手続きが済んだところで、窓の外を見る。

神様、どうか、どうか、お金が集まりますように。

心の底から、そう祈った。


「ノブさん！　すぐ、キックオフスタート、見てください!!」

仕事中に思いっきり鳴ったスマホの電話に驚いたら、なんと相手はオガタ君だった。

なんかあったか！　と思って出たら、開口一番、オガタ君がそう叫んだ。

「とにかく、すぐに見てください！」

私はそのままスマホ持って、リフレッシュルームへと急ぎ足で向かい、ソファに座ってキックオフスタートのサイトを開いた。

一瞬、何が起きているのか、理解できなかった。

スマホ持ったまま、すべてが停止し、時間も止まった。

バイファロスのファンディングが、〝注目〟というフリップ付きで大きく最初のページにでている。

そしてその金額は、日本円にして、三千万を超えていた。

ファンディングが始まって、まだ二日目だ。

思わず私、そこが会社だということを忘れて、タツオに電話をかける。

「見た？」

叫んだ私に、タツオがいつもと変わりない声で「何をだ？」と返してきたので、「キックオフスタートに決まってるでしょ！」とまたしても叫ぶ。

「開始一時間後には、一千万超えていたからな、驚くに値しないだろう」

「驚けよ!!」

またしても叫んだ私に、リフレッシュルームにはいってきた人たちが驚き立ち止まったのを見て、「すみません、すみません」と米搗き（こめつ）バッタみたいに謝罪してから、部屋の隅っこに寄って小声で言った。

「すごいよ、すごい。これ、イケるよね」

「お前は、何をいまさら言ってるんだ？」

これまた、くそ憎らしいほどに冷静な声でタツオが返してくる。

「最初からわかっていたことだろう。バイファロスのファンは、長い間、無視され、抑圧され、忍耐を重ねてきたんだぞ。それが今回、いっせいに噴き上がっただけだ」

「だって見た？　百万出すって人が、もう三人もいるんだよ！」

「その中のひとりは、俺だ」

「えっっっ！」と言って固まった私に、タツオが、かつて聞いたことのない自信満々、自慢たらたらな声で言った。

「金ならあると、バイファロスの上映会で言っただろう？」

「……タツオ……」

知ってたよ、知ってた。

あなたがやたらとお金持ってるのは知ってました。

それこそ、タワーマンションの最上階にも住めるんじゃね？　くらい、お金持ってるのは知ってましたがね。

住まいは実家の八畳の和室、酒も煙草もやらず、リアル三次元の女もガン無視な日常。セレブライフにも贅沢にもブランドにも車にも、世間の一般的な欲望にはいっさいがっさい興味がないあなたがどこにお金使うかって、ここだったんですね。

いやいやもう、これ以上ないってくらい、正しいお金の使い方よ！　高額協力者だけに配布されるブックレットが欲しいがためってのが絶対そこにはあるとしても、それでも百万出す人はそういないから、世の中ってもんは！

「タツオ！　かっこいいっっっ！　イケメンっ！」

全身全霊で誉めたが、タツオは「お前に言われても、うれしくもなんともないな」とスルーしやがった。

タツオとの電話を切った後、オガタ君に電話をかけなおす。

「オガタ君、見た！　すごい！　すごいよ！」

泣きながらそう言った私に、オガタ君は静かに「まだ二日しか経ってません。もっと集まりますよ、ノブさん」と言った。

「百万だしてる三人のうち、ひとりはタツオだって」

すると、オガタ君がこれまたとんでもないことを言った。

「残りのふたりのうち、ひとりは自分です」

「えっっっ！」

大声出した私にオガタ君、「定期、解約しました。後悔はありません」とはっきりとした声で言った。

オガタ君……私、なんか、猛烈に泣けてきたよ。

あなたのバイファロスへの愛は、海よりも深く、山よりも高く、そしてなんて崇高なんだ。

二日でこれだけの金額を集めたファンディングは、キックオフスタートでも多くはない。

これは、とんでもないことになる。

私はそう確信した。

次の日、岡田さんからメールがはいった。

『知らせていただいていたクラウドファンディング、僕も微力ながら協力させてもらいました。タイタス、死んじゃってるんで、同じキャラでは出演ないですけど、別な形で関われるといいなと思っています』

エンダーからもメールがはいる。

『アメリカのネットニュースにも掲載されてて、アニメ関係ではあっちこっちで話題になってるよ。ゲーム制作発表の後で、タイミングもとてもよかったと思う』

そして、宣伝の立川さんから電話がはいった。

「お仕事中だとは思いましたが」と、丁重に挨拶をしてくれた立川さん、「正直、こんなことになるとは思ってもみませんでした」と、戸惑いを隠せない様子の声で言った。

「いきなり今日、あっちこっちから取材の申し込みがきているんです。アメリカとフランスのメディアからもありました。一応、準備はしていましたが、明らかにこちらの予想を超えてしまっているので、今、対応に追われています」

「小橋さんは、何か言っておられましたか？」

私は、一番聞きたかったことを聞いた。

注目されたらされただけ、集まった金額が大きくなった分だけ、小橋さんの責任とプレッシャーは大きくなっていく。

小橋さんがこの状況をどう感じているか、それが一番大事なことのように思えた。

「今朝、スタジオにきてからしばらくPC見たまま動かなかったらしいですが、その後、会議室にはいったまま出てきません」

え……と声をあげたまま、どう理解していいかわからない私に、立川さんが言う。

「予想を超えた反響と状況に、今、混乱してしまっているのかもしれません。誰も想定しなかったことですから、当然ですが」

すでに、ゲームを制作しているポールの会社はスポンサーになろうという動きを見せているけれど、これだけ話題になれば、さらにスポンサーに名乗りを上げる企業もでてくるかもしれない。

クラウドファンディングも、クローズまでにまだ一ヶ月ある。

金額はさらにふくれあがるに違いない。

「ハセガワさん」

立川さんの声に、私ははっとした。

「ありがとうございます。あなたとオガタさんからの提案があったからこそです。クラウドファンディングのアイディアは、社内でもありました。でも、アメリカのサイトで、全世界に向けて行うという、そんなスケールのでかいことは考えてもみなかったし、そもそも世界中からこれだけの支援をいただくなんてことは、思ってもいませんでした。こんなにたくさんの人がバイファロスを愛してくれていたんだってこと、知ることもなかったと思います」

熱いものが、こみあげてきた。

大好きなものが、愛するものが、大事にしていたものが、同じファンの想いを、願いをひとつにして、新しい大きなステージへとさらなる一歩を踏み出す。

数日後の週末、私とオガタ君は、再びプロダクションを訪れた。

小橋さんと立川さんの他に、プロダクションの社長の渡辺（わたなべ）さんが同席した。

「ご存知かと思いますが、アメリカでゲームを制作している会社が、スポンサーに名乗りを上げてくれました」

ポールの会社だ。

「他にも数社、名乗りを上げてくれた会社があります」と立川さんが続けた。

「ここまで大きなことになるとは思ってもみませんでした。日本はもちろん、外国のメディアでも取り上げられていて、協力者も増えていっています。ハセガワさん、オガタさん、作れますよ、バイファロス。我々は作ります」

小橋さんが力のこもった声で言った。

クラウドファンディングの立ち上げを話した時とは別人のような、きらきらとしたエネルギーを感じる。

「これは本来、押田監督が作るべきだった、作りたかったものです。僕は、バイファロスのファンは押田監督のバイファロスを愛してるんだと思ってました。押田監督の作品だから、見たいんだと。だから、自信をもてずにいました。でも、そうじゃなかった。押田監督が作り上げた世界のその先を、ファンは見たいって思っているんだってわかりました」

小橋さんが、さらに声を大きくした。

「押田監督が遺した世界を、僕らがもっともっと大きく、さらに発展させていきます。今回協力してくれたファンの人たちの想いに応えられる作品を、必ず作ります」

夜、私はタツオにＳｋｙｐｅをかけた。

「これで、私の仕事は終わり」

そう言った私に、タツオがうなずく。

「オガタ君はもっと関わりたかったみたいだけど、引き際もきちんとするのは大事だと思うから。立川さんの方でも、あとはプロダクションの方で対応しますと言っていたしね」

もう一度、タツオが無言のままうなずいた。

オガタ君を含め、オガタ君がとりまとめていたバイファロス上映会参加の人たちの中には、あの上映会の時のように、自分たちにももっと出来ることがあるんじゃないか、もっと関わりたいという声があがった。

気持ちがわかって余りあるけれど、でも、それはたぶん、やってはいけない事だと思う。

上映会は、奇跡のようなイベントだった。

それはあの一回に、みんながすべての愛と情熱をこめたから。

でも奇跡に二度目はない。

私たちは提案は出来るし、協力も出来る。今回の話を事前に拡散し、資金協力をしたのは確かに私たちファンだけど、それに対する責任も義務も私たちにはない。

私たちは制作者でもなければ、いわゆる〝関係者〟でもない。

ただのファンのひとりだ。

そこを超えて、何かを望んだり、何かをしようとしたりしたら、それこそ、みんなで話し合った時にアサヌマが危惧した〝はいってはいけないエリア〟に自ら足を踏み入れる事になる。

それは、いちファンとして、絶対にやっちゃいけない事だ。

「金は出した。我々が出来ることは、あとは待つ事だけだからな」

タツオがぼそりと言う。

そう、あとは、小橋さん率いる制作陣が『装甲騎兵団バイファロス』の新作を作り上げてくれるのを待つだけだ。

「小橋さんがね、協力してくれた人たちに少しでもお礼がしたいので、バイファロス制作に関わる専用サイトを作るって言ってた。そこに、今後の情報とか逐次あげていってくれるんだって。ファンディングのサイトにリンクを貼るって言ってた」

タツオがまた、うなずいた。

「タツオ」

あらためて名前を呼んだ私に、タツオがいつものモアイ顔で無愛想に「なんだ」と返す。

私は、タツオが映る画面のはしっこに小さく見える、デスクの脇に置かれたカワムラさんの写真を見ながら言った。

「私たち、長生きしなきゃね。長生きして、もっともっとたくさん、素晴らしいアニメを見なきゃ。がんばって仕事してお金稼いで、今度また何かのアニメのクラウドファンディングがあったら、タツオに負けないくらい、高額出してやるんだから」

そう言った私に、タツオがにやりと笑う。

「オタクの合言葉は、『このアニメの最終回を見ないうちは、死ねない』だからな」

私は笑いながら、タツオに向かって大きくうなずいた。


退職期限が迫っていたコナツさんが、セリさんのいる会社に転職する意志を固めたと連絡があった。

「全然違う業種だし不安もあるけど、思わぬご縁で声をかけてもらった事とか考えたら、これもひとつのチャンスかもしれないって思うようになったんだ」

転職したら当分休暇も取れないということで、有給消化とあわせて一ヶ月ゆっくりすごす時間をとることにしたとコナツさんは言った。

それぞれに、大きな変化の波が訪れている。

そしてそれは、私のところにもひたひたと静かに押し寄せてきた。

金曜日の午後、真剣な表情のケヴィンが私を自室に呼び、そして扉を閉めるように言った。

「僕の日本滞在の延長希望が、却下された」

厳しい表情のケヴィンを、私は見つめた。

「来年三月で僕の日本での仕事は終了し、アメリカに帰ることになる。後任の予定はないそうだ」

ケヴィンはだいぶ前から、日本駐在の期間延長を申請していた。

でも、もうそういう事を言える状況じゃなくなっている。

そして、ケヴィンがいなくなった後、彼のポジションをクローズする決定がすでにあるという事は、私のポジションも同時になくなるという事を意味する。

衝撃はなかった。

今の会社の状況を考えれば、何が起きてもおかしくない。

発表から時間が経って、私もそういう事が冷静に考えられるようになっていた。

「まだ十分時間はあるし、僕がアメリカに帰るまでに、またいろいろ事情も変わってくるかもしれない。他の部署への異動ももちろんありえる。でも、もしノブがそれを待たずに仕事を探すというのなら、僕は喜んで推薦状を書くよ」

そして「ごめん」と突然ケヴィンが言った。

「ノブにこんな事を言わなければならない、自分が情けないよ」

私は首を横に振る。

「ケヴィンがどうこう出来ることじゃないし、今の会社の状況では、何が起こるかなんて誰にもわかりません。それよりケヴィンは、ニューヨーク本社に戻れるということですか？」

「うん」と答えると、そこでケヴィンが唐突に言った。

「ノブはアメリカに戻ることは考えていないのかい？」

「え？」

あまりに突然だったので、私、一瞬何を言われたのかわからなかった。

「今、日本の経済はよくないし、転職するのは誰にとっても厳しいと思う。君は日本よりアメリカに知己も多いし、基盤はアメリカにある。将来の事を考えたら、アメリカに戻ってあちらで仕事を探す方がチャンスは多いと思うんだ」

いやぁ、ないない、オタクなんでねー！　と、いつもなら軽く言っただろうと思う。けれど、ケヴィンの問いに即座にそう言えなかったのは、彼の言葉が今の私にはあまりにも重く、そして現実的だったから。

好きに生きられるのも仕事あってこそで、すでに三十代半ばにさしかかろうとする私がこのまま日本で生きていく事を考えたら、女であること、歳を取っていくこと、事務職であること、そのすべてがマイナスにしかならなくなっていくことは確かだし、この先が険しい道になっていくのもわかっている。

そうなった時、私は、以前派遣で来ていたハツネさんのように毅然としていられるだろうか。

颯爽と去っていったサチコさんのように、強くいられるのだろうか。楽しくオタクとして生きていくことだけしか考えていなかった自分、この先、どう生きて歳を重ねていく事が出来るだろう。

「今はまだ、それは考えていません。でも、あなたに言われて、選択肢のひとつだってこと、あらためて気がつきました」

ケヴィンがうなずく。

「僕は、ノブの将来のためにはその方がいいと思ってる」

立ち上がった私に、ケヴィンがいつもの優雅な笑顔を浮かべた。

「僕はノブにとても感謝してる。君のおかげで、日本での生活も仕事も、とてもよいものになった。僕がアメリカに帰っても、友人としてつきあってほしい」

ケヴィンの碧い瞳が、きらきらしながら私を見つめている。

「私からも、ありがとう。ケヴィンは私の今まで関わった上司の中で、最高の上司でした。いっしょに仕事出来たことを感謝してます」

そして私はケヴィンの笑顔に背を向けて、静かに部屋を出た。

その週末の夜、オーレからＳｋｙｐｅがかかった。

ケヴィンと親しいオーレは、当然もう彼から話を全部聞いていて、「で、どうするの？」と、至ってドライに私に尋ねた。

「まだ、何も考えてないよ。アメリカに戻るなんて、正直、まったく頭になかったし」

そう答えると、「まぁ、オタクにとって、日本離れる理由なんて、何ひとつこの世に存在しないもんね」とオーレ。

「まぁ、急がなくてもいいんじゃない？　ゆっくり考えれば」と言ったオーレ、突然「僕はもう決まったから」と言ったので、思わず「え？　何が？」と聞き返してしまった。

「何がって、そりゃ今後のことでしょ。僕さ、社内公募していたレイオフ志願者リストにはいって、めでたく会社辞めることになったのよ、来月で」

「は？」

思わず私、ＰＣを前に身を乗り出した。

いや、何それ、聞いてないし、辞めるって何？　どゆこと？　どーすんの、あんた！

わーわー叫ぶ私にオーレ、「あれ？　言ってなかったっけ？」とか、しらーっと言ったので私、「考えてるけど、まだ言えないとか、えらそーに言ってたじゃないの！」と叫んでしまった。

「あ、そうね、そうでした」

なんだそれ！

深刻になりまくってる私とは真逆に、なんかものすごく余裕ぶっこきまくってるように見えるんだけど、何かあるの？

「それでどうするの？　何を決めたの？」

尋ねた私にオーレ、満面の笑顔になる。

「日本に行くから」

……は？

「日本で仕事するの、僕」

…………はい？

「ジェームズ・ガンとか、オークリーでいっしょだった連中と投資顧問の会社作って、ニューヨークとシンガポールと日本にオフィス置いて仕事するんだ。それの日本のオフィス、僕がやるの」

……は？

びっくりしすぎて脳みそ真っ白。

ぽかんとした私をきれいさっぱり無視して、オーレはにかにかしている。

「小さな会社だけど、ホランド・クリストフが資金元になってくれてるし、僕ら、手堅くやっていくつもりだから、将来的にはもっと大きくなることを考えて……」

「ちょっと待ったぁっっっ！」

叫んだ私にオーレ、びっくりして一瞬フリーズした。

「日本在住になるってこと？」

たぶん私、すごい顔してたと思う。

まさに鬼のごとき顔してたと思う。

ビビったオーレ、「う、うん」と短く返事する。

ホランド・クリストフは、世界に名だたる資産家で投資家。

それくらいは知ってる。

つまり、そんなすごい投資家が絡んでくるだけの話で、それだけの準備期間があったということで、そういう大事な話を今まで何もしないで、いきなり「日本に住むから〜♪」みたいな話されるってどうよ？

しかもこっちは、レイオフの嵐真っ只中の、精神的不安定なこの時にそれって何？

悪い話じゃないけど、なんか超ムカつく！

「だってさ、僕、日本好きだし、ノブはアメリカ来る気なんて、まったくないでしょ？だったら僕が日本に行くしかないじゃない？　それに日本には、ハセもタツオもいるし」

なんだとおおおおおおおおおおおおおおっっっ!!

オーレがそばにいたら、首ねっこひっつかんで、顎(あご)がくがくいわせてただろう。

言うにことかいて、それかよ！

今、ぽろっと出た本音、最後の部分がもっとも重要ポイントなんじゃないの？

私の存在は、とりあえず前提なだけだろ？

悩みまくってた私にかっこいい事言ってて、なんだこの、いろいろムカつきまくりの展開は！

「何それ！　いきなりそういう話って、しかも私が不安の真っ只中にいて真剣な時に、自分だけ準備万端で浮かれてるって、信じられないっっっ!!　無神経すぎるにも、ほどがある！」

別に相談してくれなくてもいい。

でも、なんかムカつく、これ！

右手拳(こぶし)が思いっきり握られようとした、その時。

スマホの電話が鳴った。

表示には、コナツさんの名前が出てる。

この時間にかかってくるのは緊急電話。

コナツさん、またなんかあったか！　ってなって、画面のオーレに「ちょっと待って」と言って電話に出る。

電話がつながるなり、コナツさんが叫んだ。

「ノブちゃん、『群青の比翼』の特別先行上映会に当たった!!」

「なんですとっっっ‼」

六本木の映画館で行われる先行上映会は、主演のふたりと監督、原作者の原木元十さんが参加のトークショーがあるんだが、今、旬の俳優である主演の岡田さんと浜田信俊のふたりが出るっていうので、抽選に当たる可能性は鳥取砂丘で目的の砂粒探すくらいの確率とも言われてた。

それをコナツさん、当ててくれた‼

さすが、コナツさん！

きゃ――っ！　と叫んだ私に、画面のオーレがぽかんとしてる。

「オーレ！　『群青の比翼』の特別先行上映会当たったたって‼」

は？　……という顔をしたオーレ無視して、大喜びで「しかも、前から五列目だって‼」と叫んだ私。

悩んでいたことも、落ち込んでいた気分も、唐突に知らされたオーレの話へのとまどいも、一瞬にして吹っ飛んだ。

コナツさんの知らせで、私の脳内は『群青の比翼』一色になった。

そうだ、そうなんだよ。

これなんだ、これが大事なんだ。

つらいことも、悩みも、悲しいことも、一瞬でなぎ払うこの萌えが！

やめられるわけがない。

これを捨てられるわけがない。

ずっと私を支えてくれたこの〝オタク〟な人生から離れることなんて、オタクの聖地日本から離れることなんて、私にはできない。

画面の向こうで、「グンジョウノヒヨクって何？　ノブ？」って困惑した表情のまま、大声で私を呼ぶオーレを見ながら、私はスマホの向こう側にいるコナツさんに向けて大声で言った。

「ありがとう、コナツさん！　吹っ飛んだ！　全部吹っ飛んだわ！」

そして、後でこちらから電話すると言ってコナツさんの電話を切った私は、画面に映るオーレの顔をがしっと見つめて叫んだ。

「ちょっとムカついたけど、日本に来るのならがんばって。私は私の力で今回のことを乗り切ってみせる。私はね、これからも日本で生きていく。オタクであるために、石にしがみついてでもがんばる。仕事もがんばるし、他のこともがんばる。私は、ハセガワノブコはオタクなの。それが私で、そうあることが私の幸せなの！」

一瞬、ぽかーんとした顔をしたオーレ、少し間をおいて、紅潮した顔で画面を見つめる私を前に、にやりと笑った。

「もちろんわかってるよ。それがノブだからね」

そう言って親指立てたオーレに、私も親指を立てて見せる。

「先のことはわからないけど、たったひとつだけわかることがある。私はこれからも、ずっとずっとオタクであり続けるわ」

画面の向こうで、オーレが笑いながら、うなずいた。

もうひとつの
オタク帝国の逆襲

フロア中に、激しくエロい男の喘ぎ声が響き渡った時は、本当にびっくりした。

もちろんびっくりしたのは私だけじゃなくて、フロア中の人が一瞬にして凍結。

いったい今、何が起こってるのか理解できなくて、みんなの視線が宙を舞っていた。

その中で「この声、朝霧当麻(あさぎりとうま)さんだ」と瞬時にわかった自分のBLスキルの高さを誉めたい。

どんなに忙しくてもそれだけはやめられないって、原稿描いている時もずっとBLドラマのCDを聞き続けたからこその、このスキルの高さ！

思わずにんまりしたその時、フロア中に響き渡る大きな声で、誰かが叫んだ。

「あなた！　私のデスクから大事なCD、盗(と)ったでしょ!!」

それが法務部のハセガワさんだったって知ったのは少し後、その事件の話で会社中が大騒ぎになった時だった。

オークリー銀行で働き出してから、一年ちかく経った。

派遣社員として働くに際して、一番大事なのは残業がないことと条件にあげていたので、よもや残業多くて当たり前と聞いていた外資系金融の仕事の紹介があるとは思っていなかった。

私の仕事は社員の人たちの人事データを管理したり、チームリーダーのオオサワさんから渡されたレジメの人たちと連絡を取って面接のセッティングをしたり、ヘッドハントや人材紹介会社の対応をしたりという、いわゆる孫請けみたいな仕事で、本当に残業はほとんどない。

けれどさすが外資系金融だけあって、日本の会社よりは時給がいい。

そういう条件で働ける会社は、今の私にはとてもありがたかった。

外資系金融って、いわゆる〝デキる女〟と〝稼いでいる男〟が結集していて、ギスギスギラギラした雰囲気の中、お互いにマウンティングしまくって牽制しあってるみたいに思い込んでいたけれど、オークリー銀行はおっとりした感じの会社でちょっと意表つかれた。

英語なんて全然出来ないから、最初は外国人がいるのもドキドキしたけれど、慣れてしまえばなんてことはない。

私の仕事では英語は必要ないし、何かあった時はリーダーのオオサワさんが対応してくれる。

とくによかったのは、ここでは誰も個人的なことを詮索しないこと。

今の私にとって、それが一番ありがたかった。

会社関係のつきあいはあくまでも社内だけで、仕事の後の飲み会やつきあいもないし、土日は完全に自分のために使える。

今は、自分の時間の確保が最重要課題で、仕事はあくまでも生活費を稼ぐためのもの。

定時で仕事を終えたら、まっすぐ家に帰り原稿に向かう。

私にとって、今は絵を描く事がいちばん大事で、一番楽しい時間。


大人になったらオタクはやめるものだって、ずっと思ってた。

だから、大学卒業して社会人になったら、アニメ見るのもやめたし、イベント参加も好きで描いていた絵もやめた。

部屋にやまほどあった同人誌もコミックも、きれいさっぱり処分した。

「やっと大人になったわね」って母がうれしそうに言った時、正直、ちょっと誇らしい気持ちにすらなったのは本当。

イラストつながりで出来た友達や、それまでいっしょに萌え話してた友達は、私のオタクやめる宣言に怒ったり悲しんだりしていたけれど、私は心のどこかで、自分は彼女たちと違う、ちゃんとした大人になっていく事を選んだんだっていう気持ちになっていた。

これからは普通の女の子になって、恋に仕事にがんばるんだって、そう思っていた。

会社での仕事は大変だったけど、やりがいがあった。

みんなといっしょに残業してその後飲んで、深夜近くに帰る日々が続き、プライベートでも女子会に合コン、雑誌に出ていたレストランやカフェを巡り、朝活というのにも参加した。

スケジュール帳を開くと、みっちり予定が詰まっていて隙もないくらい。

それを見て、充実した日々を送っているという満足感にひたっていた。

そして私のテンションは、同じ部署のいっこ上の先輩とつきあいはじめ最高潮に達していたと思う。

ばりばり仕事して、お酒を飲んでみんなと会社の愚痴や上司の悪口、社内の噂話で憂さを晴らし、女子会の時は、恋とファッションと芸能関係の話で盛り上がって、週末は彼氏のマンションに泊まる。

ものすごく充実してるって思ってた。

私、イケてる！　って、勝ち組って思ってた。

けれど、私は突然、壊れちゃった。

朝、会社に向かう途中で倒れてそのまま病院に運ばれ、その日から会社に行かれなくなった。

外に出ようとすると、ものすごく気分が悪くなる。

電車に乗ると、吐き気がする。

そうなって初めて、無理をしていた自分に気がついた。

毎日ぴりぴりと気が張ってて、くたくたに疲れてた。

楽しい、充実してるって思ってたけど、そうじゃなかった。

かっこつけてえらそうなこと言ってたけど、仕事、ちゃんと出来てるか不安で、失敗したらどうしよう、誉められなかったらどうしようって、いつも緊張していた。

同僚や同期の女の子たちについていくのに必死で、置いていかれないようにがんばって、いっしょに盛り上がれるようにって無理してた。

仲間はずれにならないように、イケてる女子でいなければと必死だった。

病院で心療内科にまわされて、そこでお医者様が私に言った。

「心も身体もへとへとに疲れてしまったんですよ。両方が、あなたに休んでくれと言ってるんです」


会社に行かれなくなって十日目に、課長が人事の人とうちにやってきた。

居間のソファで私の前に座った課長が、悲しそうな表情で私に言った。

「ヤマダ君がそこまで追い詰められてるというのを気づけなかったのは、上司としての自分の力不足と思ってます。申し訳ない」

その瞬間、私は声をあげて泣いた。

課長と人事の人と母が驚くその前で、大声でわーわー泣いた。

みんなで飲みながら、禿(は)げで地味でさえないって、〝並(な)み平(へい)〟ってあだ名つけて笑いものにしていた上司だった。

セックスの後、ベッドで彼氏が「今日の並み平」って真似するのを見ながら、いっしょに馬鹿にしてた上司だった。

「ごめんなさい、ごめんなさい、ごめんなさい」

わけがわからず驚く上司に、私は頭を下げて泣き続けた。

馬鹿なのは自分だった。

なんにもわかっていなかった。


会社を辞めた後も外に出られずに家にいたある朝、テレビでアニメをやっているのに気がついた。

大学時代に大好きで、同人誌まで出してた『川越(かわごえ)サラマンダー』。

小学生の頃仲良しだった六人が、その後ばらばらになってそれぞれ高校生になっていたところに、世界の危機が訪れる。

危機を回避するには、特殊な土器が必要だけれど、その行方は不明。

その土器が、かつてみんなで作った秘密基地の中に隠したものだと知った六人は、その時いっしょに遊んだ場所へと再び集まるって話。

私は、テレビの前でずっと泣いていた。

真っ赤に染まる空を見ながら、主人公達が必死に走る姿に、死を覚悟するその姿に、苦悩する姿に感動し、励まされ、そして涙をこぼしていた。

あんなに好きだった『川越サラマンダー』、グッズもＣＤも、ＤＶＤも同人誌も、全部処分してしまっていた。

そうやって簡単に捨て去っていたものに、今、私は励まされてる。

それに気がついたら、また、涙がこぼれた。

そして私は再び絵を描き始めた。

弟が作ってくれたｐｉｘｉｖのアカウントに絵を投稿し始めて少し経った頃、そこからメッセージがきた。

『以前、ハニワマコさん名義で活動されていた方ですよね？　活動復活されたんですね！うれしいです！　ずっとファンで、出された同人誌、全部持ってます！』

私はそのメッセージを本当に、本当に長い時間、見つめていた。

この世界のどこかで、私を待っていてくれた人がいた。

ずっと応援していてくれた人がいた。

私の描いた絵を、喜んでくれる人がいた。

次の日、数ヶ月ぶりに外に出た。

弟に付き添われて、画材店へ行った。

きれいに晴れ渡る空を見上げて、戻ってきたよって、誰に言うともなくつぶやいた。


法務部のハセガワさんがかなりディープなオタクだって知った時は、さすがにちょっと驚いた。

帰国子女だと聞いていたし、見掛けも雰囲気も会社での様子も、オタクな要素がまったく見られなかったから。

フロア中に朝霧当麻さんの素晴らしい喘ぎ声が響き渡った後、人事部では、部長のサワタリさんから部内全員に箝口令(かんこうれい)がメールで言い渡され、しばらくの間、緊張した空気が流れていた。

CDを大音量で流しちゃった張本人エンドウアカネという人が、コンプライアンス違反よりもっとシビアにまずいことをやっていたからで、ハセガワさんに嫌がらせするために彼女が隠したり書き換えた書類には、金融業界としては重要な情報がはいっていたものもあったことが発覚。それが延(ひ)いては法律上の違反行為につながりかねないことがわかり、大きな問題として対処されることになったからだ。

結局、エンドウアカネは書類上、自己都合退職となり、会社を去って行った。

そしてその件は、外部にはいっさい出さないという事で、内々で処理された形。

それからしばらく経って、家で十八禁BLゲーム『鬼畜(きちく)の森(もり)〜愛(あい)と欲望(よくぼう)のメサイア』をやっていた時、思わず「あ!! これっっっ!!」って叫んじゃった。

あの時オフィス中に響き渡った朝霧当麻さんの喘ぎと台詞まんま。

私、思わず噴き出しちゃった。

やだぁ、ハセガワさんもこれ、プレイしてたんだぁ。

同志じゃないか!

それこそ、退職に追い込まれるかもしれないような危機をこれで救われるなんて、そりゃもう腐女子冥利(みょうり)に尽きるよなぁって、涙こぼして笑っちゃった。

そして、これ、あんなに大勢に聞かれちゃって、ハセガワさん、あとでとんでもなく恥ずかしかっただろうなぁって思って、さらに笑った。


お手洗いで、リフレッシュルームで、外にランチに出た先で、時々ハセガワさんのことを話している人たちの声を耳にするようになった。

「ニーナ・フォルテンと友達なんだって。セレブ友達自慢して、嫌味よねぇ」

「オーレ・ヨハンセンとつきあってるんでしょ? 恋愛に興味ないふうにして、けっこうやり手って噂よ。親しい同僚にも男紹介してるみたいだし。オーレもうまいこと、やられてるんじゃない？」

「オタクなんですって。ああいうCDとか聞いてるのって、気持ち悪いわよね」

人事部のはしっこにいる派遣社員の私なんて、彼女たちは目の端にもいれていない。

私がそこにいても、みんな気にもとめずにハセガワさんの話をしてる。

直接話をしたことはないけれど、そこで話されているハセガワさんは、私の知ってるハセガワさんとは違ってた。

私の知ってるハセガワさんは、いつもきちんと仕事をしていて、見かけるときはたいてい笑顔で、ハイヒールすっとばして階段から落ちて、ヒール拾いながら誰もいないところでげらげら笑ってたり、リフレッシュルームでコーヒーこぼして、半べそかきながらスーツ拭いてたり、お掃除や宅急便の人にも丁寧に挨拶している人。

そして、誰に対しても態度を変えない、どこでみかけても、人の悪口や噂話を口にしていない人。

セレブの友達がいることも、彼氏がいることも、オタクであることも、ハセガワさんの事いろいろ言ってる人たちには全然関係ないよなぁって、話してるのを聞きながら思っていたら、「空気読まないし、鈍感だし、ムカつくわよね」って言ってるのを聞いて、ああ……ってなった。

空気読めって言葉は、前の会社でつきあっていた彼氏がよく言ってた言葉。

気に入らない人のことを、「空気読めよなぁ」とか「あいつ、空気読まねぇから、ほんとマジムカつくわ」って言ってた。

自分の思い通りにならない人、自分の思惑どおりの言動をしない人のことを言ってたんだなぁって気がついたのは、私が会社に行かなくなって、彼からの連絡も途絶えて少し経ってから。

あいつ、仕事出来ない奴でさ。

あいつ、空気読まない奴でさ。

そうやって、気に入らない人のことを上から目線で語って、貶めていた。

かつて、自分もそうだったからわかる。

そして、私自身が、みんなからそう言われるのが怖くて、必死だったからわかる。

手を洗ってそのまま、私はお手洗いを出た。

ハセガワさんのことを話していたふたりは、業務部の人たちで、ハセガワさんと直接関わりはない。

直接関係ない人たちの〝空気読む〟なんて出来ないし、そんな必要もない。

たぶん、ハセガワさんは、陰でそんなこと言われてるなんて知らないだろう。

もし知っていても、たぶん、そんなの気にしてないだろうなって、思った。

なんとなく、そう思った。

リーダーのオオサワさんが、ふたりで外にランチに出た時に、私に言った。

「ヤマダさん、外資は初めてって言ってたからなんだけど。外資って、一見すっごく仕事出来るふうにしてる人も多いけど、海千山千（うみせんやません）のモンスターみたいな人も多いし、エンドウさんみたいな人もいるから。信用出来る人とそうでない人を見る目、養わないと、ほんと、足元すくわれて、とんでもないことになるからね」

「そうなんですか？」

少し怖くなった私に、オオサワさんはアニメによくいるキャラみたいに、眼鏡をちょっときらってさせた。

「媚（こ）びたり、やたらと親しげにしてくる人とか、気をつけた方がいいわよ。人事にいると、そうやって近づいてきて、内部情報ゲットしようとしたり、おかしな噂や中傷を吹き込もうとする人もいるから。そうやって、自分の気に入らない人間、陥れたり、嫌がらせしようとする人間、やまほどいるからね」

うわぁ……ってなった私に、「でもねー、本当の意味ですごい人もたくさんいるからね」とオオサワさん。

「本当にデキる人や素晴らしい人は、何も言わないし、パフォーマンスもしない。そんなことする必要ないからね。あなた、まだ若いんだから、そういう人たくさんみて、学べるところはがんがん学ぶといいよ」

うなずいた私に、オオサワさんがにやっと笑った。

「能ある鷹は爪を隠す。それ、ほんとだから。そしてね、すごい人ほど、自分がやってること、すごいなんて全然思ってないからさ」


久しぶりの夏コミ参加、相変わらずの灼熱地獄のような暑さでも、私にはとっても懐かしかった。

以前いっしょに萌えトークしていた友達におそるおそる連絡したら、ものすごく喜んでくれて、夏コミのお手伝いもふたつ返事で受けてくれた。

『川越サラマンダー』で参加するサークルさんはもうほとんどなかったけれど、復帰第一回はこのジャンルで出したくて、仕事が終わった後は原稿ばっかりやっていた。

まだ時々、発作的に眩暈や震えが起こる。

派遣での契約前にそのことを正直に話したら、人事部長のサワタリさんとリーダーのオオサワさんは、「無理しなくていいですよ。そういう時は連絡くれればいいですから」と笑顔で言ってくれていた。

眩暈がひどくて朝、電車を途中下車して駅のベンチで休んでいた時、私の前に立った中学生くらいの女の子のカバンに、『ダンク！　ダンク！　ダンク！』のキーホルダーがざらっと束で下がっていた。

それを見ながら「がんばって会社行って、資金稼いで、『川越サラマンダー』のＤＶＤ全巻、またそろえよう」って思った。

久しぶりに出した同人誌は一六ページの薄いものだけれど、表紙はカラーで仕上げた。

復帰一作目、記念すべき本だから、がんばった。

物語は、最終回の後の数年後、再びあの場所に六人が向かうってエピソードを創作して、時間をかけて仕上げたもの。

丁寧に、大事に、心をこめて、描きあげた。

その本が今、私の前のテーブルに積まれている。

始まりのアナウンスと共に、場内を盛大な拍手が埋め尽くす。

そして開始十分後、最初のお客様が来た。

「あの、ｐｉｘｉｖでメッセージさせてもらったマミリカです!!」

「え!!」

思わず声をあげた私に、「久しぶりの参加で発行部数少なめってｐｉｘｉｖにあったから、速攻来ちゃいました！　ハニワさんの本、絶対欲しかったんで！」と、マミリカさんが頬を真っ赤にして、汗を拭きながら言う。

「ありがとうございます……うれしい……」

涙が出た。

うれしかった。

本当にうれしかった。

「はにちゃん、よかったね。うれしいね」

隣に立っていた友達が私に言った。

うん、とうなずいて、私はマミリカさんに言った。

「ずっと待っててくれて、ありがとう」

私の言葉に、マミリカさんが目をきらきらさせながら、ものすごくうれしそうに微笑んだ。


お昼少し前、周辺の混雑がだいぶ引いた中、目の前を通り過ぎる人の波を見ながら、コンビニのおにぎりを食べていると、知ってる顔が私の前を通り過ぎた。

「あ！」

思わず声をあげた私に友達が、「え？　どした？」と言ったので、「会社の人！　今、前通った！」と、通り過ぎたその人の背中を見ながら私、答える。

「え！　マジ、ヤバいじゃん、会社の人とか。え？　でもはにちゃん、今、外資系で仕事してるんだよね？　外資系企業に、コミケに来るようなオタクな人なんていているの？」

おにぎり片手に友人が言う。

「いるんだよー、これが。筋金入りのすごいのが！」

思わず大声で言ってしまった私。

「え！　なにそれ、すごい！　どんな人なの！」

驚く友達をよそに、私はハセガワさんが消えた人ごみの方を見つめた。

汗まみれで、大量の同人誌がはいってるっぽい大きなトートバッグを両肩に下げていたけれど、あれは確かにハセガワさんだった。

そっかー、コミケにも来てるんだぁ。

下げてたトートバッグ、あれ、『ダンク！　ダンク！　ダンク！』のものだ。

ハセガワさん、そっち萌えかぁ。

思わず笑いがこみあげる。

「その人、帰国子女で英語堪能で、すんごいかっこいい受けキャラ外人の秘書やってる人なんだけどね！　会社で、ＢＬのＣＤ、大音量で流されちゃった事件があってさ！」

私は友達にその時のことを話し始めた。

友達が興奮しながら、私の話を聞いてくれる。

灼熱の夏コミで、私は友達といっしょに大声で笑っていた。

ただいま、コミケ。
ただいま、オタクな世界。
ただいま、みんな。
そして、ありがとう。

あとがき

はじめまして、泉ハナです。

『ハセガワノブコ』を手にとっていただき、読んでいただき、本当にありがとうございます。

帰国子女で外資系企業勤務でオタクな女なんか、いるわけないじゃないか！　という意見もいろいろ聞きましたが、います。アニメオタクだけでも、けっこういます。

外資系企業には、インディーズバンドが好きで世界中追っかけてる人も、映画が好きで年間600本とか見てる人も、ワインが好きすぎてスペインに行っちゃった人も、オペラやバレエが好きでチケット争奪戦に常時参戦している人もいました。

好きなものを語る時、人はきらきらします。輝きます。

そういう人たちが話す、その〝彼らの好きなもの〟の話はとても面白く、深く、そして楽しい。

そしてその存在は、激務で多忙な彼ら彼女らの日々を支えていたりします。

女性の生き方にいろいろなヴァリエーションが出てきたものの、映画も小説もドラマも現実も、恋と愛と結婚が幸せの王道として存在しているのは変わらないままのような気がする昨今。

仕事をする女性という存在も、なんとなく作られてしまった定型みたいなものがあって、なにやらそれですべてが括られてしまっている感じがあります。

そういうものに違和感を覚えながら周囲を見渡してみると、友人にも、会社で働く女性たちも、そういった定型にはおさまっていない、むしろそういった定型なんか存在してないみたいに生きている人たちがたくさんいて、みんな活き活きと日々をすごしていました。

自分の好きなものを大事にする、自分なりの生き方をするということは、意外に難しく、そして時に異端だったりします。

その頂点にいるのが、いわゆる〝オタク〟と呼ばれる人たち。

ネガティブなイメージが固定化してしまっているそのオタクな人たちの存在を通して、世間が作り上げた定型にこだわらず、好きなものを大事にすることで、自分の人生をさらにすてきなものにしていくことができるんだよ、ということを描きたいというのが、ハセガワノブコという人物を作った最初の一歩でした。

そして、もうひとつ。

この小説には、真摯に仕事に向かい、働く女性のいろいろな姿を描きました。

そこには、私が仕事で関わった女性たちの姿が投影されています。

この人はいったい今までどうやって生きてきたんだろう……と愕然とするような恐ろしい人もいましたし、心から尊敬し、人生の指針となるべき人もたくさんいました。

多くの女性たちが真摯に仕事に向き合い、目立たないながらも素晴らしい成果と結果をだし、激務を笑顔でこなしていました。

その姿を、少しでもこの物語から感じていただけたなら、とてもうれしいです。


この小説が世に出るまでには、実は長い時間がかかりました。

そして、たくさんの方からの協力、助力をいただきました。

その方たちに、この場をお借りして、心よりお礼を申し上げます。


好きなことに一生懸命な人すべてが、ハセガワノブコであり、タツオであり、ノブコやタツオの仲間たちと同じと思います。

そして、真摯に仕事に向かう人のすべてが、ミナさんであり、ヒサコさんであり、サチコさんやハツネさんにつながると思います。

そういう人たちすべてに、「がんばって」という想いをこめて、ハセガワノブコはこれからもずっと、〝外資系オタク秘書〟であり続けると思います。

泉ハナ

解説――オタクの心理をリアルに描いた作品

漫画家・コラムニスト　カレー沢薫（ざわかおる）

まず「ハセガワノブコ」の「アメリカの名門大学卒の帰国子女で外資系銀行に秘書として勤務、だが実は筋金入りのオタク」という経歴を見た瞬間「手前（てめえ）はインスタでもやってろよ」とタンを吐（は）いた。

このように「オタクは迫害されてきた」と主張する割には、まず自分が選民思想の固まりという「そりゃ迫害もされますわいな」という「オタク全体の質を下げるオタク」の勇姿を見せたところで解説にうつりたい。

前述のように一見すると「しゃらくせえ」、逆にキラキラ女子志望から見たら、親を売ってでも欲しい経歴のノブコだ。本人にとっては望んだものではなく、それを鼻にかけたりする所は一切ないが、やはり同じオタクＯＬでありながら、アメリカどころか県内からも一歩も出たことがなく、勤務先は田舎(いなか)の中小企業、英語どころか、コミュ症(しょう)ゆえに日本語も3語以上発せられないので、用件はふせんに書いて渡す上に字が汚ねえ、という奇跡のような仕事ぶりをする私から見れば「遠い」と感じる。

よって、外資系企業でイケメンアメリカ人の秘書として働くシーンや、セレブの友人との交流シーンにはどうしても「かっこよろしでおますなあ」と何弁(べん)かもわからぬ穿(うが)った見方をしてしまう。だが逆に、ノブコのオタクとしての情熱や興奮、時として悲しみや怒りに関しては「わかる」と突然、真顔&標準語で言ってしまうのである。

つまり、どれだけ生まれも育ちも違う、おおよそ共感など出来そうにない相手でも、オタクというフィールドに立つと「お前の言ってることわかる」となるのである。

これは国籍をも凌駕(りょうが)し、今作中でも『装甲騎兵団(そうこうきへいだん)バイファロス』を追って渡米したノブコがアメリカのオタクたちと邂逅(かいこう)し、またそのアメリカオタクたちが日本に来るシーンがあるのだが、その「お宝を前にしたときのオタクにしか出来ぬリアクション」は万国共通である。

だがもちろん、共通の趣味を通じて、人類皆兄弟、世界平和、といかないこともある。

今作でもノブコのオタク活動には様々な事件が起こる。

この「オタクトラブル」は全編通して、一番見ていて辛い。いくら「オタクとしての自分が一番優先」と言っても、大人になると「それ以外」の時間の方が圧倒的に多くなる。むしろ「オタクとしての自分」を謳歌するためには働かなければならない。

オタクは金がかかる、私もソシャゲで欲しいキャラの為に今年だけで50万は溶かしている。その話はまた今度するとして、推しキャラのために50万使うためにはまず50万稼がなければならない。リボ払いという魔法もあるが、それもいつかは働いて返さなければいけない金だ。

そしてそれを稼ぐ労働というのは決して楽しいものではない。だがどれだけ嫌なことがあっても「まあ、今日も俺の推しがハチャメチャにカワイイからいいか」と思えるのがオタクだ。

よってその、オタク面でトラブって嫌な思いをするというのは、筆舌に尽くし難いドンヨリなのである。

今作でも、「あっこれツイッターで見たやつだ」と、復習をちゃんとした子どもの如きリアクションをしてしまうような、旬でホットなオタクトラブルが満載だ。

大手同人サークルのノブコの友人が、その同人誌を入手できなかった人間にツイッターで粘着され、イベント会場にまで押しかけられたり、同人誌の内容や構図をパクられたりと、実際にも起こっている事件がリアルに書かれている。

そして何よりリアルなのが、巻き込まれた友人が「当分活動を自粛しよう」とするところである。

ノブコが絡んで来た相手を撃退するシーンは読んでいてスカッとしたが、現実はそうはいかず、多くはその友人のように、己に非がなくても自分が自粛するほうに動いてしまうのだ。

ツイッターで「あなたの絵は不愉快です。〇〇の乳首はもっと小さいはずです」と難癖をつけられて「うるせえ」と、倍の大きさの乳首のイラストをアップできる奴の方が少ないのである。

何故なら、ネット上で、どこの誰かもわからぬ、自分が正しいと信じて疑っていない理屈の通じない人間相手に戦うというのは、まず怖いし、物理で殴りに行く以外解決するとも思えない、つまり消耗するだけの可能性が高い、そんなリスクのあることを疲労覚悟でするぐらいなら、ノブコの友人のように自分が大人しくしておこうと思う方が多数派なのだ。

作中では勝利を収めたものの、このような「暴れたもの勝ち構図」は何度も見たし、実際、自粛や鍵をかけてしまった人も多くいるので何ともやりきれぬ気持ちになった。

また、この事件の発端は「せっかく同人誌を買いに来てやったのに、売り切れで買えなかった、何故欲しい人間全員が買えるように刷らないのか」ということであった。

これも、同人界隈では3億年前ぐらいから論争されていることである。確かに私も欲しかった本が売り切れでその場に崩れ落ちそうになったことはある、しかし、同人誌とは大体が個人の自費出版であり、赤字覚悟で刷ることは出来ないし、在庫を家具代わりに暮らすわけにもいかない、よって手に入れられなかったら「戦に敗れたのだ」と思って諦めるしかない。

しかし「十分な数刷るべき」という声もなくならないし、さらに大手サークルのノブコの友人には「大手サークルだと思っていい気になっている」という批判もあった。

最初、私がノブコの経歴を「しゃらくせえ」と言ったのはまぎれもなく嫉妬である、そしてそれは、オタク、趣味の世界でも例外なく起こる。

ノブコがその、アメリカ有名大学出身の帰国子女という経歴から、何の接点もない会社の女子社員に陰口を叩かれるシーンがあるが、オタクの世界でも、大手サークルだから、SNSやピクシブで有名だから、という理由だけで槍玉に挙げられたりするのだ。

そういうことを、作中では「人間は自分の見たいように見る」と書かれている。つまり「経歴を鼻にかけた嫌な女」「いい気になっている大手サークル」という風に見たい人間の視点を変えることは出来ない、よって「気にしても仕方がない」という非常に単純明快なアンサーが出されている。

それが一番難しいことではあるのだが、難癖をつけてきた人間のことを気にしたり戦うのさえ時間の無駄だ、そんな時間があるなら一秒でも長く推しの顔を見るべきだろう。


そしてノブコが遭遇する問題は趣味のことだけではない。オタク、非オタク、拘わらず、働き、自活する女性誰もが直面するかもしれない事態に陥る。

失職の危機だ。オタクがアイデンティティとしても、オタクでいるためには仕事をしなければいけないし、独身ともなれば、オタクどころか生活の基盤さえ危うい。

しかし、外資系秘書とは言え、ノブコは事務職であり、年齢も三十を超えている。この年齢の事務職の転職の難しさは良くわかる。私も事務職だが二十代の時ですら転職には難儀した。

また、新しい職場に馴染むのも、年を取れば取るほど難しくなる。レイオフが告げられ、上司のケヴィンの帰国が決まったノブコの不安は想像に難くない。

しかし、そこからの最後のシーンこそが、私が全シリーズ中最も「わかる」となったところだ。

オタク活動どころか、生活さえ脅(おびや)かされるような状況にありながらノブコが「群青(ぐんじょう)の比翼(ひよく)の先行上映当選」の報を受けてそれまでの鬱々(うつうつ)がウソのように一気にテンションが上がってしまうシーンである。

これだ。仕事でも私生活でも色々嫌な事はあるし、楽しみであるはずの趣味の中ですら上記のようなトラブルが起きて疲弊(ひへい)してしまうことがある。

だが最終的に「でもやっぱ、俺の推しが最高だからいいか」となるのがオタク、そして、それだけのパワーが「萌え」にはあるのだ。

よって私も、最後、先が何も決まっていないノブコを見ても「先行当たったならいいよね!」「超ハッピーエンドじゃん……」とスカッとした気持ちで読み終えることができた。

王子様とキスして終わるのだけがハッピーエンドではない、私も50万溶けたが推しが出たので超ハッピーだ。

ちなみに、本物の女の人生は王子様とキスして終わるのだけがハッピーエンドではないが、私個人としてはそういうフィクションは大好きである。

よって1作目の最後で、現彼氏のイケメンハイスペアメリカ人、オーレに突然告られ、しかも「ノブは他の女とは違う」的なことを言われるシーンには「おいおい乙女ゲーと夢小説で5億回読んだ台詞じゃねえか」と思った。

なぜ、5億回読んでいるかというと「大好物だから」である。

つまり、私は、腐女子であるノブコとは違う「ノマカプ厨（男女のカップリングが好きでやたらくっつけたがる）」として本作には大いに萌えを見出させてもらった。

作者の泉さんがこの2人の関係に萌えを意識したかはわからない、しかし作中で「腐女子は火のないところに自発的に火をつけて灯油をまいて大炎上させる」と書かれているのは全くその通りであり、私もその通りに自発的に火をつけた。

このように非常にオタクの心理をリアルに描いた作品なのである。

オタク帝国の逆襲

一〇〇字書評

切り取り線

購買動機（新聞、雑誌名を記入するか、あるいは○をつけてください）					
□（　　　　　　　）の広告を見て					
□（　　　　　　　）の書評を見て					
□ 知人のすすめで			□ タイトルに惹かれて		
□ カバーが良かったから			□ 内容が面白そうだから		
□ 好きな作家だから			□ 好きな分野の本だから		
・最近、最も感銘を受けた作品名をお書き下さい					
・あなたのお好きな作家名をお書き下さい					
・その他、ご要望がありましたらお書き下さい					
住所	〒				
氏名		職業		年齢	
Eメール	※携帯には配信できません		新刊情報等のメール配信を 希望する・しない		

この本の感想を、編集部までお寄せいただけたらありがたく存じます。今後の企画の参考にさせていただきます。Eメールでも結構です。

いただいた「一〇〇字書評」は、新聞・雑誌等に紹介させていただくことがあります。その場合はお礼として特製図書カードを差し上げます。

前ページの原稿用紙に書評をお書きの上、切り取り、左記までお送り下さい。宛先の住所は不要です。

なお、ご記入いただいたお名前、ご住所等は、書評紹介の事前了解、謝礼のお届けのためだけに利用し、そのほかの目的のために利用することはありません。

〒一〇一-八七〇一
祥伝社文庫編集長 坂口芳和
電話 〇三（三二六五）二〇八〇

祥伝社ホームページの「ブックレビュー」からも、書き込めます。
http://www.shodensha.co.jp/bookreview/

祥伝社文庫

外資系秘書ノブコの　オタク帝国の逆襲

平成29年11月20日　初版第1刷発行

著　者　泉ハナ

発行者　辻　浩明

発行所　祥伝社

東京都千代田区神田神保町3-3

〒101-8701

電話　03（3265）2081（販売部）

電話　03（3265）2080（編集部）

電話　03（3265）3622（業務部）

http://www.shodensha.co.jp/

印刷所　萩原印刷

製本所　ナショナル製本

カバーフォーマットデザイン　芥 陽子

Printed in Japan ©2017, Hana Izumi　ISBN978-4-396-34372-9 C0193